MCFL Dist. Ctr. Spanish
Spanish Fiction Fernandez Pimentel
El camino infinito :una historia de
amor y magia en el camino de
Santiago /
31111042606101

El Camino Infinito

LUIS MARIANO FERNÁNDEZ PIMENTEL

El Camino Infinito

*Una historia de amor y magia
en el Camino de Santiago*

℘
ALMUZARA

© Luis Mariano Fernández Pimentel, 2021
© Editorial Almuzara, s.l., 2021

Primera edición: septiembre de 2021

Reservados todos los derechos. «No está permitida la reproducción total o parcial de este libro, ni su tratamiento informático, ni la transmisión de ninguna forma o por cualquier medio, ya sea mecánico, electrónico, por fotocopia, por registro u otros métodos, sin el permiso previo y por escrito de los titulares del *copyright*».

Editorial Almuzara • Colección Novela
Director editorial: Antonio Cuesta
Edición de Ángeles López
Corrección y maquetación: Rebeca Rueda
www.editorialalmuzara.com
pedidos@almuzaralibros.com – info@almuzaralibros.com

Imprime: Gráficas La Paz
ISBN: 978-84-18757-97-6
Depósito Legal: CO-697-2021
Hecho e impreso en España – *Made and printed in Spain*

*En memoria de mi madre, una vez más.
Ahora más que nunca.*

A mi padre, con mi infinita gratitud.

*A todos los peregrinos que fueron, son y serán…
Sin importar cuáles fuesen sus dioses o creencias.*

Índice

El Loco: Arcano 22 15
CAPÍTULO 1. *Una carta y un cuaderno* 25
CAPÍTULO 2. *El otro grial* 39
CAPÍTULO 3. *La primera oca* 55
CAPÍTULO 4. *De puente a puente* 69
CAPÍTULO 5. *Dos cartas desde el pasado* 83
CAPÍTULO 6. *Caballero del grial* 97
CAPÍTULO 7. *La posada* 113
CAPÍTULO 8. *El santo iniciado* 129
CAPÍTULO 9. *Páginas de un libro mudo* 145
CAPÍTULO 10. *Dados de fuego* 159
CAPÍTULO 11. *El maestro organista* 173
CAPÍTULO 12. *El pozo y el oro* 189
CAPÍTULO 13. *La mujer del cuadro* 209
CAPÍTULO 14. *El laberinto de los espíritus* 225
CAPÍTULO 15. *Copa de corazones* 241
CAPÍTULO 16. *La casilla 58* 259
CAPÍTULO 17. *Más allá de la muerte* 275
CAPÍTULO 18. *El Camino Infinito* 295

Epílogo 311
In memoriam 313
Agradecimientos 315

Algunos personajes, acontecimientos, lugares, las fuentes históricas, el arte y las organizaciones religiosas, así como algunos hechos que aparecen en esta novela, son reales.

«Y de pronto me pregunto si todos los instantes que justifican una vida no se resume en esto: una mirada que se encuentra con otra, una cita entre almas iguales, una referencia para toda la eternidad».

GILBERT CESBRON

«Solo tenemos una historia. Todas las novelas, la poesía entera, están edificadas sobre la lucha interminable entre el bien y el mal que tiene lugar en nuestro interior».

JOHN STEINBECK

«Nunca pensé tanto ni viví tan intensamente, nunca tuve tantas experiencias ni estuve tanto conmigo mismo como durante los viajes que hice solo y a pie. Hay algo en eso de caminar que estimula y reaviva mis pensamientos. Cuando me quedo quieto en algún lugar apenas puedo pensar nada, el cuerpo tiene que estar en movimiento para poner en marcha los pensamientos. La visión del paisaje, unas bonitas vistas detrás de otras bajo un cielo abierto, el buen apetito y la buena salud que se obtienen al caminar, el ambiente ligero de las hospederías, la ausencia de todo lo que me hace sentir dependencia, de todo aquello que me recuerda mi propia situación…, todo esto contribuye a liberar mi espíritu y me lleva a una mayor honestidad en mi pensamiento».

JEAN JACQUES ROUSSEAU

«Enseña a tu cuerpo a morir caminando. Enséñale paso a paso la naturaleza de todas las cosas, que es pasar. Que todo lo deseable le diga a tus ojos: No te pertenezco».

LANZA DEL VASTO

«Al final, la muerte sólo hace una pregunta: ¿Has amado?».

JEAN-LUC MARION

«Peregrinar es aprender a morir. El camino infinito y del misterio van hacia el interior».

LUIS MARIANO FERNÁNDEZ PIMENTEL

El Loco: Arcano 22

Jaca, 10 de agosto de 1984

Tal vez, un día alguien escriba sobre aquel peregrino tocado con un sombrero negro de cuya liviana mochila pendía una concha de vieira, mientras que otra de tela aparecía cosida en su jersey azulado y zurcido con hilos viejos. Tal vez, un día un escritor lo describa como un hombre de mediana edad, barba de varios días y ojos negros como tizones, y recuerde que se dejó caer pesadamente en una de las sillas de la terraza de aquel bar que contemplaba la soberbia silueta de la catedral de San Pedro de Jaca. Naturalmente, llamará la atención del lector mencionando que el peregrino llegó acompañado de un perro de raza inclasificable, pues en él se podían intuir todos los linajes de perros y, quizá, el can profesaba todas las religiones perrunas. Un escrutinio más detallado pudiera permitir afirmar que había en él gotas de pastor, de *setter*, de galgo, de... Tal era la mezcla que el suyo era el esperanto de los ladridos.

A continuación, el escritor mencionará que el peregrino clavó su mirada en la puerta occidental de la catedral y pareció perderse en sus pensamientos mientras, a sus pies, el perro cerró los ojos y, como su dueño, se alejó del mundo. En la mirada del recién llegado se adivinaba el dolor de la derrota o, quizá, el eco de una soledad mitológica.

Un camarero sacó a ambos de su embeleso. El peregrino pidió un café con leche y un vaso de agua. ¿Algo de comer? El hombre del sombrero dudó antes de negar con la cabeza, pero añadió al pedido un recipiente con agua para su compañero de cuatro patas y un pequeño bocadillo de jamón serrano que, al poco de llegar a la mesa, entregó a su amigo, que lo devoró en un santiamén.

El escritor deberá añadir a continuación que el peregrino, tras dar un par de sorbos al café, sacó de su mochila un cuaderno de tapas de cuero que parecía haber vivido tanto como la catedral que los contemplaba de reojo. Y a continuación, el escritor se verá en la obligación de reconocer que el peregrino escribió durante varios minutos en aquel cuaderno, pero que no pudo mirar por encima de su hombro para leer qué anotó en aquellas páginas con un bolígrafo de tinta tan negra como el sombrero y como sus ojos.

Y llegado a ese punto de la narración, el escritor del futuro deberá esmerarse para relatar los increíbles acontecimientos que tuvieron lugar a continuación, cuando, del modo más inesperado, el perro echó a correr en dirección a la puerta de la catedral y saltó casi a los brazos de un hombre joven que salía del templo, y lo derribó. Por el bien de todos los peregrinos del futuro, y especialmente por aquellos que emprenden el Camino Infinito en busca de sí mismos, sería deseable que el escritor elija las palabras adecuadas para que sus lectores comprendan el trascendental encuentro que acababa de producirse junto al pórtico oeste de la catedral de Jaca.

Tal vez, un día un director de cine ruede la primera secuencia de la película sobre la extraordinaria aventura que aguardaba al hombre que se encontraba arrodillado y recogido en oración en un solitario banco de la catedral. Y es posible que decida ampliar el plano para ofrecer a los espectadores un paseo gratuito por el interior de aquel templo majestuoso, cuya propia grandeza contrasta con su ubicación: arrinconado entre casas que impiden que el visitante tenga la perspectiva necesaria para valorarlo. Como si se hubiera pretendido disimular el escondite de un tesoro.

Sea como fuere, mientras el hombre arrodillado implora la ayuda de Dios para sobrellevar la noticia que hace unos días un doctor le ha dado a su esposa, el director del film elevará la cámara y permitirá que el espectador contemple las tres naves del templo separadas por pilares compuestos y columnas exentas; unos soportes que algunos juzgarán demasiado endebles para sostener el peso de un techo de piedra. ¿Acaso la cubierta original fue de madera? Bien pudiera ser así, porque resulta evidente que las bóvedas góticas que observan al hombre arrodillado son más modernas y pesadas.

A continuación, las cámaras buscarán la mirada de algunas de las esculturas atribuidas al Maestro de Jaca, anónimo iniciado que salpicó el templo con personajes imberbes ataviados al estilo romano o desnudos, y que aparecen acompañados con sospechosa frecuencia por serpientes.

Ajeno a las miradas de todos ellos, y por supuesto sin imaginar que un día un director de cine recreará aquel instante de su vida, Gabriel aguardaba la respuesta de Dios a sus súplicas. Pero Dios no respondía, o tal vez hablaba un idioma que Gabriel ignoraba… aún.

Y ahora que ya sabemos el nombre del protagonista de aquella escena, parece el momento oportuno para explicar las razones que lo han conducido hasta allí, a pesar de que todos cuantos lo conocen saben que no es creyente y que verlo en la iglesia, arrodillado y lloroso, es verdaderamente increíble.

—No permitas que ella muera, te lo suplico —murmuró. Las palabras salieron de sus labios temblorosos mientras mantenía los ojos fuertemente cerrados, como si ese fuera el único modo de ver a Dios que tuvieran los hombres.

—Vega se muere.

Eso había dicho el doctor el día anterior. Por un instante, Gabriel no supo a quién se refería el médico.

—Su mujer tiene un cáncer irreversible.

—¿No se puede hacer nada? —preguntó Gabriel poco antes de sentir cómo sus piernas fallaban y la mirada se le enturbiaba. A su lado, Vega mostraba la entereza de quien ya sabía el diagnóstico antes de escucharlo.

El doctor negó con la cabeza por toda respuesta. Pero el médico no era Dios, pensó Gabriel. El médico podría estar equivocado. Todos los médicos que consultaron después del primero podían estarlo, a pesar de que todos estaban de acuerdo en que Vega se moría.

Por eso Gabriel fue a la catedral en busca de Dios. Había llegado el momento de saber qué tenía Él que decir al respecto. ¿Cómo iba a permitir que una mujer joven se fuera de este mundo cuando ambos tenían tantos sueños por cumplir? ¿Cómo se le ocurría impedir que naciera el bebé que Vega llevaba en sus entrañas desde hacía ya tres meses?

Tal vez un día, el director de cine que filmará la increíble aventura que aguardaba a Gabriel y que iba a comenzar apenas saliera de la catedral, gritaría: «¡Corten!».

Gabriel se levantó del banco donde estaba arrodillado, dio la espalda al altar, situado al este, y se encaminó a la puerta que se abría en el lado opuesto, por la que accedía el peregrino para realizar el viaje iniciático de la oscuridad hacia la luz. Gabriel podía haber elegido la puerta sur, pero el obstinado silencio de Dios atoró su espíritu. Regresaría por donde vino: de la oscuridad, a la oscuridad.

Más allá de la puerta, enmarcada por cinco arquivoltas que se apoyaban en jambas y columnas adosadas, había un porche abovedado de una belleza demoledora. Pero Gabriel no prestaba atención a nada, ni siquiera a Daniel en el foso de los leones alimentado por Habacuc, escena que se podía admirar en alguno de los capitales historiados. Y mucho menos aún al tímpano que adornaba la puerta, pero esa indiferencia suya iba a cambiar en tan solo unos minutos porque, de pronto, un perro de color marrón, negro y blanco apareció inesperadamente a toda velocidad y saltó sobre él, derribándolo.

Aturdido, Gabriel trató de incorporarse, pero le resultaba imposible porque el perro no dejaba de lamerle la cara mientras movía el rabo absolutamente feliz sin motivo aparente.

—¡Por todos los demonios! —exclamó un hombre ataviado con un sombrero y con ropas propias de un peregrino—. ¡Quieres estarte quieto! —recriminó al perro, y luego tendió la mano a Gabriel para ayudarlo a incorporarse—. Lo siento mucho, echó a correr hacia usted inesperadamente y no pude cogerlo a tiempo.

Gabriel se sacudió el polvo de los pantalones vaqueros y de la camiseta blanca de manga corta que llevaba, y esbozó una sonrisa de compromiso.

—Estoy bien, no se preocupe —dijo. Y aprovechó los segundos de silencio que vinieron a continuación para estudiar al desconocido, un hombre fuerte, de entre cuarenta y cincuenta años, enérgico y en cuyo rostro había algo extraño. En el jersey llevaba bordada una concha de peregrino. Lanzó una mirada hacia la silla y la mesa próximas y vio la mochila—. ¿Va a hacer el Camino con su perro? —preguntó.

—En realidad, ya lo he hecho —aclaró el desconocido—. Estamos de vuelta, por eso llevo la concha que ve. —Señaló a la mochila tirada en el suelo.

—No lo entiendo —confesó Gabriel—, los peregrinos llevan la concha cuando emprenden el Camino.

—La mayoría de ellos no saben en qué consiste el Camino ni tampoco sus secretos —replicó el desconocido mientras el perro seguía olfateando a Gabriel con gran interés. El peregrino aprovechó el desconcierto del joven para estudiarlo a su vez: no parecía tener más de treinta años, llevaba un anillo de casado, tenía el cabello corto y rubio, y tan revuelto como sus entrañas, a juzgar por la tristeza de su mirada de color verde—. Le invito a un café, es lo menos que puedo hacer después de que mi amigo haya estado a punto de romperle la crisma.

Y antes de que Gabriel pudiera aceptar o rechazar la invitación, el peregrino rio con ganas.

—Disculpe —dijo al ver la expresión de incredulidad en el rostro de Gabriel—, es que me ha parecido gracioso mencionar la «crisma» justo aquí, bajo ese crismón. —Señaló al tímpano situado encima de la puerta de acceso al templo—. Pero venga, vamos a tomar ese café.

Sin poder evitarlo, Gabriel se encontró instantes después sentado en otra silla de la terraza de aquel bar. El perro se tumbó a sus pies, y se entregó a un sueño profundo.

—Es un eterno cachorro —dijo el peregrino mirando al can.

Gabriel esbozó una sonrisa, pero sentía más curiosidad por el hombre que por el perro.

—Y dígame, ¿a qué viene eso, las dos conchas de vieira?

—¿Ha oído hablar del *Codex Calixtinus*, la obra que escribió en el siglo XII el francés Aymaric Picaud?

—La primera guía del peregrino, ¿no? —dijo Gabriel—. Es difícil no haber oído hablar de ese libro si vives en Jaca. Aquí empieza el Camino para la mayoría de quienes lo emprenden.

—En realidad, son cinco libros, el quinto es la guía del peregrino que menciona, pero en otra parte de la obra ya se habla de las conchas del peregrino, aunque en realidad pocos han entendido el mensaje. Y precisamente por eso empiezan aquí el Camino, y en el día equivocado.

Gabriel entornó los ojos. ¿Qué quería decir exactamente aquel hombre?

—Leí en cierta ocasión que una leyenda asegura que la barca que llevó los restos del apóstol Santiago a Galicia arribó a la costa el día en el que se celebraba una boda. Y con motivo del festín se organizó un torneo entre los caballeros. En uno de los lances, uno de los contendientes cayó al mar, y se le dio por muerto. Pero resultó que salió de las aguas junto con la barca del santo, aunque cubierto de conchas de vieira de la cabeza a los pies. Y que, en recuerdo de ese milagro, se extendió la costumbre de llevar en el peregrinaje el símbolo del molusco, y por eso se llaman *concheiros* a sus portadores.

—¡Paparruchas! —exclamó el hombre del sombrero, y lo hizo con tanta energía que el perro abrió uno de sus ojos brevemente—. La concha es un símbolo muy antiguo, amigo mío: ¡es egipcio! El Camino conduce al peregrino al límite de la tierra de los vivos y el mundo de los muertos, que representa el mar. En los cultos antiguos, para llegar al mundo de los muertos había que atravesar un mar o un lago, y la concha es el símbolo que demuestra que el peregrino ha llegado a ese mundo y lo ha trascendido, por eso regresa de él con una concha. ¿Comprende?

Gabriel negó con la cabeza con timidez.

—¡La concha hay que llevarla cuando se regresa, no cuando se va! La que llevo cosida en mi jersey anunciaba que iba en busca de ella, pero la de verdad, la que llevo en la mochila, es la que he traído del mundo de los muertos. ¡Es la prueba de la resurrección! ¡El Camino Infinito simboliza la superación de la muerte! Bien claro lo dice ahí. —Señaló al tímpano de la puerta de la catedral.

Pero Gabriel no lo escuchaba. La alusión a la muerte lo había arrastrado al pozo del dolor del cual ni siquiera Dios lo había ayudado a salir, o eso pensaba él.

El peregrino estudió a Gabriel en silencio con aquellos ojos tan negros ocultos bajo el ala de su sombrero. Se diría que estaba entretenido estudiando el alma atormentada del hombre a quien había convidado. Al cabo de unos segundos, dijo:

—No hay mejor momento para emprender el Camino que cuando la zozobra nos atenaza.

Gabriel tomó de un trago su café y lanzó una mirada gélida al desconocido.

—Le agradezco la invitación, pero usted no tiene ni idea de quién soy ni de la situación por la que atravieso, de modo que les deseo buena suerte a usted y a su perro.

Gabriel se levantó de la silla con más brusquedad de la que había deseado, pero no pudo evitarlo. Vega se moría y aquel tipo venía ahora a contarle acertijos y cuentos de viejas.

—¿Peor que la muerte no será esa situación de la que habla? —dijo el peregrino cuando Gabriel ya le había dado la espalda y se alejaba.

Gabriel se giró y lo atravesó con la mirada.

—¿Cómo ha dicho?

—Ese problema suyo no será peor que la muerte, puesto que le veo a usted vivo y con mucha energía.

—No es asunto suyo.

—En eso le doy la razón —admitió el peregrino—, pero como para los humanos no hay nada más irreparable que la muerte, por eso me atreví a recordarle que el Camino Infinito permite superarla. Déjeme que insista en lo que dice ahí —volvió a señalar el tímpano de la puerta del templo—. Todos sus problemas se pueden resolver atendiendo a esa enseñanza.

Gabriel cerró los puños, irritado. ¿Quién coño se creía aquel tipo?

—Me temo que le debo una explicación —dijo el peregrino—. Si es tan amable de pedirme un vaso de agua, le regalaré algo que le permitirá entender lo que quiero decir, y aliviará ese dolor que parece que le está matando.

A pesar de ser un hombre joven, Gabriel había vivido lo suficiente como para diferenciar a un loco de un hombre cuerdo, y a un estúpido de un hombre interesante. Sin embargo, en aquel instante no tenía claro ante qué tipo de individuo se encontraba exactamente. Miró su reloj. Eran las trece horas. Vega no lo esperaba hasta más tarde, de modo que se podía permitir perder cinco minutos para ver si era capaz de salir de dudas sobre la salud mental del desconocido. De modo que asintió con la cabeza y se dirigió al interior del bar a pedir el vaso de agua. Apenas un minuto después, regresó a la mesa, pero allí no había nadie salvo el perro y el cuaderno de tapas de cuero del peregrino.

Gabriel miró a un lado y a otro de la plaza, pero en aquel momento estaba desierta.

—¡Qué demonios! —exclamó.

El perro se incorporó y lamió su mano. Por vez primera, Gabriel lo acarició y advirtió que el animal llevaba una pequeña placa atada al collar.

—«Trisquel» —leyó Gabriel—. ¿Te llamas Trisquel?

El perro ladró muy alegre y movió la cola con entusiasmo.

Entonces, Gabriel reparó en que el cuaderno estaba abierto y había una frase escrita en la página: «Como le dije, le regalo dos cosas que le permitirán aliviar su dolor: este cuaderno y mi perro. Y recuerde que todo lo que necesita saber sobre el Camino está escrito en ese tímpano que le señalé».

Gabriel volvió a mirar en todas direcciones buscando al peregrino, pero parecía haberse volatilizado. Fue entonces cuando reparó en que no sabía siquiera cómo se llamaba el desconocido. Después, miró con escepticismo hacia el tímpano de marras y meneó la cabeza. Cogió el cuaderno y se alejó de allí. Vega lo esperaba.

Pero apenas había caminado unos pasos, sintió que alguien lo seguía: era Trisquel.

—¿Y qué voy a hacer ahora contigo? —se preguntó Gabriel en voz alta, aunque ya sabía la respuesta.

CAPÍTULO 1
Una carta y un cuaderno

Jaca, 10 de agosto de 2019

Noé bajó del autobús y recibió una bofetada de luz. El verano en Jaca lo era en toda su magnificencia. Se caló el sombrero, se refugió tras las gafas de sol, recogió su mochila nueva de la bodega del autobús, se miró de reojo reflejado en un cristal y se preguntó una vez más qué demonios hacía él allí, adornado con unas conchas de vieira cosidas a la camiseta y a la mochila. Jamás en su vida había imaginado hacer el Camino de Santiago, pero desde hacía un par de meses ninguna de sus antiguas y confortables seguridades seguía en pie.

Tomó aire y lo expulsó. Lo cató como se cata un buen vino, aunque de tanto beber él había extraviado el placer que proporciona un caldo de calidad. A pesar de ello, le pareció que aquel aire era muy diferente al de Málaga. El de Málaga era familiar, pero mucho más viciado. Estaba cargado de recuerdos, y no todos agradables. Instintivamente, acarició la mochila. Algunos de sus mejores recuerdos viajaban en ella. Y también un puñado de los más tristes.

Ajeno al ir y venir de los pasajeros que subían o bajaban de otros autobuses, contempló con curiosidad la ciudadela de Jaca y pensó que tal vez podría visitarla más tarde, cuando encontrara el albergue en el que había reservado plaza. Era verano, y el Camino sería una romería, de modo que había sido previsor.

—«La Estrella Eterna» —leyó en el cuaderno en el que llevaba anotadas algunas cosas de interés para su aventura, como por ejemplo los albergues en los que tenía el propósito de dormir, si los recuerdos que lo perseguían se lo permitían.

Preguntó por la catedral de San Pedro a la primera persona que se cruzó con él.

—No tiene pérdida —dijo el improvisado guía.

Noé obedeció y siguió las instrucciones que le dieron.

No tardó en darse de bruces con una plaza que parecía ocultar, más que exhibir, los poderosos muros de la catedral. A tiro de piedra, se encontraba el albergue La Estrella Eterna.

Le desagradó ver tanta gente. Había un mercado medieval, y le pareció escuchar música.

Demasiadas voces.

Demasiada gente.

Su estado de ánimo mejoró al entrar en el albergue. El establecimiento superaba las mejores expectativas que hubiera imaginado. Las fotografías de las instalaciones que aparecían en Internet no les hacían justicia. Nada de literas castrenses, sino camas modestas pero confortables, y alguna habitación, como la suya, era individual. El albergue disponía de un cuarto con un par de lavadoras y secadoras para uso de los peregrinos, un comedor austero pero confortable y con capacidad para una veintena de personas adornado por cuadros pintados al óleo en los que se representaban algunos hitos del Camino de Santiago, un patio salpicado de colores gracias a innumerables maceteros repletos de flores, e incluso una coqueta biblioteca.

En otro momento de su vida, Noé hubiera sonreído y apreciado aquel entorno tan agradable, pero en lugar de eso se mostró taciturno y parco en palabras cuando se presentó ante un hombre de algo más de sesenta años, de cabello corto y canoso, y que se encontraba tras el mostrador de la recepción. Su mirada era limpia y verde.

—Tenía una reserva —dijo al tiempo que mostraba su carné de identidad, pero sin desprenderse de las gafas de sol.

—¡Bienvenido y buen Camino! —respondió el responsable del albergue con una sonrisa que contrastó con el gesto amargado del recién llegado—. Déjeme ver... —El hospitalero comprobó los datos en su ordenador, y al cabo de unos segundos devolvió el carné a Noé—: Aquí está, todo en orden. Una habitación individual. Las cenas se sirven a partir de las ocho y hasta las nueve y media. Espero que disfrute entre nosotros.

Noé gruñó algo parecido a un agradecimiento, cogió la llave de la habitación y subió por las escaleras que conducían a la misma.

En otro momento de su vida todo hubiera sido diferente, pero ahora...

La habitación era pequeña, pero limpia. Las paredes estaban pintadas de un color blanco hueso. Había una cama que resultó ser cómoda, un pequeño armario, una mesita de noche y su propio cuarto de baño.

Dejó sobre la cama la mochila y sacó de ella con cuidado un recipiente de cerámica envuelto en plástico con mimo. A continuación, lo puso sobre una pequeña mesita de noche.

—Mamá, ya estamos aquí —dijo.

Su madre no respondió, pero Noé creyó escuchar su voz. Si Loli estuviera viva, le habría afeado su conducta tan poco educada ante el hospitalero. Le tenía dicho que había que dar las gracias, que saludar no costaba un céntimo, que un hombre lo parece cuando es educado, y deja de parecerlo cuando se comporta como un asno. «Y, perdona que te diga —le habría dicho si estuviera realmente en aquella habitación—: te has portado como un asno ante ese hombre hace un rato».

Pero Noé tenía sus razones.

Se miró las manos. Al menos ya no temblaban.

Es lo que tiene la abstinencia, que al menos no te tiembla el pulso. Una semana seco.

—Te dije que podría dejarlo, que dejaría de beber —le dijo al tarro que contenía parte de las cenizas de su madre.

Loli tampoco respondió esta vez.

Noé se quitó la ropa, dispuso el contenido de su mochila en el armario, y se dio una ducha reparadora. A continuación, miró su reloj: las siete de la tarde.

Tenía hambre, pero aún faltaba una hora para que se sirviera la cena, según le informó el hospitalero. Podía emplear ese tiempo en pasear por la ciudad. Podría enfrentarse al gentío, abrirse paso entre la cacofonía peregrina y acercarse a la ciudadela o visitar la catedral de la que se hablaba en todas las guías, y comenzar de ese modo su vida de peregrino. Pero no se veía capaz de soportar el ajetreo de una ciudad, incluso aunque fuera modesta como Jaca.

Finalmente, resolvió que vería la catedral por la mañana, después de un buen madrugón. Entonces no habría que soportar a nadie, ni hablar con nadie, ni ser educado con nadie. Allí mismo, ante la catedral, comenzaría su aventura.

—Lo siento, mamá —masculló.

Se vistió y decidió bajar con sigilo a la biblioteca del albergue, coger un libro cualquiera y subir a la habitación evitando todo contacto humano hasta que llegara la hora de la cena.

La biblioteca consistía en un par de estanterías de pino atestadas de folletos del Camino, varias guías, obras sobre la historia local y alguna novela de éxito en formato de bolsillo. Las había en español y en inglés. Noé comprobó con satisfacción que no había nadie en el pequeño salón, y que ni siquiera el hospitalero andaba por allí, de modo que suspiró aliviado al no tener que cruzar una palabra con ningún ser humano.

Pasó los dedos por el lomo de algunos de los libros expuestos, y dudó. No tendría tiempo para leer una novela, ni tampoco ganas. Le bastaba con entretenerse mientras llegaba la hora de la cena, y también después, antes de dormir. De modo que se decantó por alguna de las guías del Camino. De entre ellas, había un par más ilustradas, y le parecieron las más idóneas. Pero al coger la que había elegido, reparó en un cuaderno de tapas de cuero que se encontraba oculto detrás de ella. Lanzó una mirada alrededor y comprobó que seguía estando solo. Y, sin saber por qué, guardó bajo la camisa el cuaderno y cogió la guía del Camino. Y con su botín, regresó a la habitación.

Se tumbó sobre la cama, y se olvidó de la guía. Toda su atención se centró en el cuaderno, que parecía realmente antiguo. Pero, al abrirlo, un sobre cayó al suelo. Noé lo recogió y, por el color amarillento, presumió que también tenía sus años. En su interior había un papel. Lo cogió y lo desdobló.

Era una carta:

Querida hija (porque sé que serás niña, aunque nadie nos lo haya dicho aún):

Si lees esta carta algún día, querrá decir que has nacido; que tu madre logró mantener a raya al cáncer al menos hasta que vieras la luz. Y te aseguro que eso sería algo extraordinario, puesto que ayer nos dieron la noticia de que a mamá apenas le quedan semanas de vida; una cantidad minúscula e insuficiente para llevar a buen puerto su embarazo: el tuyo.

Pero eso ocurrió ayer. La vida es tan caprichosa como la muerte, y lo que ayer era negro hoy es blanco después de que haya encontrado a Trisquel y al hombre más misterioso que puedas imaginar. Pero, claro, no sabes quién es Trisquel.

Es un perro marrón, blanco y negro de mil razas, delgado y saltarín, que no se separa de mí desde que lo abandonó su dueño en la plaza de la catedral.

¡Ojalá llegues a conocerlo! Es alegre, juguetón y, como te digo, no me deja ni a sol ni a sombra. ¡Fíjate que he decidido que venga con nosotros!

¡Ah, que no te lo he dicho! ¡Tu madre, tú y yo nos vamos a hacer el Camino Infinito! Sí, ya sé que todo el mundo lo llama Camino de Santiago, pero yo he empezado a llamarlo como lo hacía el dueño de Trisquel, un peregrino que olvidó no solo a su perro, sino también un cuaderno que ha hecho brotar una semilla de esperanza en nuestras vidas. Por eso te decía que lo que ayer era negro hoy es blanco.

Aquel hombre me dijo que el Camino Infinito permite superar la muerte, y que el secreto se oculta a la vista de todo el mundo en el tímpano de la puerta oeste de la catedral. Al principio, pensé que aquel hombre estaba loco, hasta que leí el cuaderno que dejó sobre la mesa de aquel bar.

Más tarde, fui a ver el tímpano de la catedral y lo miré mil veces, al tiempo que devoraba las notas del cuaderno de aquel hombre. Todo parecía una inmensa locura, pero cuando el océano está a punto de devorarte, cualquier tabla puede ser tu salvación.

Si por mí hubiera sido, habríamos comenzado el Camino Infinito los tres (bueno, los cuatro incluyendo a Trisquel) esta misma tarde, pero las notas del cuaderno eran muy claras al respecto de cuándo se debe iniciar la ruta: el 16 de agosto. Y hoy, cuando firmo esta carta, aún es día 10. Tenemos el tiempo suficiente para realizar las etapas previas y adquirir las enseñanzas necesarias sobre el secreto de la vida eterna.

Sé que estas parecen las palabras de un loco, y es precisamente lo que son. Las notas del cuaderno fueron escritas y firmadas por el Loco, en la página 22.

¡Hija mía, solo el Camino puede permitirte nacer! ¡Solo si tu madre supera la muerte y llega al final del mismo podrás leer esta carta que jamás irá a ningún buzón!

Al llegar a aquel abrupto punto y final, Noé descubrió que estaba sin aliento, que había leído la carta sin apenas respirar y que la habitación le daba vueltas. ¿Qué demonios era aquello? ¿Una broma? ¿Superar la muerte? Instintivamente, lanzó una mirada al recipiente donde viajaban parte de las cenizas de su madre. ¿Sería posible que si ella hubiera hecho el Camino Infinito del que hablaba el desconocido autor de aquella carta estuviera aún viva?

—¿Qué locura es esta? —masculló.

Un momento, recordó: «Las notas del cuaderno fueron escritas y firmadas por el Loco, en la página 22».

Pasó las páginas, que aparecían cuidadosamente numeradas en la parte superior, hasta llegar a la número 22. En ella, encontró un dibujo bastante detallado de la carta del tarot que representa al Loco.

¡Y al Loco lo acompañaba un perro!

¿Quién podría haber escrito aquella carta?

Noé revisó el sobre y encontró en el reverso una fecha: 10 de agosto de 1984.

¿Sería cierto? ¿En verdad aquella carta la había escrito un hombre tan desesperado que había creído posible que su esposa, enferma terminal de cáncer y embarazada, podría salvarse si realizaba el Camino de Santiago que él llamaba el Camino Infinito? ¿Se echaron a andar los tres —la niña en el vientre de su madre— acompañados de un perro llamado Trisquel?

¡Imposible de creer!

Pero ¿y si fuera cierto? ¿Lograron llegar al final del Camino? ¿Qué tenía que ver el tímpano de la puerta de la catedral con todo aquello?

Las preguntas rebotaban en el interior de su cabeza con la fuerza de una tormenta. Él, que creía haber tocado fondo emocional semanas antes, se encontraba ahora como el anónimo autor de aquella carta, aferrado a una esperanza infantil; su tabla de salvación era un cuaderno.

¡Quién se lo hubiera dicho semanas antes, cuando naufragaba en el alcohol y no en el océano! ¡Y todo por una mujer! Bueno, en realidad, por dos: Carolina, que estaba viva, y su madre, que estaba muerta.

Carolina lo había dejado.

Había estado enamorado de ella desde el primer día en que la vio, a pesar de que en su camino se cruzaron otras muchas. Y al final, creyó tenerla, pero su historia se fue construyendo con ladrillos de papel, que apenas resistieron las primeras lluvias. El problema de Noé, un periodista que respiraba un aire viciado sin saberlo, era que no veía más allá de los ojos de Carolina. Y por eso puso a nombre de ella aquella librería cerca del Museo Picasso a la que, como broma, bautizaron El Arca. Pero, como estaba ciego y era tonto, aquella arca no fue de Noé, sino exclusivamente de Carolina.

Ella comenzó a distanciarse a medida que menguaba la estrella de Noé.

Primero, perdió el empleo en la radio. Los recortes; la puta crisis. Pero aún era una estrella de la televisión local en los informativos y en el programa de entrevistas que lo había hecho tan famoso y por el cual había olvidado que el aire que respiraba estaba viciado. Vivía en una fantasía en la que los amigos no eran tantos como suponía ni los afectos eran tan sinceros como había creído.

Y un día, también la televisión acabó para él. Le dieron la noticia de su despido el mismo día en que su madre murió. Loli no pudo luchar más, y él se derrumbó.

Un hombre puede soportar la pérdida de una madre, y tal vez también la pérdida de su empleo y hasta del amor de su vida. Pero perderlo todo en menos de dos días es una prueba que demuestra lo hijo de puta que puede ser el destino.

Carolina le negó cualquier participación en la propiedad de la librería. «La pusiste a mi nombre, ¿recuerdas?». Y eso que había sido él quien compró el local cuando tenía la billetera repleta y la vida le sonreía. Él había tenido la idea de reflotar una librería centenaria que se moría, y suya fue también la ocurrencia del nombre que le pusieron.

Carolina no tenía ni idea de nada cuando el negocio echó a andar. Pero era lista, infinitamente más que él.

La misma tarde en que enterraron a su madre y Carolina le cerró las puertas de la librería y de su intimidad en las narices, Noé se arrojó al güisqui, a la ginebra, al vodka..., a lo que fuera. Y no salió de aquel pozo de alcohol durante mucho tiempo.

Mientras tanto, el dinero menguaba. Los ahorros se le iban entre los dedos. Se los bebía.

Juan Ponce hizo varias fotos más del crismón, de los leones y del resto de los elementos decorativos del pórtico. Tenía decenas. Algunas las había hecho aquella misma tarde y otras muchas en sus anteriores visitas a la catedral de Jaca. Después de todo, había publicado varios libros sobre el Camino de Santiago, prestando especial atención a las supuestas claves herméticas de algunos de sus principales monumentos. Todo lo que oliera a templario y al grial se vendía bien (en su caso, no tan bien).

Y allí estaba de nuevo, después de haberle colocado el enésimo proyecto sobre el mismo tema a otra editorial.
—Será la guía definitiva sobre la ruta jacobea —les dijo.
Y mordieron el anzuelo. Le dieron un jugoso adelanto que ya había gastado casi por completo. Le quedaba lo justo para comer bocadillos, dormir en albergues de bajo presupuesto y tirar de bota y calcetín. Y tal vez, engañar a algún pardillo extranjero que le contratara como improvisado guía en algún tranco de la ruta. Como había sucedido con el par de alemanas que lo escuchaban embobadas.
—La catedral de San Pedro es considerada una de las primeras de estilo verdaderamente románico, pero los especialistas aún no estamos de acuerdo sobre la fecha exacta de su construcción —aseguró sin que le temblara la voz al incluirse en el gremio de los historiadores del arte—. Algunos creen que se construyó en 1063, pero otros creemos que habría que retrasar la fecha alrededor de diez años, al menos.
Las dos teutonas tenían poco más de treinta años, eran muy altas, muy rubias y estaban muy quemadas por el sol de agosto. Tenían los ojos azules abiertos de par en par y se esforzaban en seguir las explicaciones de su guía, un hombre que parecía Allan Quatermain en busca del tesoro de Salomón, más que un peregrino: un chaleco caqui de explorador muy sobado por el uso, pantalones cortos de color gris repletos de bolsillos, botas de montaña que parecían no haber visto el betún desde que su propietario partió de Zanzíbar o desde donde demonios hubiera llegado a Jaca, barba, pañuelo al cuello..., todo lo necesario, salvo un machete con el que abrirse paso en la jungla. Y mucha labia.
—Pero lo importante de la catedral está aquí. —Señaló el pórtico de la puerta frente a la cual se encontraban—. En ese crismón, y en las inscripciones y figuras que lo rodean.
Juan se aclaró la voz y leyó la inscripción que había en la base del tímpano, como si realmente supiera latín:
—«Vivere si queris qui mortis lege teneris, huc suplicando veni revens fomenta veneni, cor viciis munda, pereas ne norte secunda».
Y, luego, tradujo, aproximadamente:

—«Si quieres vivir, tú que estás sometido a la ley de la muerte, ven aquí suplicante, renunciando a los venenosos placeres. Purifica de vicios tu corazón para no morir de una segunda muerte».

Y guardó silencio, para que las palabras tuvieran el efecto deseado en las dos jóvenes, que entendían lo justo de español para seguir las indicaciones del guía. Mientras, aprovechó para estudiarlas de nuevo el chasis, que era de lo más poderoso y apetecible. Pero estaba allí a lo que estaba: a sacarles los cuartos. Y ya iba teniendo una edad como para sentar la cabeza, que los cincuenta estaban a la vuelta de la esquina.

—Pero ¿cómo se puede morir una segunda vez? —preguntó una de las dos teutonas. Era la pregunta lógica, pero cuya respuesta valía un millón de dólares. O más.

—Tiene que ver con la muerte iniciática —respondió Juan tirando de explicación estándar—. Los iniciados morían en apariencia para transformarse, para trascender.

Después, hizo una sucinta descripción del crismón y de su significado, y también recitó las inscripciones que acompañan a los dos leones que flaquean al crismón:

—El león sabe perdonar al caído, y Cristo a quien le implora —tradujo señalando al león de la izquierda, cuya boca permanece cerrada. Y a continuación señaló al opuesto y dijo—: El león poderoso aplasta al imperio de la muerte.

Y a continuación completó la información señalando que el crismón central incorpora la letra *S* porque representa al Espíritu Santo, y que todos aquellos mensajes pretendían demostrar que quien mantenía intacta la virtud y se sacudía de encima los vicios mundanos sería premiado con el cielo en el más allá y no iría al infierno.

Las dos alemanas asintieron en silencio, se persignaron y pagaron a Juan lo convenido. Ellas se despidieron, y él siguió sus traseros con la mirada hasta que se perdieron entre el gentío que iba y venía, porque en Jaca se estaba celebrando el Festival Internacional del Camino de Santiago, y había espectáculos musicales y otros actos culturales.

Cuando los dos culos fueron invisibles a sus ojos lascivos, Juan se volvió hacia el maldito tímpano.

—¿Qué coño quieres decir exactamente? —le increpó.

Noé se frotó los ojos y miró el reloj. Eran las ocho y diez. Ya podía bajar a cenar. Miró el cuaderno y pensó en llevarlo al comedor, pero de inmediato descartó la idea. Era una imprudencia. ¿Por qué? Porque no tenía la menor intención de devolverlo. Se lo llevaría. Lo acompañaría en su propio Camino, que no sabía si sería infinito o patéticamente finito, pero el viejo periodista que era —y sí, comenzaba a sentirse viejo a los cuarenta y siete años— había olfateado una buena historia: ¿sería capaz de encontrar el rastro de un matrimonio y un perro llamado Trisquel a lo largo del Camino treinta y cinco años después de que se hubiera escrito aquella carta?

¡Qué extraordinaria historia de amor!, pensó. Y por su mente atravesó, fugaz como una estrella de muerte, el rostro de Carolina.

La última vez que la vio iba del brazo de otro. Luego supo que aquello venía de atrás, pero él estaba tan pagado de sí mismo que no lo vio venir. ¿Acaso creía que solo él podía ser infiel?

De modo que guardó la carta en el sobre, y el sobre entre las páginas del cuaderno, y el cuaderno bajo el colchón de la cama. Después, se lavó las manos y se miró al espejo. Tenía mala cara, estaba pálido. El tipo que tenía enfrente había engordado y tenía la barba más cana de lo que recordaba. Hacía tres semanas que no se afeitaba. El cabello era cada vez más escaso, y lo único que le recordó a sí mismo fue un levísimo fuego en la mirada negra.

¡Era todo lo que quedaba de él!

Una generosa ración de ensaladilla rusa, una tortilla de jamón, un flan y una botella de medio litro de agua más tarde, Noé se levantó del comedor. Había sido una cena sencilla, pero mucho más agradable de lo que había imaginado.

El albergue estaba lleno, al parecer. El Camino es un flujo incesante de almas, y aquella noche un puñado de ellas iba a dormir allí.

La cena la sirvió una mujer alta, delgada, que debió haber sido hermosa en su juventud y aún conservaba retazos de su belleza a pesar de que, según Noé calculó, debía tener alrededor de sesenta años. Tenía la piel clara, y el cabello cano le caía hasta casi los hombros. Sus ojos eran claros. La ayudó en el servicio un muchacho regordete y resuelto de acento sudamericano.

Tras saludar levemente con la cabeza a un grupo de peregrinos que hablaban alemán, Noé regresó a la habitación. No tenía ganas de charlar con nadie. Lo único que deseaba era descubrir qué más cosas tenía que contarle el Loco del tarot que había escrito en las páginas de aquel cuaderno, nada menos que el secreto de la inmortalidad, según el autor de la misteriosa carta.

Durante la cena, había reflexionado al respecto. ¿Por qué estaba la carta oculta tras aquel libro? ¿Acaso el hombre que la escribió jamás llegó a emprender el viaje y la ocultó allí? ¿Treinta y cinco años? ¡Imposible! ¿Tal vez otros peregrinos la habían leído antes que él y la habían dejado allí?

—Lo importante son los hechos —se dijo el periodista que había sido y que ya no era.

Si aquel matrimonio y su perro habían recorrido el Camino, él encontraría alguna pista. Y si no la encontraba, no habría perdido nada, ni siquiera el tiempo, puesto que había decidido convertirse en peregrino antes de encontrar aquella carta. Su propósito era huir de su pasado llevando, paradójicamente, a cuestas parte del mismo: las cenizas de su madre.

Su padre había estado de acuerdo, porque sus padres habían sido *concheiros* muchos años antes, cuando la enfermedad y la muerte eran cosas que les sucedían a los demás.

—A mamá le hubiera gustado, estoy seguro —le dijo su padre cuando Noé le comentó la idea a la que andaba dando vueltas desde hacía unos días—. Y si eso hace que dejes de beber, vete al Camino mañana mismo.

Y ahora, ahí estaban los dos, él y mamá.

Miró hacia la mesita. Loli no dijo nada, pero Noé creyó que a ella también le intrigaba saber si aquel matrimonio habría llegado a Finisterre.

Y se zambulló en la lectura del cuaderno.

—«El Camino Infinito» —leyó en la primera página.

CAPÍTULO 2

El otro grial

El día amaneció luminoso, cargado de sol y promesas. Por primera vez en mucho tiempo, Noé sintió que merecía la pena estar vivo, a pesar de todo. A pesar de la muerte de su madre, a pesar de su incierto futuro ahora que estaba en el paro y a pesar de Carolina.

¡Carolina!

Había soñado con Carolina. Con ella y con el Loco del tarot. De hecho, durante su sueño el Loco tenía el rostro de su antiguo amor, aunque sus ojos eran diferentes. Tenían un color azul bellísimo, mientras que los de Carolina eran negros como tizones.

En el sueño, ella se burlaba de Noé.

—¡Jamás serás capaz de encontrarlos! —le decía.

Noé sabía que ella se refería al matrimonio del que hablaba la carta que había encontrado entre las páginas del cuaderno.

—Eso ya lo veremos —se dijo ya despierto, pero aún tumbado sobre la cama.

Había tomado una decisión, y ni Carolina ni nadie iban a ser capaces de detenerlo. Al final, ya se vería quién tenía razón. Antes de dormirse, había dado mil vueltas a aquella idea sin llegar a decidirse, pero ahora no tenía la menor duda: seguiría las instrucciones escritas en el cuaderno a la hora de recorrer el Camino, al que ya comenzaba a llamar Infinito. Por lo tanto, no partiría esa mañana hacia el oeste, como había previsto inicialmente, sino que aguardaría al día

16 de agosto para emprender viaje desde la puerta oeste de la catedral de Jaca.

—Hoy, empezaremos por el grial —se dijo antes de entrar en la ducha.

Media hora después, se encontraba en el salón del albergue dando cuenta de un par de tostadas con aceite, tomate y jamón, un zumo de naranja y un tazón de café con leche que le había servido el regordete camarero sudamericano que ya conocía de la noche anterior.

Cuando acabó de desayunar dejó en la estantería la guía del Camino que había cogido la tarde anterior, y tragó saliva. Tras el mostrador de la recepción se encontraba el hospitalero, que despedía con una sonrisa a una pareja de peregrinos franceses que emprendía su aventura jacobea. El hombre no prestó atención a Noé, que sin embargo se sentía culpable al no devolver el cuaderno que había encontrado.

Un cuarto de hora más tarde era el propio Noé quien pagaba la cuenta de su paso por La Estrella Eterna y quien recibía los buenos deseos para su camino por parte del hospitalero. Noé, tal vez recordando a su madre, fue en esta ocasión más amable y le devolvió la sonrisa, aunque protegido por las gafas de sol.

—¿Primer tranco hasta Puente la Reina? —sondeó el hospitalero.

—Veremos hasta dónde llegamos —respondió Noé evasivo.

—Pero no deje de visitar San Juan de la Peña, ¿eh? —le recomendó el hombre canoso de mirada verde—. Allí estuvo el grial, ya sabe.

—Sí, algo he leído —repuso Noé—. Habrá que verlo entonces.

El dueño del albergue pareció satisfecho, y le deseó buen Camino.

Noé respondió con la misma economía de palabras que había demostrado en sus respuestas anteriores, pero cuando estaba a punto de salir reparó en algo que le hizo abrir los ojos.

—¿Es un libro de firmas? —preguntó señalando con el dedo índice a un enorme cuaderno abierto de par en par sobre el mostrador.

—Así es —confirmó el hospitalero—. ¡Déjenos unas palabras escritas, hombre!

Y Noé obedeció. Puso la fecha —11 de agosto de 2019—, su nombre y el de su madre. Y añadió: «El día en que comencé a renacer».

Y firmó.

Y después, preguntó:

—¿Existen libros de firmas en todos los albergues?

El hospitalero se encogió de hombros.

—En todos, no lo sé —respondió—. En algunos, tal vez.

Noé asintió. Aquel podía ser un hilo del que tirar. ¿Habría firmado en alguno de aquellos libros el matrimonio protagonista de la fantástica historia de amor que recogía la carta anónima? Treinta y cinco años eran muchos, y resultaba difícil imaginar que los albergues conservaran esos libros de firmas, pero era una posibilidad que debía explorar.

Dudó por un instante si preguntar al hospitalero si conservaba los libros de firmas de años anteriores o incluso ser más directo y mencionar a una pareja de peregrinos que realizó el Camino treinta y cinco años antes acompañados de un perro llamado Trisquel. Pero finalmente no lo hizo, no fuera a ser que el dueño del albergue conociera la existencia de la carta y del cuaderno y preguntara a Noé cómo había conocido él aquella historia. Además, en ese momento vio en el cuaderno de firmas que La Estrella Eterna había abierto sus puertas treinta años antes, cinco años después de la aventura de los peregrinos que comenzaban a obsesionarle.

De modo que tocó el ala de su sombrero a modo de despedida y puso los pies en la calle.

Eran las ocho y media de la mañana, y la vida ya bullía en Jaca. De pronto, recordó la fiesta o lo que quiera que se celebrara esos días allí. Y eso le incomodó. Hubiera preferido unas calles silenciosas de camino a la catedral, pero no podía luchar contra el mundo.

Sí que tenía el propósito de visitar el monasterio de San Juan de la Peña, como le había dicho al hospitalero, pero no pensaba proseguir hasta el primer puente del juego del que hablaba el cuaderno. Aún no había llegado el día en que partiría hacia Puente la Reina. Antes, buscaría el otro grial.

La plaza de la catedral parecía muy despierta a pesar de la hora. Los bares estaban abiertos, y los vendedores del mercado medieval comenzaban a quitar las lonas con las que habían cubierto sus tenderetes durante la noche. Los curiosos paseaban, y los fieles entraban en el templo. Noé, ajeno a todos, se dirigió hacia la puerta oeste.

—El rey Ramiro I convirtió a esta ciudad en la capital del reino de Aragón en 1035, y mantuvo ese honor hasta 1096, en que la capitalidad recayó en Huesca —dijo Juan Ponce al puñado de peregrinos que se arremolinaban a su alrededor y que lo habían contratado como guía hasta San Juan de la Peña—. De aquella época data esta catedral, aunque hay disputas sobre la fecha exacta de su construcción.

Después, tras incluirse una vez más en el gremio de los historiadores del arte al que no pertenecía, describió *grosso modo* el templo. Mencionó sus tres naves, el crucero, sus tesoros artísticos y todo lo demás, hasta ir a parar a su tema favorito: el pórtico de aquella puerta frente a la cual se encontraban. A partir de ese instante, comenzó a repetir las mismas palabras que había elegido la tarde anterior para las peregrinas alemanas. Y cuando acabó su exposición, alguien preguntó lo de siempre:

—¿Cómo se puede morir dos veces?

Y él repitió la respuesta que ya conocemos. Y lo hizo justo en el momento en el que llegó un peregrino novato. No había más que ver su mochila nueva, su sombrero marrón impoluto, aquellas gafas de sol y hasta el cayado nuevecito que se había agenciado.

Juan llegó a pensar en que tal vez tenía delante a un pardillo al que podría vender sus supuestos enciclopédicos conocimientos jacobeos. Mientras, el jaleo en la plaza iba en aumento. El mercadillo comenzaba a latir.

Noé torció el gesto al ver que un grupo de peregrinos se le habían adelantado y escuchaba las explicaciones que les proporcionaba una especie de guía vestido como un explorador que fuera en busca de las fuentes del Nilo. Solo le faltaba el salacot, pensó.

Había llegado a tiempo para escuchar sus últimos comentarios sobre el tímpano de marras, y era evidente que el guía —pelo negro salpicado de canas y sin peinar, como si acabara de despertarse, estatura media, ojos vivarachos y aspecto desaseado— algo sabía, pero no lo sabía todo. Y si lo sabía, no lo decía. O no sabía nada y aparentaba saber algo.

Noé se acercó al tímpano y contempló el crismón de ocho brazos, en el que se advertían los elementos propios de la ortodoxia cristiana disimulando claves heterodoxas, según había leído en el cuaderno del Loco del tarot. Sacó la libreta de la mochila y repasó algunos de aquellos apuntes: la cruz Ank egipcia convertida en *P* —letra *ro* griega— para simular el anagrama de Cristo, el saber de la serpiente representado bajo las patas del león situado a la izquierda del Crismón, la escenificación de la rueda solar y el Sol Invicto de aromas paganos. El Sol que nace o, más bien, renace: la primera alusión a la superación de la muerte.

El ruido del creciente gentío de la plaza lo sacó de su embeleso. Resultaba difícil concentrarse y deseó tener el don de silenciar el mundo.

Cerró los ojos y tomó aire. Y volvió la mirada hacia el tímpano.

Se esforzó en estudiar la imagen de los dos leones y las inscripciones en latín que les acompañaban. Leyó las traducciones de las frases latinas en el cuaderno, las cuales no diferían de las que el guía desaliñado había recitado. Pero el Loco del tarot ofrecía otras explicaciones de carácter astrológico que el guía no había mencionado. El león representaba no tanto a la fortaleza divina como a la constelación de

Leo, y el hombre que sujeta a una serpiente bajo las patas del león no estaría sojuzgando a ningún demonio, sino aludiendo a las constelaciones de Ofiuco y Serpens.

El Loco había anotado que todo el Camino guardaba relación con las estrellas, y que el iniciado encontraría esos mensajes astrológicos en varios hitos jacobeos, como la colegiata de San Isidoro de León o en la misma catedral de Santiago. La astrología presidía incluso la orientación de los templos, cuyos altares se situaban mirando al este, donde el sol nacía, mientras que el acceso a los mismos se disponía en el oeste, de modo que el fiel se adentraba en ellos desde la oscuridad para caminar hacia la luz. Pero en la planta de aquella catedral había algo anómalo, señalaba el Loco en el cuaderno: una desviación de varios grados que hacía que aquella puerta estuviera desviada en idéntica medida hacia el norte. ¿Por qué?

La explicación que daba el Loco guardaba relación con...

—¡Maldita sea! —murmuró Noé.

Un grupo de músicos ataviados de época comenzó a tocar en la plaza. Noé se giró en dirección a los puestos del mercadillo más próximos. Y fue entonces cuando vio aquellos ojos, los mismos que Carolina tenía en el sueño de la noche anterior.

Su propietaria era una mujer vestida al estilo musulmán que debía formar parte de algún espectáculo, de algún grupo artístico. El velo impedía que Noé viera su rostro, pero dejaba al descubierto unos ojos intensamente azules que contrastaban con el tono moreno de su piel. Su cabello era negro, y la mirada de ambos se cruzó apenas durante unos segundos. Los suficientes como para que Noé hubiera cometido la torpeza de dejar el cuaderno de tapas de cuero sobre su mochila, posada en el suelo.

Juan no había quitado ojo al peregrino novato. Al principio, lo había tomado como un posible cliente al que sacar unos cuartos contándole alguna leyenda jacobea, pero después, al ver cómo consultaba aquel viejo cuaderno y repasaba con la mirada las figuras representadas en el tímpano, comenzó a mirarlo con otros ojos.

Cuando el tipo dejó el cuaderno sobre la mochila, aparentemente embelesado al ver pasar a un grupo de artistas callejeros entre los que se encontraba una morena de ojos llamativos, Juan tuvo tiempo para leer las notas que aparecían en la página por la que el cuaderno había quedado abierto y empalideció.

¡Allí estaba la respuesta que buscaba sobre el maldito tímpano, su crismón y sus leones! ¡Al fin podría responder con seguridad a quienes volvieran a preguntarle cómo era posible morir dos veces!

Pero la apresurada lectura le ofreció algunas claves más: información astronómica, relaciones numéricas, mensajes paganos y... En fin, que decidió echar mano al cuaderno y salir corriendo mientras el peregrino del sombrero seguía mirando como un imbécil a la morena de marras. Pero cuando estaba a punto de robar el cuaderno, el peregrino se giró. Afortunadamente para Juan, no pareció advertir sus intenciones.

Juan se aclaró la voz y le preguntó:

—¿Comienza hoy la aventura jacobea?

El tipo del sombrero lo miró a través de sus gafas de sol y respondió con evidente desgana:

—En eso estamos.

Juan sondeó.

—¿Hoy, hasta Puente la Reina o más allá?

—Hasta donde me lleven los pies —replicó el peregrino evasivo.

Juan no insistió. Comprendió que no era el momento y que aquel era un hueso duro de roer. Ya habría tiempo de sonsacarle en los próximos días. Si ambos emprendían el Camino a la vez, muy mal se tendrían que dar las cosas para que no se encontraran más adelante. Y entonces, el tipo del sombrero tal vez no tendría la misma suerte. Juan no podía dejar de pensar en la información que podría contener aquel cuaderno y fantaseó con la idea de que en aquellas páginas pudiera encontrar todo cuanto había soñado para escribir la guía definitiva del Camino que había prometido a su editorial.

Para su desgracia, Juan no podía sospechar que el peregrino del sombrero marrón no tenía la intención de dirigirse al oeste hasta cinco días después, hasta que llegase la fecha mágica del 16 de agosto.

Ajeno a los pensamientos del tipo vestido de explorador, Noé cedió a la tentación y se olvidó durante unos momentos de los mensajes que ocultaba la catedral, según se leía en el cuaderno del Loco, y se mezcló entre la gente que, cada vez en mayor número, recorría la plaza y las calles adyacentes en busca de la dueña de aquellos ojos de extraordinaria belleza. Pero sus esfuerzos fueron vanos: no volvió a verla.

Al cabo de media hora, se dio por vencido y decidió regresar a la catedral, donde aún le faltaba por ver la señal que marcaría su itinerario en los próximos días. De camino, ojeaba sin demasiado interés la variada oferta del mercadillo: hierbas medicinales, la forja de un herrero, cerámicas, canastos de mimbre, una variada oferta gastronómica y joyas y abalorios. Y precisamente uno de aquellos artesanos ofertaba una pulsera que le llamó la atención. Era de cuero tintado de negro y, bañado en plata, aparecía un trisquel.

Al ver el símbolo celta de las tres espirales unidas, recordó de inmediato el nombre del perro del Loco. Y aunque no estaba sobrado de dinero, no pudo evitar comprar aquella pulsera.

Con ella en la muñeca derecha, regresó a la catedral, pero esta vez sus pasos lo condujeron a la puerta situada al sur del templo y precedida de una suerte de lonja. El porche se sostenía gracias a varios capiteles, alguno de ellos historiado. Y uno de ellos reclamó de inmediato toda su atención. Según el cuaderno, allí aparecía representado el grial, que en realidad no era sino una metáfora o pictograma de algo mucho más trascendente y que debía explorar antes de comenzar su aventura jacobea.

No fue difícil encontrar el capitel en el que se representaban momentos de la vida de san Lorenzo, a quien la tradición cristiana representa como custodio temporal del grial. Según la leyenda, durante el reinado del emperador romano Valeriano, mediado el siglo III de nuestra era, se produjo en Roma una violenta persecución contra los cristianos de resultas de la cual se condenó a muerte al papa Sixto II, que fue decapitado. Pero antes de que se ejecutara la sentencia, el pontífice entregó a su diácono Lorenzo los bienes de la Iglesia para que los distribuyera entre los pobres, y también algunas reliquias, entre las que se encontraba el grial. Lorenzo cumplió su misión en los días siguientes, pero también él fue condenado a muerte poco después. Afortunadamente para la cristiandad, antes envió el grial a casa de sus padres tras ponerlo en manos de un legionario de su confianza. La familia de Lorenzo, que terminaría siendo santo tras su martirio, vivía en una casa a las puertas de Huesca.

Noé contempló ensimismado uno de aquellos capiteles en los que aparecía la figura del papa tocado con un gorro gallonado y del propio san Lorenzo. En una de las escenas, el diácono, que mantiene apoyada su mano derecha sobre una cruz, entrega a dos hombres un objeto cuidadosamente envuelto. Según el cuaderno del Loco, aquel objeto era el grial, aunque, en realidad, al propietario de aquella libreta le traía sin cuidado la interpretación cristiana de ese símbolo.

—De modo que era cierto —masculló Noé al ver el capitel.

Cuando la noche anterior leyó en la libreta que había un capitel donde se representaba esa escena, desconfió. Pero al ver que el anónimo autor del relato de aquel cuaderno no mentía en ese punto y parecía ir acertado también en la idea de lo que representaba realmente el tímpano que adornaba la otra puerta de acceso a la catedral, comenzó a entender la esperanza que germinó en el corazón del hombre cuya esposa embarazada estaba condenada a muerte por el cáncer.

¿Podría el amor vencer a la muerte?

El recuerdo de Carolina se paseó por su mente durante un instante, pero pronto fue sustituido por los ojos de la misteriosa mujer del mercado medieval.

—¡Al diablo con ellas! —se dijo.

Y, con paso decidido, emprendió el preámbulo de su aventura jacobea: la ruta del otro grial.

En los días siguientes, Noé caminó de acuerdo con las instrucciones que contenía el cuaderno. Antes de comenzar el Camino Infinito, debía recorrer la ruta del grial, pero no para encontrarlo, sino para comenzar a encontrarse a sí mismo.

El cuaderno era claro al respecto: el grial no era más que un símbolo cuyo significado variaba según la cultura y el credo de cada cual. Durante la Edad Media, algunos poetas habían escrito relatos sobre ese mítico objeto, pero ninguno parecía ponerse de acuerdo sobre su forma y naturaleza. Chrétien de Troyes escribió en el siglo XII su poema inacabado *Perceval o el cuento del Grial*, en el que se limitaba a describirlo como un objeto de oro y piedras preciosas, pero sin atribuirle la forma de una copa o cáliz. Poco después, Robert de Borón escribió un cuento sobre el mismo tema en el que cristianizaba el mito al asegurar que el grial era la copa empleada por Jesús en la última cena y que José de Arimatea la había custodiado. Finalmente, Wolfram von Eschenbach escribió en el siglo XIII *Parsifal*, una obra en la que afirmaba que los caballeros templarios custodiaban el grial en un castillo llamado Munsalveache, que algunos habían querido ver en Montserrat, otros en Montségur y otros en lugares de lo más variopintos.

Lo cierto era que nadie sabía qué demonios era el grial, dado que existían teorías que proponían que era mucho más antiguo que el propio cristianismo. Entre los celtas y otros pueblos paganos, ya se mencionaba la existencia de ceremonias y objetos que, entre sus virtudes mágicas, contaban con la de rejuvenecer e incluso devolver a la vida a los muertos. Y también se describían rituales que evidenciaban que antes del cristianismo existían tradiciones en las que los dioses regresaban de la muerte: Osiris, Dionisio...

En el misterioso cuaderno que Noé había encontrado, su autor proponía una solución al enigma del grial que exigía una introspección del buscador, puesto que el mito era bien claro al respecto: se requería un corazón puro para alcanzar el grial. En el mito artúrico, solo el caballero Galahad, de inmaculada moral, se hizo acreedor al grial.

El grial tenía que ver con la superación de la muerte, el mismo reto que se planteaba en el tímpano de la puerta oeste de la catedral de Jaca; el mismo que había hecho renacer las esperanzas al anónimo autor de la carta que Noé había encontrado.

Y así fue como Noé se encaminó inicialmente hacia la ermita de Loreto, situada a las afueras de Huesca. Allí, según la tradición, había ido a parar el grial enviado por san Lorenzo desde Roma a su familia.

Al llegar, cumplió la tradición de dejar en el monasterio una piedra que había elegido durante el camino. Era el primer símbolo de desprendimiento; el comienzo de la transformación necesaria para comprender la enseñanza del grial.

Después, se le pudo ver caminar por las calles de Huesca en busca del segundo lugar donde, según la leyenda, estuvo el grial en 711: la iglesia de San Pedro el Viejo.

Tenía gracia que varios de los hitos que debía de recorrer y en los que había estado custodiado el grial estuvieran dedicados a san Pedro, pensó.

La iglesia de San Pedro el Viejo se alzaba sobre el mismo lugar donde, en tiempos más antiguos, había estado un monasterio benedictino y, antes, un templo visigodo.

La invasión musulmana en 711 obligó al obispo de Huesca, san Acisclo, a huir hacia el norte acompañado por su sobrina, santa Orosia, con el propósito de salvaguardar el grial, y Noé siguió sus pasos hasta recorrer las diferentes ermitas de Yebra de Basa y concluir su periplo en la ermita dedicada a santa Orosia, bajo el Pico Oturia.

Llegó hasta el imponente y silencioso paraje un atardecer de cielos rojos. Estaba exhausto, con los pies doloridos pero con mejor ánimo que el que correspondía a su estado físico. Aspiró con deleite el aire puro, dejó la mochila junto a la fuente próxima a la ermita y bebió generosamente. Después, se refrescó la cara.

Por vez primera, reparó en que el recuerdo de Carolina no había salido a su encuentro en ningún momento durante aquellas caminatas. Toda su atención se centraba en la búsqueda de lo que aparentemente era una quimera: el grial. Pero no el cristiano. Si el Loco estaba en lo cierto, semejante tesoro estaba en el interior de cada cual, y nada tenía que ver con un objeto manufacturado en tiempos de Jesús.

Durante el camino había tratado de encontrar alguna pista sobre el matrimonio y el perro Trisquel. Pero no la encontró hasta que llegó a aquella ermita.

—Buenas tardes —dijo alguien a su espalda.

Noé dio un respingo, porque no había advertido que nadie estuviera en aquel lugar. Se giró y vio a un hombre de edad avanzada y vestido con sotana.

—Buenas tardes —respondió una vez repuesto de la sorpresa.

El desconocido apenas tenía cabellos en la cabeza, y los pocos que aún lucía eran blancos como la nieve. Su tez era sonrosada, aunque alrededor de los ojos se dibujaban mil arrugas que empequeñecían su mirada gris. Las manos, salpicadas de manchas, le temblaban cuando las separaba del sólido cayado de madera en el que se apoyaba.

—Llega usted más de dos meses tarde a la romería —dijo el cura.

—No sabía que se celebrara una —reconoció Noé, con media sonrisa.

—¡Ah, y muy importante! —le informó el religioso—. El 25 de junio vienen romeros de todos los pueblos de la zona a rendir tributo a santa Orosia, que es nuestra patrona y también es venerada en Jaca.

—De haberlo sabido... —dijo Noé por puro compromiso.

—Pero ya veo que usted es *concheiro* —comentó el cura señalando la concha que lucía Noé en su jersey, la única que mostraba después de que hubiera quitado la que inicialmente llevaba en la mochila siguiendo las instrucciones que había leído en el cuaderno: una concha para anunciar que se busca la inmortalidad; otra, la auténtica, cuando se ha regresado del reino de los muertos.

—Así es, padre —admitió Noé, y señaló a continuación a la iglesia de planta rectangular, aspecto austero, y coronada por una espadaña que tenía en frente—. Le aseguro que me ha costado llegar hasta aquí.

—Le creo —sonrió el cura—, pero merece la pena. Venga.

El padre Raimundo, que así se llamaba el cura, sirvió de cicerone a Noé durante su paseo por el interior de la iglesia de tres naves, con un ábside orientado al norte, un coro y una pila benditera en piedra. Noé advirtió inscripciones epigráficas en la decoración, pero en lugar de preguntar por su significado, lanzó una piedra al pozo de la casualidad a ver qué sucedía.

—Y dígame, padre, ¿cuánto tiempo lleva usted ejerciendo aquí?

El cura cerró los ojos y lanzó un suspiro.

—Toda la vida, hijo —respondió.

Toda la vida incluía, al menos, treinta y cinco años, pensó Noé.

El párroco conocía la zona al dedillo. Ejercía su labor pastoral en Yebra de Basa y en otros pueblos próximos desde su juventud, aclaró.

Noé decidió sincerarse. Le habló de la carta que había encontrado de forma casual, aunque no reveló dónde ni que la hubiera robado. Explicó que le llamó la atención la historia de aquel matrimonio que, acompañado de su perro, pretendía realizar el Camino, pero que antes se habían propuesto recorrer varios enclaves vinculados a la leyenda del grial.

—¿Hace treinta y cinco años, dice usted? —preguntó el cura.

Noé asintió.

—No sé cuáles eran sus nombres, pero sí que ella estaba enferma de cáncer y embarazada. Y su perro se llamaba Trisquel —añadió mientras el cura parecía hacer memoria hasta que una chispa prendió en sus pupilas.

—Claro que los recuerdo, venga conmigo. Los *concheiros* no pasan por aquí habitualmente, y mucho menos un matrimonio y un perro.

Noé siguió al párroco hasta la sacristía, donde el cura rebuscó entre los libros que atestaban un par de armarios hasta que pareció encontrar lo que buscaba.

—El libro de firmas de 1984 —dijo depositando el volumen cubierto de polvo sobre una mesa.

—Debieron pasar por aquí en agosto de ese año —comentó Noé, visiblemente emocionado.

Los dedos temblorosos del padre Raimundo recorrieron las páginas del libro hasta llegar a una concreta. Después, acercó sus ojos hasta ella y se calzó unas antiparras para ayudarse en la búsqueda.

—¡Aquí los tiene! —exclamó.

Noé tragó saliva antes de leer las cuatro líneas que le mostraba el cura: «Gabriel, Vega y Trisquel descansaron aquí, donde un día estuvo el grial, el día 13 de agosto de 1984. Nos fuimos más limpios que cuando llegamos, y más cerca de la inmortalidad».

Noé estuvo a punto de llorar de emoción.

¡La historia era cierta! Y ahora sabía incluso los nombres de sus protagonistas: Gabriel y Vega.

¿Qué nombre habrían pensado para su pequeña, si llegaba a nacer antes de que su madre muriera?

—Recuerdo mejor al perro que a ellos —reconoció el sacerdote. Y al ver la extrañeza en el rostro de Noé, aclaró—: es que aquel animal no paraba de saltar y correr. No hacía otra cosa que jugar y lamerme las manos. Parecía...

—Un eterno cachorro —se anticipó Noé recordando lo que había leído a propósito de aquel perro singular.

—¡Exacto! —don Raimundo le dio la razón—. Me contaron lo mismo que dice usted: que iban a hacer la ruta del grial antes de emprender el Camino de Santiago. Venían de Huesca y pensaban proseguir al día siguiente hacia San Pedro de Siresa. No recordaba sus nombres, la verdad, pero ahora que los leo...

—¿Recuerda algo más? —preguntó Noé con un nudo en la garganta.

—No mucho más —respondió el sacerdote—. Ella era una mujer delgada, muy guapa. Rubia y de piel clara. Él parecía angustiado por algo. Y ahora que dice usted que ella padecía cáncer y que estaba embarazada, lo comprendo. A mí no me lo dijeron. Hablé con ellos un buen rato y luego les abrí la casa de los romeros, que es el edificio que está junto a la iglesia, para que pudieran descansar. Al día siguiente, cuando vine, ya se habían marchado y habían dejado una generosa limosna a la parroquia. Pero antes, firmaron en el libro. —Señaló las cuatro líneas que Noé acababa de leer.

Noé pasó la noche en la casa de los romeros, lo mismo que hizo la pareja cuyos pasos pretendía emular, y al día siguiente partió de Santa Orosia rumbo a San Pedro de Siresa, donde la leyenda aseguraba que reposó el grial entre los años 815 y 831. Pero allí no encontró rastro alguno de Gabriel y Vega. Y tampoco nadie que recordara a Trisquel.

Al día siguiente se dirigió hacia Borau, en pleno corazón de la comarca de la Jacetania, y entre los barrancos de Calcil y Lupán, a la vera del río Lubierre, encontró su siguiente destino: la ermita de San Adrián de Sásabe.

La estampa de la ermita románica, del siglo IX, era preciosa. Noé había leído que se alzaba en el mismo lugar donde, otrora, estuvo uno de los monasterios más importantes de Aragón. Allí se había dado sepultura a varios obispos, y también había acogido el grial temporalmente.

Noé miró alrededor y no vio a nadie. Estaba tan solo que jamás se sintió mejor acompañado. Salvo Gabriel y Vega, cuya fantasmagórica presencia se hacía cada vez más intensa, nadie lo vio llorar. El paraje era realmente mágico, de otro modo no se alcanzaba uno a imaginar por qué se había construido un templo en un lugar tan poco propicio como aquel, en la confluencia de dos barrancos y con un río situado en un nivel superior al de la ermita. Lo más normal es que las crecidas del río inundaran la zona con frecuencia. De modo que debió haber una razón especial.

Noé lloró de felicidad y de tristeza, porque se puede hacer. Se sintió feliz en su soledad y triste por ella misma. Y allí, mientras el río cantaba su eterna canción, depositó parte de las cenizas de su madre.

Fue aquella una de las noches más hermosas de su vida, y la pasó al raso, a la vera de una fogata que dejó morir a medida que el sueño le vencía. O eso creyó.

¿O eso creyó? ¿Por qué se dice tal cosa?

Pues porque al despertar, Noé se sorprendió al ver que la hoguera seguía ardiendo con idéntico vigor. Alguien parecía haber alimentado el fuego durante la noche con madera que él no recordaba haber acarreado hasta allí. E instintivamente, miró en todas direcciones buscando una explicación que, sin embargo, no encontró.

Cuando en la tarde del día 15 de agosto regresó a Jaca, sabía que algo insólito le había sucedido aquella noche, y no solo por el misterioso fuego que no se apagó. Por primera vez en su vida percibió los hilos que movían sus pies, sus manos y su voluntad. Pero aquellos hilos no lo convertían en marioneta de nadie, sino que lo unían de modo indescriptible a todos y a TODO.

Fue una visión fugaz. Apenas nada, pero fue TODO.

Y después, volvió a ser él: Noé.

Atrás había dejado un fragmento de su corazón junto a parte de las cenizas de su madre.

El día siguiente era el 16 de agosto, la fecha fijada en el cuaderno.

Hasta ese momento, no había reparado en que el 16 de agosto se celebra la festividad de San Roque. Al darse cuenta, empalideció.

¿Quién acompaña a san Roque en la iconografía cristiana?

—¡Será posible! —murmuró con el rostro iluminado.

CAPÍTULO 3

La primera oca

¿Qué diría Carolina si lo viera allí ahora, con su mochila cada vez menos nueva, su cayado ya usado, el sombrero sudado y la cara más afilada? ¿Qué nuevos reproches le diría? ¿Qué nuevos reproches se dirían? ¿Cuándo se rompió el amor entre ellos? ¿Cuándo lo rompieron?

¡Al diablo Carolina!

¡Día 16 de agosto! ¡San Roque!

¿Era puñetera casualidad que al santo cristiano lo acompañara en la iconografía un perro al igual que al Loco del tarot? ¿A qué extraño juego estaba dejándose arrastrar?, se preguntó mientras contemplaba por última vez antes de partir el capitel de la catedral de Jaca donde se representaba la entrega del grial por parte de san Lorenzo a dos personajes desconocidos.

El cuaderno que llevaba en la mochila le había ayudado a comprender algunas cosas, pero la mayor parte del conocimiento que encerraban sus páginas se adquiría a través de la experiencia, del sentimiento, según advertía el autor de aquellas líneas. Algo que la mayoría de las personas, por ejemplo Carolina, jamás entendería.

¿Cómo alguien como ella, fría y calculadora, iba a pensar siquiera que lo extraordinario puede abrirse paso entre lo ordinario? Carolina jamás aceptaría siquiera pensar que la historia de un supuesto santo cuya vida se sitúa según la tradición en el siglo XIV iba a tener algo que ver con el insensato propósito de Noé de encontrar a un enigmático matrimonio que había hecho el Camino de Santiago treinta y cinco años antes.

¿Qué le importaba a él aquella gente?, le habría dicho ella con la furia que en los últimos días presidía su relación.

Noé no hubiera sabido por dónde empezar a la hora de responder.

Tal vez, lo mejor hubiera sido hacerlo por el principio.

Veamos.

La leyenda asegura que san Roque curaba a los enfermos de peste de un modo tan voluntario como abnegado, hasta que un día él mismo se contagió. Para no ser una carga, se retiró a un lugar apartado, adonde llegaba cada día un perro que le llevaba comida. Otras versiones proponen que el perro le lamía las llagas para curarlo. En cualquiera de los casos, ambos se hicieron inseparables.

Y san Roque era peregrino, como el Loco del tarot, a quien también acompaña un perro.

—Ambos caminan en busca de la pureza, Carolina —murmuró Noé, como si ella estuviera allí para escucharlo—. Pero eso es algo que ni siquiera puedes imaginar.

Aquel era el propósito que lo había llevado a recorrer la ruta del grial antes de comenzar su propia aventura jacobea. Partió justo al lado del mismo capitel donde se encontraba en aquel momento para realizar un periplo previo, de autoconocimiento, de reflexión. Y allí estaba de nuevo, dispuesto a completar esa aventura griálica aquel mismo día para vaciarse de quien era antes de jugar al juego que el cuaderno le proponía.

—¿Aún anda por aquí? —dijo de pronto alguien a su espalda.

Noé se vio sorprendido y al girarse se encontró con el dueño del albergue La Estrella Eterna. El hombre llevaba un par de bolsas en las manos. Parecía evidente que regresaba de hacer la compra.

—Yo calculaba que debía andar usted ya por Sangüesa o más allá —dijo el hospitalero.

—Al final, me he demorado siguiendo las huellas del grial

—confesó Noé—. Ya sabe: Loreto, las iglesias de San Pedro, San Adrián de Sásabe...

—¿Y lo encontró? —bromeó el hombre de pelo cano.

Noé se encogió de hombros.

—Me temo que aún no —admitió—. Aunque he leído que tal vez al grial hay que buscarlo en el interior de cada uno.

—Pues se hubiera ahorrado mucha caminata, si fuera así, ¿no cree? —replicó el hospitalero con ironía.

—En eso le doy la razón —rio Noé.

—Es la primera vez que le veo a usted reír.

Noé guardó silencio durante unos segundos. Aquel hombre estaba en lo cierto. Apenas se parecía en nada a la versión de sí mismo que había llegado a Jaca un puñado de días antes, cuando se comportó de un modo grosero con aquel buen hombre.

—Le pido disculpas por mi comportamiento...

—No tiene por qué —atajó el hospitalero—. Cada cual llega al Camino con su mochila, y cada cual la trae llena de una vida anterior. La suya parecía pesada. Espero que ya pese un poco menos.

Noé asintió.

—En cambio, usted va cargado de cosas. ¿Quiere que le ayude? —se ofreció Noé para lavar su conciencia, aunque en realidad no le apetecía demorarse más.

—No, no hace falta. Mi mujer me da una lista con el mandado y yo cumplo —respondió el dueño del albergue. Después, lanzó una mirada a la plaza—. Ya empieza el jaleo. —Se giró hacia Noé y preguntó—. ¿Y ya se marcha al fin?

—Así es. Empiezo el Camino, ahora mismo.

El hospitalero alzó la mirada al cielo. El día era azul, limpio, luminoso, y olía a promesas.

—El mejor día posible —aventuró.

—Eso espero —dijo Noé.

Antes de despedirse, el hospitalero recordó a Noé que debía visitar San Juan de la Peña, ya que andaba buscando el grial.

—Las leyendas callan más que cuentan —dijo con una sonrisa enmarcada en las arrugas de su rostro. Después, se perdió entre la gente que iba y venía.

Noé lanzó una mirada a la plaza. La vida comenzaba a bullir, y no pudo evitar pensar en la hermosa mujer de ojos azules que tanto le había llamado la atención unos días antes. Pero el mercado ya no estaba, y sus titiriteros y vendedores tampoco.

Suspiró, y borró de su mente aquellos ojos inquietantes. O al menos, lo intentó.

A continuación, se dirigió hacia la puerta oeste de la catedral y lanzó una última mirada al pórtico y a su inscripción en latín: «Vivere si queris qui mortis lege teneris, huc suplicando veni revens fomenta veneni, cor viciis munda, pereas ne norte secunda».

—Tan lejos de Egipto y, sin embargo, tan cerca —murmuró.

El cuaderno era claro al respecto: la clave de aquella inscripción guardaba relación con el juicio de los muertos egipcio. ¿Qué decía el Loco del tarot?:

En el juicio de los muertos se pesaba el corazón o *ib* del difunto, que representaba su moralidad y su conciencia. Se situaba sobre un platillo de la balanza y, frente a él, la pluma de Maat, diosa de la justicia. Si el *ib* pesaba menos que la pluma de la diosa, el difunto podría disfrutar de la vida eterna, pero, en caso contrario, sufriría una segunda muerte al ser devorado por el monstruo Ammyt.

—Tan lejos de Egipto y, sin embargo, tan cerca —repitió Noé.

Y comenzó el juego en ese mismo instante, tal y como proponía el cuaderno que el azar había puesto en sus manos; exactamente como lo habían hecho Gabriel y Vega y su perro Trisquel. El día 16 de agosto era el indicado, porque se encontraba en medio del signo de Leo (¿acaso no se representaba a dos leones en aquel tímpano y el crismón estaba en el medio?), y ese día, si el peregrino miraba hacia el oeste, tendría frente a sí las constelaciones de Draco, la Osa Mayor (¿acaso no se representaban bajo el león de la derecha del tímpano un oso y un basilisco, que es una suerte de dragón), la de Ofiuco (el portador de la serpiente) y la de Serpens (¿acaso no se representaba bajo las patas del león de la izquierda una serpiente?).

Por eso, la catedral de Jaca estaba desviada unos grados respecto al eje oeste-este habitual de los templos cristianos. El Loco afirmaba que se había diseñado de ese modo para mirar exactamente hacia aquellas constelaciones el día indicado en el año en que la catedral fue construida.

—Tan lejos de Egipto y, sin embargo, tan cerca.

¿Acaso no se conocía el Camino de Santiago como la Vía Láctea, exactamente el mismo nombre que los egipcios daban al río Nilo?

Y Noé echó a andar.

El Camino serpenteaba la salida de la ciudad besándose de vez en cuando con la carretera nacional 240, y aquellos eran los momentos más desagradables para Noé, porque lo arrojaban de nuevo al mundo del cual quería escapar.

Con más frecuencia de la esperada, e incluso de la deseada, intercambiaba saludos y parabienes con peregrinos que lo adelantaban o a los que él dejaba atrás.

Prefería la soledad. La soledad que compartía con Gabriel y con Vega, y con Trisquel, a quien imaginaba correteando a su alrededor.

Mientras caminaba, fantaseaba sobre cómo serían sus invisibles acompañantes. A él lo imaginaba fuerte, masculino y resuelto. Seguramente, sería moreno y de sonrisa franca, pensaba, sin imaginar su error, pues ya sabemos desde las primeras páginas de esta historia que Gabriel tenía el cabello rubio y revuelto, pero nadie se lo había dicho aún a Noé.

A ella la dibujó en su imaginación rubia, delicada, de aspecto engañosamente frágil, porque una mujer embarazada y enferma como ella estaba no se hubiera atrevido a jugar el juego que el cuaderno proponía si no poseía una fuerza interior enorme. Y en esa descripción sí anduvo más acertado, pero todavía no lo sabía.

Gabriel y Vega.

Le parecían nombres bonitos. Él, un mensajero de Dios; ella, una estrella.

¿Fue por casualidad que reparara en que Vega era nombre de estrella justo al llegar al cruce en el que se señalizaba el desvío que conducía a San Juan de la Peña?

Seguramente, no.

Hasta ese momento, no había caído en la cuenta. Nada en aquella aventura parecía haber sido dejado al azar. Porque, ¿qué decía el cuaderno a propósito de los lugares griálicos que había recorrido y del que aún le quedaba por visitar?

El Loco afirmaba que la constelación del Cisne formaba en verano una cruz en el cielo que se convertía en guía para los peregrinos. Su estrella más brillante es Deneb, que forma junto con Altair (de la constelación del Águila) y Vega (de la constelación de Lira) el llamado «triángulo de verano». Y el cuaderno afirmaba que como es en el cielo es en la tierra, de modo que tres de los enclaves griálicos que estaba recorriendo dibujaban en el suelo la forma de aquel triángulo mágico que servía de guía al peregrino: San Adrián de Sásabe, donde Noé sintió una infinita tristeza y depositó parte de las cenizas de su madre, era la estrella Vega; el santuario de Santa Orosia, donde encontró por vez primera una pista del matrimonio cuyos pasos seguía, era la estrella Altair, y el imponente monasterio que tenía frente a él en aquellos momentos, San Juan de la Peña, era la estrella Deneb.

Por primera vez en aquellos días sintió la necesidad de consultar Internet en su teléfono móvil. Con dedos temblorosos, buscó la descripción del «triángulo de verano» y después unió con una línea invisible sobre un mapa el lugar donde se encontraban los tres enclaves griálicos.

—¡Santo Dios! —exclamó al ver que era cierto, que los tres lugares de culto estaban dispuestos de un modo similar a las tres estrellas del «triángulo».

Noé comprendió que no podía ser una casualidad. Nada de cuanto le estaba sucediendo podía serlo. La razón de su tristeza y el llanto en San Adrián de Sásabe, la presencia de

Raimundo, el sacerdote de Santa Orosia que recordó el paso de Gabriel y Vega por aquel lugar... Dos de las tres estrellas habían sido una señal, y se preguntó qué le aguardaba en el último enclave que, según la tradición, había custodiado el grial desde 1076 hasta 1399.

—Estamos en un lugar mágico —afirmó Juan ante una entregada audiencia compuesta por una docena de peregrinos procedentes de diferentes lugares de Latinoamérica—. Y no solo porque aquí se ocultó el grial hasta 1399, cuando el rey Martín el Humano lo llevó a Zaragoza y, más tarde, a la catedral de Valencia, donde aún puede admirarse hoy en día.

Juan, vestido de explorador sin salacot, hizo un gesto teatral con su mano derecha, como si pretendiese abarcar el imponente conjunto arquitectónico. Este es uno de esos lugares misteriosos en cuyas leyendas aparecen parejas no menos extraordinarias.

Las miradas de los peregrinos iban del edificio al guía, y a la inversa, como si asistieran a un invisible partido de tenis y no quisieran perderse un solo punto. Mientras tanto, Juan seguía a lo suyo:

—Primero, debo mencionar a los santos Voto y Félix, sus fundadores, y después, a dos buscadores de Dios: Benedicto y Marcelo.

Y a continuación resumió como pudo y supo la leyenda que aseguraba que Voto era un caballero noble que un día, mientras cazaba a lomos de su caballo, le faltó muy poco para perder la vida, puesto que su montura se encabritó y estuvieron en un tris de caer por un barranco. Pero en el último momento, Voto se encomendó a san Juan Bautista y se obró el milagro: se salvó de caer al precipicio.

Reparó entonces el caballero en la espectacular belleza de aquel lugar y llegó a su nariz un aroma tan embriagador que lo siguió como si fuera un sabueso. Y así llegó Voto hasta una cueva donde descansaban los restos de un ermitaño cuyo cuerpo estaba incorrupto.

—Aquel eremita era Juan de Atares —reveló Juan a su boquiabierto auditorio—. Semejante descubrimiento —prosiguió Juan— hizo que Voto decidiera emular al santón y se entregó a la vida eremítica, a la que pronto se sumó su hermano Félix. Y así tenemos ya a la primera pareja misteriosa —subrayó el erudito del chaleco y pantalones cortos.

Y de un modo más apresurado, al menos para el gusto de Noé, que escuchaba a cierta distancia sin que Juan lo hubiera visto, resumió el modo en que se construyó aquel monasterio emblemático en el que se podían advertir dos partes claramente diferenciadas.

—La inferior es la más antigua —reveló—, y también la más popular debido al impactante claustro exterior encajado bajo las rocas.

Juan les habló de fuerzas telúricas, del grial, de los templarios, de los santos dobles, y añadió algunas especias más al guiso que sabía que enriquecía su relato. Por último, anticipó algo que sí logró atraer la atención de Noé:

—¿Qué saben ustedes del juego de la oca?

El grupo de peregrinos se miró con incredulidad.

Juan se frotó las manos sin frotárselas, y pensó: «Ni puta idea, no tienen ni puta idea».

Y con la seguridad de que su propia inseguridad no sería advertida porque en el país de los ciegos el tuerto es el rey, ofreció una respuesta incompleta a la pregunta que él mismo había formulado, pero nadie más que Noé se dio cuenta del déficit de contenido.

—Si fuéramos capaces de imaginar un juego de la oca cuyas casillas se dispusieran en línea recta, en lugar de en espiral, y lo superpusiéramos al itinerario del Camino francés, nos sorprendería encontrar dos puentes, como en el juego: uno es Puente la Reina, cerca de aquí; el otro, el Puente la Reina navarro —dijo Juan saboreando el impacto que su revelación tenía en el rostro de los peregrinos sudamericanos que lo escuchaban—. Y si nos fijamos en la toponimia del Camino, descubriremos las ocas del juego en lugares como Villafranca de Montes de Oca, Oja, sierra de Ancares, El Ganso…

El auditorio murmuraba su asombro y se removía inquieto. Resultaba evidente que jamás habían leído nada sobre ese asunto, de modo que Juan se envalentonó.

—Y en ese juego, la casilla 58 —carraspeó antes de añadir—: cinco más ocho suman trece, que es la carta que en el tarot representa a la muerte, correspondería a Santiago de Compostela. ¿Y qué sucede en el juego si se cae en esa casilla? —preguntó, retórico. Y respondió sin aguardar la respuesta—. Que el jugador debe comenzar de nuevo el juego desde el punto de partida. Por eso, hay quien dice que el Camino no acaba en Compostela, que es la casilla de la muerte, sino en Finisterre, donde estaría la última oca.

Tras unos segundos de silencio, hubo aplausos. Y Juan saludó como un actor en el escenario. Solo entonces reparó en la presencia de Noé, y su gesto se torció.

A la luz de lo que había podido ojear en el cuaderno de aquel tipo, Juan sabía que Noé sabía que él no tenía ni puta idea, aunque aparentaba lo contrario. Porque una cosa es saber, y otra distinta sentir o haber sentido lo que uno predica.

Saludó a Noé con un gesto apenas perceptible con la cabeza y reclamó la atención de su grupo para que lo siguieran al interior de monasterio. El rebaño obedeció, con la excepción de dos mujeres que parecían haber tenido suficiente verborrea por el momento.

Noé pasó junto a ellas y, sin querer, las escuchó decir:

—Eso de la oca y el Camino ya lo había leído, y mucho mejor explicado.

—Y yo también, Diana.

Noé iba a pasar de largo, pero no pudo evitar girarse y comentar:

—Totalmente de acuerdo.

Las dos mujeres, a las que Noé calculó alrededor de cuarenta años, se miraron antes de sonreír. Y cuando la risa se lo permitió, se presentaron.

Se llamaban Diana y Clío. La primera era mexicana y la segunda era panameña, y parecían saber más del Camino de lo que suponía el guía del chaleco y los pantalones cortos. A

Noé le simpatizaron de inmediato y, a pesar de que no tenía el propósito de hablar con nadie, se presentó y estrechó las manos que las mujeres le ofrecieron.

—Eso de superar la muerte es una constante en el Camino —dijo tras las presentaciones—. El mensaje es claro y aparece por todos lados, si se saben leer las señales con atención.

—La muerte de los iniciados —comentó Diana.

—Una muerte simbólica —apostilló Clío.

Noé sonrió. Estaba de acuerdo, pero a tenor de lo que Gabriel había escrito en aquella carta, ya no estaba tan seguro de si se trataba únicamente de una muerte simbólica, pero no estaba en disposición de añadir nada más a la conversación sin que lo tomaran por loco, de modo que se despidió de la mexicana con nombre de diosa romana y de la panameña con nombre de musa griega.

—Seguramente, volvamos a coincidir —aventuró Noé, y las saludó llevándose el dedo índice al ala de su sombrero, como si fuera un *cowboy* o el mismísimo Indiana Jones.

El grupo que seguía a Juan Ponce se paseó por el maravilloso claustro del monasterio viejo mientras él desgranaba para ellos la historia del grial, y después los condujo al centro de interpretación para proseguir allí su cháchara ante los paneles y documentos que hablaban de las diferentes antiguas dependencias monacales.

Noé, por su parte, procuró evitar encontrarse de nuevo con ellos. Necesitaba soledad para completar su aventura griálica e intentar sentir lo que Vega y Gabriel pudieron experimentar en aquel lugar.

¿Habría alguien que los recordase? ¿Existiría algún libro de firmas?

Cuando al fin tuvo la oportunidad de adentrarse a solas en el claustro del monasterio viejo, se estremeció al pasar bajo el arco de herradura que permitía el acceso desde la iglesia. No era casual que, según había leído, la inscripción en caracteres mozárabes que recorre la rosca de aquel arco dijese lo que decía: «Por esta puerta se abre el camino de los cielos a los fieles que unan la fe con el cumplimiento de los mandamientos de Dios».

¿Acaso los cumplía él?, se preguntó.

Había bebido mucho, y antes de ser alcohólico había sido infiel a sus parejas.

¿En qué creía realmente? ¿Qué estaba ocurriendo en sus entrañas que ahora era capaz de formularse preguntas que jamás se había hecho?

Tras dudar si debía pasar bajo aquel arco de herradura, se decidió a hacerlo y penetró en el reino del Maestro de Agüero o de San Juan de la Peña, como se conoce al iniciado escultor que realizó el maravilloso plan iconográfico que aún se podía admirar en los lienzos situados al norte y al oeste del claustro.

El anónimo artista había resumido algunos de los episodios bíblicos en aquellos capiteles. Desde el Génesis hasta la vida de Jesús, el visitante podía deleitarse con un trabajo exquisito, a pesar de la lamentable pérdida de los paños del sur y del este. Había tanto que ver… Sin embargo, Noé se dirigió sin perder un segundo a dos de aquellos capiteles del lienzo occidental, a los que el Loco había dedicado un par de líneas de su cuaderno. En uno de ellos, una mujer suplica de rodillas a Jesús y se supone que es María, la hermana de Lázaro, puesto que en el siguiente se representa la resurrección del amigo del Nazareno.

—¡La muerte y la resurrección! —murmuró tan bajo que supuso que nadie más lo escucharía.

—Siempre presentes en el Camino, ¿verdad? —dijo inesperadamente alguien a su derecha.

Noé descubrió entonces que no estaba solo. A su lado se encontraba un hombre alto, de hombros fuertes y que, como él, se cubría con un sombrero. Supuso que se trataba de un peregrino.

—¿Haciendo el Camino usted también? —sondeó Noé.

—Recorro partes, no todo. La edad te permite esos caprichos, ahora que ya no hay que trabajar.

Noé sonrió con amargura. Él tampoco tenía que ir a trabajar, porque no tenía trabajo al que acudir.

—Pero siempre que vengo, me detengo ante este capitel —reveló el desconocido—. Y es la segunda vez que veo a alguien olvidarse de todos los demás.

Noé arqueó las cejas.

—La otra vez, fue un matrimonio —recordó el peregrino.

Una corriente eléctrica recorrió la espina dorsal de Noé.

—¿Un matrimonio? —tanteó—. ¿Cuándo fue eso?

—Un matrimonio y un perro, que tuvieron que dejar atado fuera. —El hombre entornó los ojos, como si hiciera memoria—. Pues tuvo que ser hace unos treinta y cinco años. Ella estaba embarazada, ¿se lo puede creer?

Noé se quedó petrificado, como si fuera una de las obras del Maestro de Agüero.

—Es la segunda persona que me habla de ese matrimonio —confesó—. Don Raimundo, el párroco de la ermita de Santa Orosia, también los recordaba. Se llamaban Gabriel y Vega.

—No les pregunté sus nombres —confesó el viejo peregrino—, y lo del embarazo surgió de un modo casual, porque ella sufrió un pequeño vahído y tuve que ofrecerle un trago de agua. —Suspiró—. Una mujer bellísima, alta y rubia. Tenía una mirada triste, sin embargo. Y él, aún más. Parecían preocupados, como si la vida se les fuera a escapar en cualquier momento.

—¿Recuerda algo más? —preguntó Noé conteniendo la respiración.

—En este momento, la verdad es que no. Usted me los ha recordado por el modo en que miraba esos capiteles. —Señaló la resurrección de Lázaro—. En fin, cosas de viejo.

Y antes de que Noé tuviera ocasión de proseguir la conversación, el hombre le dio la espalda y se alejó hacia la iglesia. Noé dudó sobre si debía seguirlo o no. Tras unos segundos de reflexión, decidió ir tras él, pero no lo encontró.

Desconcertado, recorrió la iglesia con la mirada, sin éxito.

En el interior del templo estaban Diana, la mexicana, y Clío, la panameña. Noé se acercó a ellas y les preguntó si habían visto al hombre del sombrero, pero ellas aseguraron que no había pasado nadie por allí.

Aquello era perfectamente imposible, pensó Noé. Tanto como aquella hoguera que no se consumió durante la noche que pasó al raso en San Adrián de Sásabe.

La tercera estrella del «triángulo del verano» había vuelto a hablarle de Vega, Gabriel y Trisquel.

CAPÍTULO 4
De puente a puente

Los días siguientes fueron más incómodos de lo que Noé había imaginado, pues no tuvo forma de librarse de Juan y de sus acompañantes.

El Camino se tornaba en estepa poco hospitalaria a partir del Puente la Reina aragonés, la primera de las dos localidades con ese nombre que debía atravesar el peregrino; el primero de los dos puentes del juego de la oca peculiar que la ruta proponía. El segundo aguardaba en Navarra.

Algún pastor con su rebaño, un sol de justicia como solo puede serlo el del mes de agosto en aquellas tierras, los campos deshabitados y el recuerdo de Carolina fueron los compañeros de ruta, por más que Noé se esforzara por imaginar a su lado a Vega, Gabriel y Trisquel. Pero la verborrea de Juan lo sacaba de sus fantasías y lo arrojaba a la intemperie de la realidad una y otra vez.

Era tan insufrible soportar a Juan que, cuando el recuerdo de Carolina se cruzaba en su mente, lo llegaba a tolerar.

Durante aquellos días, recordó con una nitidez asombrosa cómo se conocieron un día en un bar de Málaga cercano a la calle Larios. Noé estaba con otros amigos, y alguien le presentó a Carolina. Era atractiva, eso no podía negarse, y antes que el alcohol, Noé había tenido otro talón de Aquiles: las mujeres.

La relación se construyó con cimientos menos sólidos de los que los dos creían. A ella le atraía la fama de Noé, y también su dinero. A él lo asaltó inexplicablemente la idea de construir una familia con ella.

¿Se querían realmente?

Seguramente, sí. Pero cada uno a su modo, y menos de lo que creían ellos mismos.

Cuando estuvieron cerca de Nuestra Señora de Eunate, Juan atiborró a su séquito de información sobre el juego de la oca y el Camino de Santiago. Al principio, Noé prestó atención, pero no tardó en desconectar mentalmente de aquella palabrería sin sustancia ni experiencia interiorizada. Con cada discurso, Juan se desnudaba más ante los ojos de Noé.

Y Juan se dio cuenta, porque Juan sabía que Noé sabía...

Lo que no sabía Noé era que Juan había intentado robarle el cuaderno en un par de ocasiones durante aquellos días de marcha. La primera intentona tuvo lugar en el albergue de Sangüesa en el que pasaron la noche; la segunda, durante un breve descanso en el que Noé se alejó de su equipaje durante unos instantes.

Los dos intentos se quedaron en eso, porque siempre había alguien cerca importunando. Pero Juan no perdía la esperanza de echar mano a aquella libreta. Y mientras, aleccionaba a sus polluelos:

—Los egipcios y los romanos consideraban a las ocas animales sagrados —dijo—, y además las empleaban como animales de vigilancia. O lo que es lo mismo: estaban en lugares donde había algo que custodiar, o sea, algo valioso como un tesoro, por ejemplo.

A continuación, con una habilidad para engatusar al prójimo que incluso Noé se veía obligado a reconocer, anticipó experiencias mágicas allí donde hubiera una oca presente en el Camino. Había que estar ojo avizor, advertía a su séquito.

Y cuando alguien le preguntaba cómo iba a encontrar las ocas, él se envolvía en un aura académica y decía:

—Encontraremos algunas alusiones evidentes en lugares como Villafranca de Montes de Oca, en Oja y en otros lugares. Pero hay autores que han alertado sobre el posible origen indoeuropeo de la palabra *oca*, que pudiera derivar de *auch*, y al pasar al latín mudó en *aucam* y *auca*, mientras que en francés se convirtió en *oie* y en español en *oca*. No obstante, también se le ha atribuido un posible origen sánscrito derivado de *hamser*, que pasó al latín como *anser*; en gótico como *gans*, y en castellano como *ansar* y *ganso*. Por tanto, atentos también a los lugares que incluyen en su nombre *jras*, como el Puerto de la Pedraja, Tardajos o Castrojeriz. Y a los derivados de esas raíces que os he comentado.

De ese modo, Juan Ponce iba entreteniendo a la muchachada, cuyos integrantes —una docena de hombres y mujeres de entre treinta y cincuenta años— se veían ya como participantes en una partida mágica del juego de la oca, sin que ninguno le formulase a su guía la pregunta del millón de dólares: ¿quién y por qué diseñó un juego de la oca en un itinerario sagrado como el Camino? A lo sumo, todos convinieron en que, al igual que en el juego, había que ir más allá de la casilla de la muerte, que Juan ya había dicho que correspondía a Compostela.

—La muerte iniciática, ¿recordáis? —les repetía.

Y todos asentían.

Bueno, todos no. Diana y Clío desconectaban tanto en los momentos de prédica de Juan como el propio Noé.

—Vaya labia que tiene vuestro guía, ¿eh? —les dijo a sus amigas un día, poco después de haber dejado atrás Biurrun tras escuchar un nuevo sermón iniciático de Juan a propósito de la inminente aparición del segundo puente del juego.

Las dos mujeres rieron de buena gana.

—No hay nada que haya dicho hasta ahora que no supiéramos —dijo Clío.

—Pero nuestros amigos no habían leído nada de ese aspecto del Camino —explicó Diana al tiempo que se encogía de hombros a modo de disculpa.

—Si al menos dijera bien lo poco que sabe —se lamentó Noé.

Los tres caminaban rezagados del grupo y a salvo de ser escuchados por el guía del perenne chaleco repleto de bolsillos.

—Yo he leído a algunos autores que aseguraban que el Camino está diseñado como un modo de transmisión de saberes prohibidos que el peregrino podía descubrir si estaba preparado —dijo Diana.

—Y también hablaban de la importancia de los números siete y nueve, y los vinculaban a la cábala —apostilló Clío—. El sentido mágico del siete no me sorprendió, porque lo había oído más veces, pero sí que el número nueve lo vincularan con el Ermitaño, la carta del tarot.

—Es el noveno arcano, en efecto —dijo Noé, que también había leído ese dato en el cuaderno—. Y los dos números construyen en realidad todo el juego de la oca, pero vuestro guía me temo que no ha caído en la cuenta. Fijaos: el juego consta de sesenta y tres casillas, y si sumamos seis y tres, resulta nueve. O lo que es lo mismo: siete veces nueve. Y en el juego hay siete pruebas o trampas que superar: el segundo puente —que es el que nos obliga a retroceder—, la posada, los dados —los de la casilla 53, que nos devuelven a la 20—, el pozo, el laberinto, la cárcel y la muerte.

—Pues nuestro erudito líder ha anunciado que estamos cerca del segundo puente —recordó Clío—. Esperemos que nos guíe sanos y a salvo.

Los tres rieron de buena gana.

—No sé yo si será suficiente con ser el tuerto en el país de los ciegos para ser guía —comentó Noé—. Me temo que no tiene ni idea de dónde están realmente las ocas. —Se volvió hacia sus dos amigas y, en voz baja, añadió—: en el juego, aparecen en catorce casillas, si se incluye la sesenta y tres.

Y recitó las catorce: 5-9-14-18-23-27-32-36-41-45-50-54-59-63.

—Si os fijáis, son dos grupos de siete ocas cada uno —añadió—. Unas están separadas por cuatro casillas, y otras por cinco. Es decir...

—¡Nueve! —exclamó Clío.

—¿Una simple casualidad o un mensaje? —preguntó.

Pero antes de que ellas pudieran responder, Juan hizo parar al grupo y, revestido de solemnidad, anunció la inminente llegada a Olcoz y a Nuestra Señora de Eunate.

—Amigos, pronto veréis algo asombroso —anunció Juan—: la magia templaria en el Camino os va a sobrecoger.

Y a juzgar por las reacciones del grupo, lo hizo en aquel mismo momento. Todos parecían excitados y cuchicheaban sobre lo que les aguardaba.

Como anticipo, Juan les soltó un discurso sobre la Orden del Temple y todos los secretos que se le atribuyen. Pero no se piense en datos históricos ni en rigor científico. Juan sabía que aquello no vendía. Lo que la gente quería escuchar era lo que él les ofrecía: griales, ritos misteriosos, sangre real…

Minutos después, llegaron al pueblo de Olcoz y Juan les condujo hasta la iglesia dedicada a san Miguel. Allí, con toda la teatralidad de que fue capaz, anunció:

—¿Veis esta portada? —Señaló las arquivoltas que delimitaban la magnífica puerta del templo en su lado norte—. Pues todos los símbolos y figuras que aparecen en ella son la imagen especular de los que podremos admirar dentro de un rato en la iglesia de Nuestra Señora de Eunate.

—¿Especular? —dijo alguien del grupo.

—Sí, cada símbolo o figura que aparece aquí a la derecha, en Eunate está a la izquierda, y al revés —explicó Juan mientras se acariciaba la barba, cada día más frondosa, y más desaseada—. Hay autores que aseguran que es de origen templario, como la de Eunate, y que no perteneció originariamente a este templo. Además, como veréis en esos paneles —señaló a la espalda del grupo de peregrinos—, sus representaciones tienen una rica interpretación astronómica.

Algunos de los peregrinos se acercaron a los paneles donde se hacía referencia al contenido simbólico de la decoración de aquella puerta y su relación con la de Eunate, que, según se podía leer en uno de ellos, no eran obras independientes, sino diseñadas de una manera conjunta.

—¿Y por qué se construyeron de este modo? —preguntó Clío a su guía.

Juan no tenía ni idea, y sabía que Noé sabía que él no lo sabía, de modo que lanzó una mirada asesina al hombre del sombrero y dueño del cuaderno que tanto anhelaba. A aquellas alturas, Juan conocía la amistad que parecía haber cuajado entre Noé, Clío y Diana.

—Hay leyendas al respecto —dijo, evasivo—. Por ejemplo, que esta puerta perteneció a un monasterio templario que existió en Eunate y que, al desaparecer, fue trasladada aquí. Otros hablan de la intervención del diablo en su construcción.

Noé no prestaba ya atención a nada de cuanto aquel charlatán pudiera decir. Toda su atención se centraba en los paneles explicativos situados frente a la iglesia, en los que se relacionaba el programa iconográfico que adornaba aquella puerta con diferentes constelaciones. Al leer todo aquello, recordó una vez más las enseñanzas del Loco: todo el Camino guarda relación con las estrellas. Y por su mente cruzaron veloces los episodios vividos en los enclaves que representaban en el suelo aragonés a las tres estrellas del «triángulo del verano».

¿También Vega y Gabriel contemplaron aquella extraña puerta de piedra?, se preguntó.

Al verlo tan abstraído, Diana se acercó a él.

—¿Qué sucede?

Noé abrió los ojos, y respondió con una mentira:

—Nada, nada —negó con la cabeza—. Es toda esta belleza, que aturde.

Su amiga lo miró con una mezcla de curiosidad y compasión. En varias ocasiones había hablado con Clío sobre la tormenta que parecía agitarse en ocasiones en el fondo de los ojos negros de Noé.

Él, por su parte, se preguntó si debía confiar en sus dos amigas hasta el punto de hablarles de la carta escrita por Gabriel y de la maravillosa historia de amor que contenía. Pero nunca se decidió a hacerlo.

Nuestra Señora de las Cien Puertas, que eso significa en euskera Eunate, salió a su encuentro más tarde en un paraje al que llaman Valdizarbe, y que se encontraba en medio de la nada a tan solo cinco kilómetros de Puente la Reina, el segundo puente del juego. Allí donde confluyen el Camino navarro que desciende desde Roncesvalles y el Camino aragonés.

¿Qué sentido tenía construir una iglesia en aquel lugar?, pensó Noé antes de que Juan dijera en voz alta algo parecido e hiciera notar a su audiencia lo insólito de las arcadas que rodeaban al templo octogonal en sus lados noroeste, noreste y este.

—Amigos: el Temple les aguarda —dijo empastando la voz.

Durante los siguientes minutos, parloteó sobre la decoración de catorce de los cuarenta y un capiteles de las arcadas. Los únicos románicos y originales. Señaló la representación de cabezas extrañas que relacionó con el misterioso Bafomet, una suerte de ídolo que los enemigos del Temple decían que los caballeros adoraban, y señaló algunas cicatrices que mostraban las rocas asegurando que eran las marcas que los canteros dejaron en ellas.

El Loco era claro al respecto: las marcas de cantero no tenían nada que ver con símbolos gremiales para diferenciar el trabajo realizado por cada maestro y así cobrar el jornal correspondiente. Se trataba, según decía en el cuaderno, de símbolos de reconocimiento entre los iniciados; de una especie de esperanto que únicamente los depositarios del viejo conocimiento sabían interpretar.

Mientras tanto, Juan daba palos de ciego y decía cosas con cierto sentido mezcladas con otras que había oído y que carecían de él.

Juan había oído campanas, pero no sabía dónde.

Junto a la iglesia había un albergue en el que Juan y los suyos tenían pensado dormir, y Noé vio abierto el cielo: había llegado el momento de escabullirse. Pero no le iba a resultar tan sencillo como imaginaba, porque tipos como Juan logran sobrevivir sabiendo aprovecharse de las debilidades ajenas, y parecía haber detectado la de Noé.

Después de resumir la disputa que existía entre los historiadores a propósito de si aquella iglesia rodeada por arcadas era templaria o sanjuanista, y tras haberse posicionado en las huestes de los historiadores que se decantaban por la primera opción, Juan dejó libres a sus polluelos para que se instalaran en el albergue. Y antes de que Noé pudiera escabullirse en dirección a Puente la Reina tras despedirse de Clío y Diana, el guía del chaleco y los pantalones cortos se acercó a él con un par de latas de cerveza en la mano.

Noé jamás supo de dónde pudo sacar la bebida aquel cabrón, que se aproximó con una sonrisa fría dibujada en el rostro.

—Ya me han dicho que te marchas —dijo a modo de introducción—. Contaba con que dormirías con nosotros también esta vez. ¿A qué tanta prisa? —añadió mientras ofrecía una de las cervezas a Noé.

—Tenía pensado llegar a Puente la Reina hoy —respondió Noé al tiempo que rechazaba la bebida.

—¿Me vas a hacer el feo de no beber conmigo? —insistió Juan.

Noé tragó saliva y se mordió el labio inferior. En silencio, se acordó de la madre que había parido a aquel explorador de pacotilla.

—Te lo agradezco, pero tengo que irme.

—Anda, toma un trago al menos —insistió Juan y volvió a acercar la lata de cerveza a Noé.

Noé perdió los nervios y dio un manotazo a la cerveza, que salió despedida. El trisquel brilló fugazmente en su muñeca, arrancando un brillo furibundo. La mano de Noé comenzó a temblar involuntariamente.

—¡Te he dicho que no! —gritó.

Varios de los peregrinos que se encontraban en la pradera que separa el albergue de la iglesia se volvieron hacia ellos.

Juan se hizo el ofendido.

—No es para ponerse así.

Noé masculló alguna disculpa y se despidió apresuradamente.

Diana y Clío lo vieron caminar, encorvado por un peso invisible, hacia Puente la Reina.

Juan, por su parte, sonrió complacido. Había intuido cuál era el talón de Aquiles de aquel cabrón. Lo supo al segundo día de convivir juntos, porque también él había bebido sin límite en otro tiempo.

—Te tengo cogido por los huevos —murmuró—. Ese cuaderno será mío.

Hubo un tiempo en el que el creciente número de personas que transitaban por el Camino obligó a las autoridades eclesiásticas a cribar el trigo de la paja, de manera que se pudiera saber quién era peregrino realmente. Y más teniendo en cuenta que estaba en juego el perdón de los pecados. El problema residía en cómo lograrlo. Evidentemente, no era suficiente con exhibir una concha de vieira.

Ya en el siglo XIII aparecieron las llamadas «cartas probatorias», que serían el antecedente inmediato de la actual certificación que se expide al peregrino a su llegada a Santiago, la Compostela.

En la actualidad, el peregrino viaja con una credencial que demuestra su condición de tal y que puede obtener en una parroquia o un albergue en el inicio de su ruta. La credencial incluye una ficha personal, con su nombre y apellidos y su dirección. Cuenta con casillas que deberán acoger en el trayecto los sellos de las parroquias o albergues por donde se transite, de modo que una vez que se llegue a Compostela pueda acreditar su derecho a recibir la Compostela, documento que certifica que ha realizado al menos los últimos cien kilómetros del Camino a pie o doscientos en bicicleta o en caballo. Y todo ello, si el trayecto se ha hecho *devotionis affectu, voti vel pietatis causa* («peregrinación realizada por la devoción, el voto o la piedad»).

Apenas entró en Puente la Reina, Noé se dirigió al albergue de los Padres Reparadores, selló su credencial de peregrino y se instaló en una de las literas libres.

El establecimiento era sencillo, digno y provisto de un jardín en su parte trasera que resultaba un bálsamo para los fatigados pies de los caminantes. Y lo mejor de todo: estaba a salvo de Juan Ponce.

Tras una ducha reparadora, Noé se dispuso a visitar la iglesia del Crucifijo, o Nuestra Señora de los Huertos. El Loco advertía en el cuaderno de la presencia de ocas representadas en las columnas que flanqueaban la puerta de acceso al templo, y también dedicaba un puñado de líneas al impactante Cristo clavado sobre un madero en forma de pata de oca, el símbolo de los maestros canteros medievales, en lugar de sobre una cruz.

Aquel era uno de los motivos por los cuales Noé había preferido dormir en Puente la Reina, pero había otro que únicamente sabían él y su padre: al día siguiente daría esquinazo a Juan, porque no proseguiría el Camino hacia el oeste, sino que retrocedería por el Camino navarro hasta el monte del Perdón. Allí, debía cumplir una promesa.

Noé había leído en las guías que aquella localidad navarra tuvo su origen en Murugarren, cuya historia giró alrededor del precioso puente de seis arcos sobre el río Arga que data del siglo XI y cuya construcción fue deseo de doña Munia, la esposa de Sancho III de Navarra.

Por su parte, el Loco advertía en el cuaderno que el Temple tuvo en aquel lugar una importante encomienda tras la cesión del territorio a los freires por parte del rey García Ramírez en 1146. Y también mencionaba que fueron los monjes-guerreros quienes impulsaron la construcción de la iglesia que se disponía a visitar, Nuestra Señora de los Huertos o dels Orz.

Al llegar a la puerta de acceso, Noé comprobó que el Loco no mentía. Allí estaban, en efecto, las ocas con sus cuellos entrelazados en uno de los capiteles sobre los que se asientan las arquivoltas.

En el interior del templo admiró la imagen de la Virgen con el Niño en el regazo que, a decir del Loco, es un recuerdo egipcio porque a la diosa Isis se la representaba de ese modo con su hijo Horus.

¡De nuevo Egipto en el Camino!

A Noé no le importó que la estatua que contemplaba no fuera la original; era suficiente con ver el modelo y comprobar que su cuaderno no mentía.

Y a su izquierda, en la otra nave, aguardaba el Cristo más singular. Al verlo, comprendió el motivo por el que se conocía al templo como la iglesia del Crucifijo.

En efecto, el Nazareno Cristo clavado sobre un madero con la forma de la pata de oca.

—El símbolo de los canteros —murmuró Noé, ensimismado.

¿Cuánto tiempo permaneció sentado frente a aquel Cristo? Seguramente, nunca lo supo ni él mismo.

De no haber sido porque un veterano padre dehoniano se materializó en el templo con el propósito de cerrar sus puertas, Noé hubiera seguido allí, en compañía de sus fantasmas, uno o dos siglos.

El sacerdote le sonrió. Era calvo, con unos ojitos pequeños y vivarachos, renqueaba de la pierna izquierda y tenía los hombros cargados, como si llevara sobre ellos la cruz que le faltaba al Cristo atornillado a la pata de oca.

Por lo que Noé había leído en un folleto en el albergue, el origen de la Congregación de los Sacerdotes del Sagrado Corazón de Jesús o Padres Reparadores, eran conocidos también como «dehonianos» en memoria de su fundador, el padre Dehon, quien inició su vida de noviciado en 1877.

Noé saludó al anciano y se dirigió hacia la puerta de la iglesia. El religioso había apagado todas las luces y se dispuso a salir también. Entonces, el recuerdo del padre Raimundo vino a la mente de Noé y decidió lanzar la piedra al pozo de la casualidad, para ver qué sonido producía al caer al fondo.

—Padre, hace treinta y cinco años un matrimonio amigo de mi familia —mintió— hizo el Camino en compañía de un perro. Ella estaba embarazada. Su nombre era Vega, y él se llama Gabriel. No sé por qué, al entrar en el templo, me he acordado de ellos, y me preguntaba si tal vez también estuvieron ante ese Cristo. Sé que es una tontería, pero no sé si usted los recuerda.

Y la piedra sonó en el fondo del pozo.

¿Casualidad? Eso únicamente lo puede pensar quien no haya vivido la magia del Camino.

—¡Santo Dios! ¡Claro que los recuerdo! —exclamó el padre, que resultó llamarse Abdón, y era navarrico—. ¡Como para olvidarlo, si pensamos que ella se nos moría! Una muchacha rubia, muy guapa. Los dos eran rubios, si no me falla la memoria. Hacían buena pareja.

Y Noé se puso blanco. Mucho más que la nieve.

—De no haber sido por el doctor Marañón... —añadió el sacerdote.

A las puertas de la iglesia del Crucifijo y con las ocas del capitel como únicos testigos, Abdón resumió lo ocurrido en pocas palabras pero muy bien elegidas.

Vega llegó al albergue muy débil, y su estado de salud empeoró durante la noche hasta el punto de temer por su vida. Alarmados, los padres reparadores llamaron a un joven médico apellidado Marañón y cuyo nombre de pila no recordaba en aquel momento el religioso.

—Después se marchó a Estella —añadió.

El doctor se personó y supo por boca de Gabriel que su esposa estaba embarazada y que padecía cáncer.

—No sé qué hizo aquel hombre, pero la sacó adelante —dijo—. Recuerdo que les recomendó no seguir el Camino, pero ellos desoyeron el consejo y, tras permanecer un par de días en el albergue, se marcharon.

«Donde se cruza el Camino del viento con el de las estrellas».

Eso decía la leyenda que corona el monumento a los peregrinos que la Asociación del Camino de Navarra erigió en el Alto del Perdón en 1996.

Donde en otro tiempo hubo un hospital de romeros y también una vieja ermita, ahora las siluetas de hierro de unos peregrinos contemplaban el paso de la vida desde Pamplona hacia Puente la Reina.

Allí llegó a media mañana Noé, cansado y emocionado, dispuesto a cumplir la promesa que le había hecho a su padre.

El viento azotaba la cumbre de tal modo que tuvo que quitarse el sombrero para que no se lo llevara rumbo a las estrellas. Entornó los ojos e intentó imaginarse a sus padres en aquel mismo lugar veinte años antes, cuando ambos hicieron la aventura de su vida: caminar desde Roncesvalles hasta Compostela.

¡Sí, hasta Compostela!

¿Qué iban a saber ellos de muertes iniciáticas y de secretos egipcios? Para ellos, el Camino acababa en Compostela, después de oír la misa del peregrino y admirar el Botafumeiro.

—El monte del Perdón enamoró a tu madre —le dijo su padre antes de partir de Málaga.

Aquel lugar hizo estremecerse a Loli después de haber ascendido ambos hasta la cumbre bajo la lluvia, con las botas llenas de barro y ateridos por un frío impensable en el mes de junio.

—Te juro que yo estuve a punto de abandonar allí mismo. No podía más. No había dejado de llover desde que salimos de Roncesvalles —recordó Jesús—. Pero cuando iba a decirle a tu madre que en Puente la Reina buscaríamos un autobús que nos devolviera a Pamplona para regresar a Málaga cuanto antes, la vi tan emocionada. —Jesús se echó a llorar—. Yo creo que ella ya sabía que estaba enferma y no me lo había dicho, y subir a aquel monte bajo la lluvia significó algo profundo para ella que yo no supe entender.

Y allí estaba ahora Noé, imaginándose a sus padres cuando el mundo era más feliz para todos. Creyendo ver a Loli con la mirada perdida en las tierras navarras mientras el viento se llevaba su pena hacia las estrellas. Y un poco más allá, con ese silencio torpe que solo los hombres saben exhibir cuando no aciertan a expresar sus emociones, estaba su padre.

Noé los vio con tanta claridad…

Jesús estaba a tan solo unos pasos de Loli.

Loli estaba a varios soles de distancia de Jesús, pero ninguno de los dos lo sabía.

Noé cayó de rodillas junto a aquellas siluetas de hierro y sacó de su mochila el recipiente en el que llevaba parte de las cenizas de su madre. Lo abrió y depositó una pequeña cantidad en aquel lugar. Después, rumió un padrenuestro, casi avergonzado por la falta de costumbre.

Jamás se sintió tan solo y tan acompañado como aquella mañana, allí donde se cruza el Camino del viento con el de las estrellas.

CAPÍTULO 5
Dos cartas desde el pasado

Noé descendió del monte del Perdón al atardecer.

Durante las horas en que permaneció soportando el viento a más de setecientos metros de altura mantuvo la conversación más larga de su vida con su madre. Y a pesar del aire frío que barría la cumbre, aquellas palabras no se las llevó el viento.

Es posible que pasara algo más allá arriba, pero Noé jamás habló de ello a nadie.

Lo único que se puede afirmar es que había algo diferente en su mirada a su paso por Muruzábal y Óbanos al regreso; un brillo del que carecía cuando atravesó aquellos pueblos por la mañana para ascender al monte del Perdón. De haber reparado en ello, los vecinos de Óbanos habrían murmurado a propósito de aquel nuevo misterio que podría competir con el que cada verano representan recordando la dramática leyenda jacobea de santa Felicia y su hermano Guillermo, el duque de Aquitania.

Al parecer, tras peregrinar a Santiago, Felicia decidió retirarse para cuidar a los enfermos en Amocáin, algo que no gustó a su hermano. Guillermo trató de convencerla para que regresara a la corte, pero ante la negativa de Felicia, sufrió un ataque de ira y la degolló. Más tarde, cuando la furia se extinguió y comprendió la magnitud de su crimen, emprendió el Camino a Santiago y a su regreso se estableció en la ermita de Arnotegui, cerca de Óbanos, hasta alcanzar la santidad.

El cuerpo sin vida de Felicia protagonizó varias leyendas piadosas que Noé, sin embargo, ignoró cuando atravesó el pueblo. Lo que había vivido en la cima del monte que había dejado a sus espaldas era, para él, mucho más extraordinario y mágico.

Cuando regresó al albergue de los Padres Reparadores nadie se sorprendió, porque ya había anunciado que regresaría aquella misma tarde. Tenía la intención de visitar Eunate y Olcoz, había dicho al partir por la mañana, para no dar más explicaciones de las necesarias.

Tras ducharse, se dejó caer sobre la cama y cerró los ojos para disfrutar unos minutos más del rostro de su madre. Cuando los abrió, había amanecido.

Puente la Reina es un claro ejemplo de población nacida al calor del Camino de Santiago. Su columna vertebral es la calle Mayor, que lo atraviesa en línea recta desde la entrada hasta la salida del pueblo.

Pero antes de abandonarlo, el peregrino debe atravesar el segundo puente del juego.

El Loco era muy claro al respecto: los pontífices eran iniciados, y el peregrino consciente debe advertir que, cuando atraviesa uno de esos puentes, asciende a ciegas, pues no ve lo que hay al otro lado del punto más alto de la construcción. De modo que el postulante debe confiar en el pontífice.

Y Noé confió en el hombre que diseñó aquel puente de seis arcadas cuya construcción impulsó doña Munia, esposa de Sancho III de Navarra, sobre el río Arga.

Al llegar a la otra orilla, sonrió.

Imaginó la cara de sorpresa de Juan Ponce al pasar por allí el día anterior y no verlo. Noé le había hecho creer que dormiría en Puente la Reina para proseguir el Camino al día siguiente hasta Estella, donde también dormiría el grupo guiado por el peculiar Quatermain jacobeo. Pero, en lugar de eso, Noé empleó la jornada siguiente en ascender al monte del Perdón y durmió una segunda noche en Puente la Reina, de modo que ahora Juan Ponce iba una jornada por delante.

Cerró los ojos y disfrutó de su soledad antes de poner rumbo a Estella, donde tenía algo importante que hacer.

El día era fresco, y las nubes que se enroscaban en el cielo amenazaban a los peregrinos. Noé saludó a algunos, pero no se procuró la compañía de ninguno. Tenía mucho de qué hablar consigo mismo tras la experiencia que había vivido en el monte del Perdón. Además, Trisquel no paraba quieto. Iba y venía, sin dejar de saltar. Al menos, así lo imaginaba Noé.

¿Hubiera sido él capaz de hacer el Camino junto a Carolina si ella padeciera un cáncer terminal y además estuviera embarazada, como Vega? ¿La quiso tanto alguna vez como para jugarse la vida junto a ella en semejante partida? Y lo más importante: ¿creía en la magia del Camino hasta el extremo de pensar que aquella ruta ancestral tenía el poder de derrotar a la muerte?

Con aquellos pensamientos, tras dejar atrás Mañeru, llegó a Cirauqui, un pueblo alzado sobre una colina y rebozado de historia medieval. Las casas de la localidad se arracimaban alrededor de la iglesia de San Román y contemplaban el paso de los peregrinos desde hacía siglos sin inmutarse.

Noé admiró la belleza del lugar, a pesar de que el nombre en euskera le hiciera pensar mal a más de uno: «nido de víboras». Pero a él, no. La serpiente estaba presente por doquier en la catedral de Jaca y representaba la sabiduría, además de aludir a las constelaciones de Serpens y Ofiuco.

Tras sellar su credencial de peregrino, salió del pueblo, donde lo aguardaba una sorpresa: los restos de una calzada romana. Al pisar aquellas vetustas piedras, se preguntó cuántos miles de personas habrían pasado por allí antes que él a lo largo de los siglos.

También debieron hacerlo Gabriel y Vega.

Noé se imaginó siguiendo sus pasos. Creyó ver la sombra de la enigmática pareja a la derecha, hermanada con la suya.

Y así, entretenido escuchando la muda conversación que mantenían las sombras de Gabriel y Vega, llegó con el sol en lo alto a Estella.

La rúa de los Curtidores recibe a los peregrinos que llegan a Estella desde hace siglos. Si aquella calle pudiera hablar, Noé la hubiera interrogado antes que al hombre a quien anhelaba encontrar en el pueblo.

Estella huele a Camino de Santiago.

Noé había leído en alguna guía que el famoso *Codex Calixtinus* atribuido a Aymeric Picaud ensalzaba el pan, el vino y el resto de los alimentos de aquel lugar. Y en ese mismo instante sintió el pinchazo del hambre en el estómago.

Cuando planificó su Camino, Noé contactó con algunos de los albergues de las localidades más importantes en las que tenía pensado descansar para garantizarse una cama. La Hostería de Curtidores de Estella era uno de ellos. Se trataba de una vieja tenería del siglo XVIII situada junto al río Ega que había sido rehabilitada y ofrecía la posibilidad de disfrutar de una habitación individual en la que Noé se sintió el rey del mundo.

Tras asearse y comer, cruzó los dedos antes de preguntar a la joven que se encontraba al frente de la recepción si sabía dónde vivía un médico apellidado Marañón.

—En Puente la Reina me dijeron que vivía en Estella —explicó.

La muchacha torció el gesto. No le sonaba el apellido.

—Pero, espere —dijo. Cogió su teléfono móvil y marcó un número. Cuando alguien respondió a su llamada, preguntó—: Mamá, ¿conoces a un médico que se apellida Marañón?

Mientras escuchaba la respuesta, la joven asintió, tomó un bolígrafo y escribió una dirección en un papel.

—Era mi madre —sonrió—. Con razón no lo conocía. Está jubilado hace años. Se llama Pedro Marañón —aclaró al tiempo que ofrecía el papel con la dirección del médico a Noé.

—Muchísimas gracias.

—¿Se encuentra usted mal?

—No, no —aclaró Noé—. Es que unos amigos míos conocen al doctor Marañón y me pidieron que lo saludara al pasar por aquí —mintió una vez más. Pero ¿cómo iba a explicarle la verdad a aquella joven tan amable y sonriente sin que lo tomara por loco?

Leyó la dirección que aparecía en el papel y preguntó a la muchacha si aquella calle estaba cerca del albergue, y ella le dijo que sí.

—Un paseo —aseguró ella tras darle unas breves indicaciones.

El cielo estaba cada vez más plomizo, y Noé lo miró con recelo. Se abrigó con una sudadera y comenzó a caminar en la dirección que le habían indicado.

Estella tenía todo el encanto que las guías le concedían. En ellas se afirmaba que había sido fundada a finales del siglo XI por Sancho Ramírez, rey de Aragón y Navarra, aprovechando un enclave ya existente, Lizarra. Las calles del casco antiguo invitaban a imaginar aquel pasado medieval, y el patrimonio monumental le había hecho ganarse el sobrenombre de «la Toledo del norte».

El domicilio del doctor Pedro Marañón se encontraba en la calle San Nicolás, y resultó ser una vivienda enorme, cuya fachada era de ladrillo visto. En un primer momento, Noé imaginó que las tres alturas que dibujaban las ventanas correspondían a tres viviendas diferentes, pero no tardaría en descubrir que no era así. La casa tenía tres alturas y tal vez quinientos metros cuadrados, según Noé calculó cuando entró en ella. Pero antes, llamó al timbre.

Respondió una mujer, y Noé explicó brevemente el motivo de su visita. Esta vez, sin faltar a la verdad, aunque añadió el detalle de que lo enviaban los Padres Reparadores, algo que no era del todo cierto.

Durante unos segundos, la mujer que le hablaba a través del interfono guardó silencio. Finalmente, la mención de los Padres Reparadores pareció vencer su desconfianza, y la puerta se abrió.

Instantes después, Noé se encontró con una mujer alta y fuerte, de mirada resuelta, cabello cardado de color caoba y arreglada, como si estuviera a punto de salir. Y así era.

—Avisaré a mi marido —dijo tras estudiar a Noé durante unos segundos—. Yo iba a salir a misa —aclaró.

Noé se disculpó por importunarles en su casa, pero ella ya no pareció escucharlo y se perdió en el interior de la vivienda.

Al cabo de unos segundos apareció un hombretón provisto de un frondoso bigote blanco a juego con su aún abundante cabello. Tenía la mirada gris y se conservaba erguido como un chopo. Debió haber sido un hombre muy fuerte en su juventud, y aún lo era.

—Os dejo, que aún empezará y no he llegado —dijo la señora, y salió disparada a la calle. Llegaba tarde, y Dios pasaba lista en misa.

—De modo que le envían los Padres Reparadores de Puente la Reina —dijo a modo de introducción el doctor Marañón—. ¿A qué se debe? Pero, pase, pase.

El médico condujo a Noé hasta un amplio salón provisto de una cristalera que daba a un patio de luces. Unas escaleras conducían a las estancias superiores, según se veía a través de los impolutos cristales.

A Noé le pareció una casa demasiado grande e incómoda para un matrimonio de... ¿qué edad? ¿Qué edad tenía el doctor Marañón?

El anfitrión ofreció asiento a Noé en un sofá azul, mientras que él ocupó un sillón del mismo color situado a la izquierda. Al fondo, había un mueble de madera de aspecto clásico y, a la derecha, un televisor de gran pulgada. A la espalda de Noé estaba el despacho del médico.

Como si adivinara los pensamientos de su invitado, el doctor dijo:

—Una casa demasiado grande, ¿verdad?

Noé trató de decir algo, pero Pedro Marañón se adelantó:

—Lo es, pero es que arriba viven mi hija y mi yerno —explicó—. Son cinco habitaciones y tres alturas, y nos las hemos ingeniado para que tengan una vivienda independiente con salida al jardín que hay en la parte de atrás. Ellos son dos, y nosotros también. Los nietos no acaban de llegar —se lamentó.

Noé guardó silencio, sin saber muy bien qué convenía decir ante una confidencia como aquella.

—Bueno, cuénteme qué le trae por aquí y qué tripa se les ha roto a los Padres Reparadores —dijo el médico—. Me ha dicho mi mujer que es usted peregrino. ¿Quiere algo de beber?

Noé dijo que no, pero dio las gracias.

—Pues yo me voy a tomar un dedo de pacharán, ahora que no está ella —dijo Marañón antes de dirigirse a un pequeño mueble bar situado junto a la televisión.

Noé paladeó en silencio aquella bebida antes de explicar el motivo de su visita, y lo hizo de un tirón sin omitir nada, salvo el cuaderno de tapas de cuero del que no se separaba.

El doctor dio un generoso sorbo al pacharán mientras escuchaba al inesperado visitante, y sus ojos se abrieron de par en par a medida que Noé se explicaba.

—¿Recuerda a aquellos peregrinos? —preguntó Noé cuando terminó de contar su historia.

—¿Cómo iba a olvidarlos? —respondió el médico—. Yo era un médico joven entonces. ¿Hace ya treinta y cinco años?, dice usted. Pues fíjese en cómo estoy ahora: jubilado, y no soy ni la mitad de lo que entonces era, pero la cabeza sigue funcionando bien. Recuerdo a aquel matrimonio, y muchas veces he pensado en los dos, sobre todo en ella. Me hubiera gustado haber recibido alguna carta más de ellos.

Al escuchar aquello, el corazón de Noé dio un vuelco.

—¿Alguna carta más? ¿Le escribieron?

—Sí, un par de veces —respondió el médico—. Me mandaron una carta desde Nájera y otra desde Castrojeriz días después, para decirme que estaban bien y que no me preocupara por ellos. Supongo que les dio mala conciencia desobedecerme y seguir adelante a pesar de que yo les recomendé que no lo hicieran. El cáncer de aquella muchacha era imparable, y luego su embarazo… Era una historia demasiado triste como para olvidarla.

Noé buscó entre su repertorio las palabras más adecuadas que se le ocurrieron para preguntar al doctor si aún conservaba aquellas cartas.

Marañón entornó la mirada y guardó unos segundos de silencio mientras valoraba al hombre que tenía ante él. No le había pasado por alto el modo en el que Noé se pasaba la lengua por los labios mirando el vaso de pacharán.

—¿Por qué le interesa aquel matrimonio? —preguntó al cabo de unos segundos—. Si son parientes suyos, sabrá mejor que yo cómo acabó aquella historia. Y si no lo son, no acierto a explicarme el interés que tiene.

—Soy escritor —mintió Noé—. Como le dije, encontré de forma casual una carta escrita por Gabriel en Jaca justo cuando yo mismo iba a comenzar el Camino. No sé quién la dejó en el lugar donde la encontré ni sé si estoy loco por venir a su casa a molestarle, pero le juro que, desde el mismo instante en que la leí, algo se removió en mi interior.

—¿Tal vez su propia vida? —sondeó el médico.

Noé tragó saliva.

—Sin la menor duda —confesó—. He perdido mi empleo, mi madre ha fallecido y mi pareja me ha abandonado. Todo ello en tan poco tiempo que no he sabido enfrentarme a mi vida y he decidido huir a través del Camino.

—En el Camino, uno se encuentra, no se logra huir —dijo el médico, que parecía mirar a Noé de un modo más amable—. Al menos hoy, he visto que ha conseguido dominar su sed.

Noé enrojeció. Iba a decir algo al respecto, pero el médico se lo impidió.

—No tiene que disculparse. En todo caso, soy yo quien debe hacerlo por beber ante usted. —Alejó el vaso hasta el extremo de la mesa de cristal que los separaba.

—Hace unas semanas que ya no bebo —aclaró Noé.

—Eso dice mucho más de usted que el hecho de que un día lo hiciera —opinó el doctor.

—Muchas gracias —dijo Noé—. Verá usted, aquella carta, aquella historia de amor… —farfulló.

—¿Le demostró que a pesar de todo vale la pena vivir?

Noé no pudo responder, porque las lágrimas se lo impedían.

El médico asintió. Se levantó de su sillón y puso una de sus enormes manos sobre el hombro del peregrino derrotado que tenía sentado en su salón. Después, se dirigió al despacho y regresó con dos sobres amarillentos y se los entregó a Noé.

—Le permito que las lea, pero no se las daré —advirtió.

Noé se disculpó por las lágrimas.

—No tiene por qué. Yo he llorado en ocasiones releyéndolas —reveló señalando los sobres.

Noé abrió con dedos temblorosos la primera de ellas. Estaba fechada en Nájera el 27 de agosto de 1984.

Estimado doctor Marañón:
Sirva esta carta de agradecimiento por los cuidados que dispensó a mi esposa, Vega. Ninguno de los dos olvidaremos aquella noche en vela que pasó junto a su litera en el albergue de los Padres Reparadores de Puente la Reina. Esperamos igualmente que sepa disculparnos por no ser dóciles a sus recomendaciones, que sabemos que eran bienintencionadas, de que desistiéramos en nuestro propósito de proseguir el Camino, pero nada tiene que perder quien únicamente tiene una vía para no perderlo todo.

Supe por el modo en que me miró que no me comprendió cuando le dije que la única salvación posible para Vega y para el bebé que esperamos era llegar al fin del Camino. Es usted un hombre de ciencia, y mis argumentos no resistirían ningún análisis científico, de modo que preferí guardar silencio cuando me preguntó a qué me refería.

Vega se muere, me dijo usted con total honestidad. El diagnóstico de varios de sus colegas le da la razón, y también condena a nuestro bebé, pues la esperanza de vida de Vega no supera unas pocas semanas, según nos han dicho.

Sin embargo, hemos llegado sanos y salvos a Nájera, el segundo lugar griálico de nuestra ruta.

Le imagino con el ceño fruncido al leer este último renglón. Tal vez esas palabras le confirmen en la idea de que aquella noche en Puente la Reina se cruzó con un par de chiflados a quienes la desesperación había conducido a creer en cuentos de hadas y caballerías. Y en parte, debo decirle que fue así; que sin la inminencia de ahogarnos, no hubiéramos creído que el Camino pudiera ser una tabla de salvación en medio del océano. Pero le aseguro que no estamos locos. Aún nos faltan muchos kilómetros para convertirnos en Locos.

Con sincera gratitud,
Vega y Gabriel

Noé tardó unos segundos en advertir que la carta temblaba en sus manos. Al leerla, se había sentido tan cerca de Gabriel y de Vega como si estuvieran sentados junto a él en aquel sofá azul. Aquella carta demostraba que la misteriosa pareja no era imaginaria. El doctor Marañón los había conocido, al igual que el padre Raimundo y el padre Abdón. Y se preguntó si el destino le permitiría encontrar a otros testigos del paso de la pareja por el Camino.

Con dedos temblorosos, abrió la segunda carta, que estaba fechada en Castrojeriz el día 3 de septiembre de 1984.

Estimado doctor Marañón:
Le escribimos desde Castrojeriz, un lugar de sanación, como tal vez sepa usted si conoce la historia del Camino. Los Padres Antonianos tenían la capacidad de curar a quienes padecían el «fuego de San Antón», y tal vez la energía de las ruinas de su monasterio tenga la virtud de fortalecer aún más a Vega.

Esta es la última carta que le enviaremos, porque no queremos preocuparle ni que se preocupe más por nosotros. Únicamente, deseamos reiterarle nuestro agradecimiento por todo.

El juego prosigue para nosotros. Hemos apurado dos griales, y aún nos aguarda el tercero. Avanzamos en la partida, y algo tan pueril como la muerte no podrá detenernos si no nos detenemos en ella.

Con sincera gratitud,
Gabriel y Vega

Cuando Noé alzó la mirada tras leer la segunda carta, se encontró con los ojos grises del doctor Marañón que lo taladraban a través de sus pobladas cejas canas.

—¿Y bien? —preguntó el médico.

Noé tragó saliva y se encogió de hombros.

—No sé qué decirle —respondió.

—Amigo mío, estoy viejo, pero no soy idiota. Usted sabe algo que yo desconozco y no me quiere decir. —Se levantó del sillón y volvió a su mesa de trabajo. Abrió un cajón del escritorio y regresó junto a Noé con una carpeta de cartón azul que arrojó sobre la mesa de cristal—. Ahí está todo cuanto he podido averiguar sobre ellos —dijo. Y antes de que Noé abriese la carpeta, añadió—: nada.

Noé lo miró perplejo. En la carpeta aparecían cartas que el doctor había escrito a otros colegas de ciudades del Camino.

—Ningún médico volvió a verlos —dijo—. Y luego están todos esos acertijos sobre el grial, sobre un juego que no aclaran y sobre no detenerse en la muerte. —Miró de nuevo a los ojos a Noé—. Dígame qué sabe usted sobre ellos. Necesito saber qué les sucedió. Llevo preguntándomelo todos estos años.

Noé meneó la cabeza.

—No lo sé —confesó.

Repitió la historia de la carta que encontró en Jaca, pero no mencionó el cuaderno, aunque se sintió mal consigo mismo por no hacerlo. En aquella libreta al menos se aclaraban algunas de las dudas del doctor, como por ejemplo a qué se refería Gabriel cuando decía que aún les faltaban muchos kilómetros para convertirse en «Locos». Era obvio que aludía a los conocimientos del antiguo dueño de Trisquel.

Noé tampoco mencionó el juego de la oca, que era evidentemente la partida a la que Gabriel aludía, porque supuso, al igual que Gabriel treinta y cinco años antes, que el doctor Marañón lo tomaría por loco. Un diagnóstico inicial que corroboraría si Noé le confesaba que en un cuaderno de tapas de cuero se mencionaban tres griales a lo largo de la ruta jacobea: el que habían apurado en Aragón antes de partir el día 16 de agosto; el de Nájera que Gabriel mencionaba en la primera de las cartas, y el último al que se refería: el que aguardaba en O Cebreiro.

Superar la muerte exigía no quedarse en su casilla, pensó Noé, aturdido.

—Le prometo que si averiguo algo sobre ellos durante mi viaje, se lo haré saber si me dice su teléfono —aseguró Noé, que no sabía cómo salir de aquella casa sin mentir más a su amable anfitrión.

Pedro Marañón tenía la edad suficiente para saber cuándo le mentían. Pero, a pesar de ello, recitó los números de su teléfono móvil.

Cuando Noé estaba a punto de salir a la calle San Nicolás, escuchó la voz del doctor a su espalda:

—Aquel bebé jamás pudo llegar a nacer.

Noé se volvió y le dijo:

—Vive usted al lado de la iglesia de San Pedro de la Rúa. Por lo que he leído en las guías, nada es imposible en el Camino.

El mostacho del doctor Marañón se movió casi imperceptiblemente, porque algo parecido a una breve sonrisa se había dibujado en sus labios. A aquellas horas, su mujer escuchaba misa en la iglesia que Noé había mencionado.

Una leyenda aseguraba que en el siglo XIII llegó a Estella en peregrinación un obispo de la localidad griega de Patrás. El prelado se hospedó en el hospital de San Nicolás, donde murió inesperadamente. Poco después, le dieron sepultura en el claustro de la iglesia de San Pedro, que entonces era cementerio de peregrinos, sin que nadie imaginase que entre sus ropas ocultaba un tesoro.

Días después, el sacristán de San Pedro de la Rúa se sorprendió al ver un rayo de luz sobre la tumba y dio cuenta del milagro a sus superiores, los cuales ordenaron exhumar el cadáver para encontrar una respuesta a aquel misterio.

Al abrir la tumba encontraron junto al cadáver una caja con una reliquia y los documentos que acreditaban su autenticidad. Se trataba de un hueso de la espalda de san Andrés, que pasaría a convertirse en patrón de Estella.

Al pasar junto a la iglesia, Noé siguió las recomendaciones del cuaderno y visitó el claustro románico. El resto de la tarde se le fue entre los dedos contemplando las tumbas de antiguos peregrinos que lo habían precedido y que dormían eternamente custodiados por aquellas maravillosas columnas.

La voladura del castillo de Zalatambor por orden de Felipe II en 1521 tuvo la consecuencia de que muchos cascotes cayeran en el claustro y destruyeran las alas este y sur. Noé, siguiendo las indicaciones del cuaderno, se olvidó de la rica decoración vegetal de los capiteles de la panda oeste y recorrió con interés los del lado norte, donde se representaban escenas de la vida de Cristo, de san Andrés y, lo que más le interesaba, de san Lorenzo. Allí estaba de nuevo el custodio del grial en el momento en el que ponía a buen recaudo las reliquias de la Iglesia antes de ser martirizado en la parrilla. Y, más allá, el resumen del mito del grial expresado en la tumba vacía de Jesús.

—«Algo tan pueril como la muerte no podrá detenernos si no nos detenemos en ella» —murmuró Noé recordando la última frase de la última carta de Gabriel al doctor Marañón.

CAPÍTULO 6
Caballero del grial

En alguna parte, Noé había leído que la palabra *iratxo* significa «duende» en euskera.

El monasterio de Santa María de Irache salió a su encuentro cuando apenas había caminado cinco kilómetros desde Estella y aún seguía masticando cada una de las frases de las dos cartas que Gabriel y Vega habían enviado al doctor Marañón treinta y cinco años antes.

Aquellas dos cartas le confirmaban que la maravillosa historia de amor de aquel joven matrimonio era real. Sin embargo, Noé seguía sin conocer el final de la misma.

Antes de llegar al monasterio, la tentación salió a su encuentro en la fuente de la que mana vino en lugar de agua y que el peregrino se encuentra a escasa distancia de aquella casa de Dios, cuyas primeras noticias datan de mediados del siglo X y mencionan la presencia benedictina en el lugar. No obstante, algunos proponen una antigüedad mayor, remontando su construcción a los tiempos visigodos.

Noé se detuvo ante la fuente y pasó su lengua por los labios de un modo involuntario, como le había sucedido la tarde anterior en casa del médico al ver bailotear el pacharán dentro del grueso vaso de cristal. Por unos instantes, cerró los ojos y se vio a sí mismo en mil garitos, tumbado sobre la barra o sobre una mesa en el rincón más oscuro absolutamente borracho.

Hubo un tiempo en que no sabía quién era porque no quería recordar quién fue.

A veces, era su padre quien lo rescataba del lodazal. Pero casi siempre era Ramón quien lo arrastraba hasta su casa, lo metía en la ducha y lo abofeteaba si era necesario para que espabilara.

¡Ramón!

Noé rompió a llorar ante la fuente del vino.

Ramón era la última de las pérdidas que había padecido antes de decidirse a emprender el Camino. Al parecer, a Dios no le bastaba con dejarlo sin madre, sin pareja y sin trabajo; también tenía que llevarse a su mejor amigo, a su medio hermano.

—¿Se encuentra bien? —preguntó un joven de aspecto atlético cargado con una enorme mochila de color azul.

Noé lo miró a través de sus lágrimas y respondió afirmativamente con la cabeza.

—No lo parece —observó el muchacho—. ¿Necesita ayuda? ¿Quiere que lo acompañemos? —añadió señalando a otros tres jóvenes con los que realizaba el Camino.

—No, muchas gracias. Estoy bien —dijo Noé—. Son los recuerdos, que muchas veces le juegan a uno malas pasadas.

El joven asintió en silencio. Después, regresó junto a sus amigos y se dirigió hacia el monasterio.

Minutos después, Noé los imitó.

Al entrar en el monasterio se concedió un breve reposo para ver la réplica de la imagen de la Virgen de Irache que se guarda en el vecino pueblo de Dicastillo. El Loco recomendaba visitarla para reparar en la típica iconografía sedente, al modo de la diosa Isis. Sin embargo, Noé no tenía el ánimo dispuesto para esoterismos. El recuerdo de su amigo Ramón ante la fuente del vino lo había zarandeado hasta dejarlo exánime.

El resto de la mañana caminó como alma en pena por tierras navarras atravesando, sin ver, Azqueta, Los Arcos y Sansol. Pero era imposible no reparar en el supuesto faro de los peregrinos que algunos decían que era la iglesia del Santo Sepulcro de Torres del Río. Una iglesia que, sorprendentemente, resultaba invisible para el caminante hasta que el pueblo aparece inesperadamente.

¿Cómo iba a cumplir la función de faro de los peregrinos una iglesia invisible? ¿Cómo iba a alumbrar a los *concheiros* si no caminaban por la noche?

Esas eran las preguntas que había anotado el Loco en el cuaderno, y Noé comprendió su sentido.

La iglesia del Santo Sepulcro de Torres del Río era tan octogonal como decían las guías. Al llegar hasta ella, Noé admiró el ábside semicircular y la desconcertante torre situada en el otro extremo, de suerte que la planta del edificio dibuja un ocho o, más bien, el símbolo del infinito.

El Loco recordaba en el cuaderno que el infinito simboliza la superación de la muerte. Y de pronto, en el interior de aquella iglesia, Noé sintió la necesidad de añadir un compañero a su aventura, además de la pulsera donde brillaba el trisquel.

¿Estaba dentro de una iglesia templaria?

Eso afirmaba el Loco, pero otros especialistas lo negaban.

Noé se preguntó qué opinión tendría al respecto Juan Ponce, el afamado historiador del arte sin título. Y se echó a reír al imaginar que el grupo que aquel jeta lideraba habría pasado por allí el día anterior.

—Ojalá no vuelva a verlo —murmuró. Y eso que lamentaba no poder charlar de nuevo con Diana y con Clío.

Estaba sentado en un banco corrido dentro del templo, y supuso que tal vez allí los monjes templarios celebraron sus capítulos. Al menos, era emocionante imaginarlo.

Siguiendo las indicaciones del cuaderno, estudió el ábside flanqueado por dos columnas. En la de la izquierda se observaba un peculiar descendimiento, porque los hombres que bajan el cuerpo de Jesús de la cruz parece que pretenden desmembrarlo, como la tradición egipcia asegura que hizo Set con el cuerpo de su hermano Osiris tras asesinarlo. Y precisamente en el otro capitel se representaba un arca (Set introdujo el cadáver de su hermano Osiris en un arcón) o sepulcro abierto.

¿Resurrección tras la muerte o superación de la muerte?

De nuevo Egipto aparecía en el Camino, para quien lo supiera leer.

Noé alzó después la mirada hacia la cúpula de la iglesia, donde las nervaduras de factura mudéjar se entrecruzan formando la cruz de ocho puntas de los templarios.

Durante varios minutos, tuvo la suerte de permanecer a solas junto al recuerdo de su amigo Ramón en el interior del templo, y se preguntó si sería cierto que tras la muerte nos aguarda algo al otro lado.

¿Qué le había aguardado a Ramón?

¿Por qué Dios arrebataba la vida a un hombre joven como su amigo o a una muchacha embarazada como Vega y en cambio le permitía seguir con vida a él, un borracho arrepentido, un amante sin amor, un hijo sin madre?

Cuando reunió fuerzas suficientes, salió de la iglesia del Santo Sepulcro y se dirigió al albergue La Pata de Oca, situado cerca del templo.

Selló su credencial y se hizo con una litera donde pasar la noche.

Tras asearse y descansar, bajó al restaurante para dar buena cuenta de la cena. Pero antes, se concedió unos minutos para observar la decoración con motivos templarios que coloreaba el albergue y para curiosear entre los *souvenirs* que se ofrecían a los visitantes inspirados en la Orden del Temple. Entre ellos, le llamó la atención una pulsera cuyo diseño, siguiendo la planta de la iglesia vecina, tenía la forma de un infinito.

De inmediato, sintió que aquel símbolo lo llamaba con una fuerza inexplicable.

No le importó el precio de la pulsera.

El trisquel y el infinito irían con él al fin del mundo.

Al día siguiente, reemprendió el Camino.

Aún era verano, pero ya no era el verano. La luz de septiembre carecía del empuje vital de las semanas anteriores, aunque los caminantes agradecían que el sol fuera más mustio. El cielo estaba salpicado de nubes blancas que observaban el paso de los peregrinos que, como Noé, partieron aquella mañana de Torres del Río.

El Camino pasaba junto al pueblo de Bargota, donde se hizo famoso a mediados del siglo XVI el cura Joanes por ser considerado brujo. De él se dijo que había aprendido sus artes mágicas en la llamada cueva de Salamanca, donde había ejercido su magisterio el mismísimo diablo.

Al regresar al pueblo para ocuparse de la parroquia, comenzaron a circular toda clase de rumores sobre él. Algunos decían que volaba, que unas nubes parecidas a las que observaban el paso de Noé por aquel lugar, le servían de vehículo, y por eso tenía en ocasiones nieve sobre su sombrero y sobre su capa en pleno verano. Incluso se dijo que era capaz de desprenderse de su cabeza sin perder por ello la vida y que lideraba los aquelarres que se celebraban no lejos de allí, en las llamadas Charcas de Viana.

Al final, la Inquisición cayó sobre él y fue juzgado en Logroño en 1610 junto a las famosas brujas de Zugarramurdi, aunque no fue condenado a la hoguera, sino a pena de cárcel y la obligación del uso del sambenito —sayo con que se hacía vestir al condenado por ese tipo de prácticas para su vergüenza ante la sociedad—.

A pesar de no dar ninguna credibilidad a aquellas habladurías, Noé se preguntó qué suerte hubiera corrido él en aquellos tiempos si mencionase la libreta que llevaba en su mochila y un inquisidor leyera sus páginas.

La fe movía montañas, pero también había regado la historia de cadáveres, pensó. Después de todo, ¿qué es la fe? Cada cual tiene fe en lo que le parece bien.

¿En qué creía él?

Antes de encontrar aquel cuaderno, apenas creía en nada. Sus convicciones religiosas, impregnadas del costumbrismo andaluz de procesiones y cofradías, no podían ser tenidas en cuenta como algo serio. ¿O acaso hubiera sido capaz de morir por semejantes ideas?

Sin embargo, ahora...

Ahora había buscado en su interior el grial durante varios días antes de emprender el Camino, únicamente porque aquel cuaderno lo recomendaba. Porque en aquellas páginas se afirmaba que el grial no es un objeto, ni una copa, sino la esencia más pura del corazón; aquella ha de ser pesada el día del último juicio, tal y como los egipcios representaron hacía miles de años.

Ahora, había sido dócil al emprender la marcha el día que el Loco proponía como el adecuado: el 16 de agosto.

Noé no sabía quién sería al final del Camino, pero era evidente que ya no era la misma persona que lo había comenzado.

Apenas puso un pie en Viana, se sintió trasladado a otra época. La altiva iglesia de Santa María lo transportó hasta el Renacimiento, y recorrió las calles del lugar con la sensación de que era capaz de escuchar la voz de César Borgia susurrándole maldades.

La vida de aquel Borgia que daba lustre a la historia de Viana había sido, como poco, apasionante. Con dieciséis años había alcanzado la dignidad de obispo de Pamplona, y antes de cumplir los veinte fue nombrado arzobispo de Valencia y cardenal.

¿Todo fue posible únicamente porque su padre era el papa Alejandro VI? Esa sería una respuesta demasiado pueril para explicar la meteórica carrera de aquel hombre que fue capaz de combatir en batallas, urdir entre las tramoyas políticas y ser mordido por la sífilis.

Al consultar su guía aquella mañana, Noé había leído que los historiadores no se ponían de acuerdo a propósito del lugar donde había muerto el príncipe Borgia. Unos sostenían que la muerte le sorprendió cerca de Viana, mientras que otros aseguraban que falleció siendo prisionero en el castillo de La Mota (Valladolid) o en el de Chinchilla (Murcia), pero lo que nadie negaba era que su tumba se encontraba en Viana, y Noé se dirigió hacia la placa que anuncia dónde están los huesos del controvertido príncipe.

Pero ¿realmente está allí enterrado?

—La muerte y el Camino, otra vez —se dijo Noé mientras varios peregrinos se fotografiaban junto a la placa situada en el suelo frente a la iglesia de Santa María.

Al parecer, a César Borgia lo enterraron en el presbiterio del templo en un magnífico sepulcro de estilo gótico que fue destruido en algún momento impreciso del siglo XVI. Se supone que sus huesos fueron sacados entonces fuera de la iglesia e inhumados allí donde ahora el grupo de peregrinos se fotografiaba sonriente.

Algunas leyendas culpan de todo aquello al obispo de Calahorra del siglo XVI, bajo cuya jurisdicción se encontraba Viana. Dicen que ordenó colocar los huesos del Borgia en la calle Mayor para que los pisaran los cristianos y las bestias. No en vano, César Borgia había sido excomulgado.

También leyó Noé que en 1885 lo volvieron a desenterrar con algún vano pretexto que ocultaba el deseo de hacerse con su espada, de la que decían que estaba adornada con oro y brillantes. Pero no parece que dieran con ella.

Cuando el grupo de peregrinos dejó el lugar libre, Noé se acercó y leyó el sucinto texto de aquella placa blanca: «Generalísimo de los Ejércitos de Navarra y Pontificios. Muerto en campos de Viana. El XI de marzo MDVII».

Otros huesos removidos. Otra tumba sin cadáver en el Camino, pensó.

Y selló su credencial, y preguntó aquí y allá por Vega y Gabriel, y llenó su mirada de vides rumbo a Logroño.

Durante siglos, los peregrinos han entrado en Logroño por el puente de Piedra sobre el río Ebro, y Noé también lo hizo.

Por un instante, mientras atravesaba el puente, trató de imaginar la angustia de las mujeres de Zugarramurdi que fueron juzgadas por brujería en aquella ciudad en 1610. Noé había leído que se las acusó de celebrar misas negras, de realizar bailes y rituales diabólicos y de otros comportamientos que se acostumbra a relacionar con las personas que tienen trato con el diablo.

Mientras caminaba por la calle Ruavieja, se sintió incómodo. Era una sensación que ya había experimentado cada vez que abandonaba los campos desiertos del Camino y entraba en una población notable. Pero como Logroño era la ciudad más grande de todas las que había encontrado en el Camino hasta aquel momento, el desagrado fue mayor.

Había demasiada gente, demasiado ruido como para encontrarse o como para encontrar al dios que cada cual anduviera persiguiendo en la ruta. Tiendas, bares..., el ir y venir de cualquier ciudad.

Noé se arrepintió de inmediato de no haber pernoctado en Viana. Y Navarrete, el siguiente pueblo donde podría encontrar albergue, estaba a una docena de kilómetros.

Miró el reloj en el teléfono móvil y después consultó a sus pies.

—¿Qué hacemos?

Y sus pies le dijeron que podían soportar pasar una noche en la ciudad mejor que trabajar más horas aquel día.

—Está bien —les respondió.

Probó fortuna, y la obtuvo, en el albergue de peregrinos situado en aquella misma calle, Ruavieja.

Una hora después, salió a recorrer el casco antiguo de la ciudad, pero antes hizo algo que ya se había convertido en costumbre en todos los albergues y en los lugares de culto donde paraba a sellar su credencial: ¿tenían un libro de firmas?

En algunos lugares, lo había. En otros muchos, no.

Aquel albergue de Logroño pertenecía al segundo grupo, que cada vez era más numeroso.

Tanteó para ver si alguien había oído hablar de Gabriel, Vega y Trisquel, pero no tuvo éxito, y se resignó. Hacía ya un tiempo que había advertido que parecían ser ellos, Gabriel y Vega, quienes se ponían en contacto con él de un modo aparentemente casual. Por mucho que él preguntaba, no encontraba migas de pan que señalasen el camino del matrimonio. Esas migas salían a su paso cuando menos lo esperaba, por aparente casualidad.

¿Por casualidad? ¿Aún debía creer que todo cuanto le había sucedido desde que comenzó el Camino era producto de la casualidad? ¿Acaso lo fue el hallazgo de la carta y el cuaderno? ¿Lo fue tal vez su encuentro con Raimundo, el párroco de Yebra de Basa o con el padre Abdón en la iglesia del Crucifijo de Puente la Reina? ¿Debía achacar al puro azar haber encontrado al doctor Pedro Marañón y que este guardara dos cartas de Gabriel y Vega?

Antes de que la calle Laurel desbordase de humanidad, logró encontrar una mesa en un pequeño local en el que cenó bien y a un precio razonable. Pero cuando hubo acabado y se dispuso a regresar al albergue, una riada de personas, mayoritariamente jóvenes, anegaba la famosa calle. La multitud bebía y reía fuera de los locales, la mayoría de los cuales servían a través de enormes ventanales generosas bandejas de pinchos seductores y originales a la clientela que los consumía en la vía pública.

Noé comprendió que no iba a ser fácil atravesar la calle. Bandadas de jóvenes se cruzaban en su camino y, sin pretenderlo, lo empujaban de un lado a otro. Las caras de cientos de desconocidos pasaban ante sus ojos hasta que, de pronto, creyó verla.

—¡Será posible! —exclamó.

Los mismos ojos azules, la misma piel morena, el cabello largo y negro... Pero no llevaba velo esta vez.

¿Eran los mismos ojos que lo deslumbraron en Jaca?

Noé tardó unos segundos preciosos en reaccionar, porque, cuando decidió seguir a la joven, ella se había perdido entre la multitud.

Noé se abrió paso a empujones, pero fue un esfuerzo inútil: la mujer había desaparecido. Tal vez había entrado en uno de los numerosos bares; tal vez, en un portal. O tal vez fue un espejismo.

Pero a Noé le parecía imposible ver dos veces el mismo fantasma femenino.

Desorientado, deambuló por las calles del casco viejo mirando sin ver a la gente que pasaba junto a él. Únicamente reparaba en los ojos de las desconocidas que reían y hablaban a gritos, ebrias de diversión. Pero aquellos ojos no regresaron, y de pronto sus pies se detuvieron justamente sobre una oca dibujada en el pavimento.

—¡Qué diablos! —exclamó Noé, saliendo de su embeleso.

Un enorme juego de la oca adornaba el pavimento de la

plaza de Santiago, a la que había ido a parar. Allí estaban las catorce ocas, si se contaba el jardín final donde retozaban, los dos puentes, los dados, la posada, la cárcel... y la muerte.

Noé se ensimismó recorriendo la espiral —la misma forma que adoptaba la Vía Láctea, que era también el modo en que los iniciados medievales llamaban al Camino de Santiago— que proponía el juego, y tan absorto permaneció durante el tránsito por las casillas que no reparó en un hombre totalmente calvo, de mediana edad y aspecto atlético, que lo observaba con interés sentado sobre uno de los enormes dados situados no lejos del tablero dibujado en el pavimento.

¿Era casualidad también que la única farola fundida en la plaza fuera la que permitía que el desconocido estuviera amparado por las sombras?

Ajeno al hombre que le espiaba, Noé sonrió cuando llegó al jardín de la Oca. Inconscientemente, acarició el bolso en el que llevaba el cuaderno del Loco y recordó lagunas de las frases escritas en él sobre aquel juego: la Vía Láctea, el Camino en definitiva, era un tránsito celeste, aunque se realizara en la tierra.

Pero, aunque era cierto que la luz de una constelación guiaba los pasos del peregrino, más le hubiera valido a Noé aquella noche haberse preocupado por la luz que no alumbraba: la de aquella farola que embozaba al misterioso observador.

En lugar de eso, alzó la vista a las estrellas.

La calle Marqués de Murrieta le pareció a Noé interminable. Tenía tantas ganas de recuperar la libertad perdida en la ciudad que caminó hasta llegar a Navarrete con un brío que incluso a él le sorprendió. A pesar de que no había dormido bien, porque se pasó la noche persiguiendo en sueños los ojos azules de una mujer que se disolvía al contacto con el aire, su cuerpo parecía en mejor forma que nunca.

Ni siquiera Santiago tendría más brío que él cuando se enfrentó a los musulmanes en Clavijo, cerca del lugar por donde transitaba en aquel momento en compañía de dos peregrinas argentinas y un alemán robusto y rubicundo. Las dos argentinas habían oído hablar del caso, y lo comentaron jocosamente. Ni ellas ni nadie en su sano juicio le podía dar crédito al incidente: el apóstol Santiago aparece sobre un caballo blanco en plena refriega contra los infieles de Abderramán II el 22 de marzo de 844 y logra que el éxito caiga del lado cristiano, cuyo paladín era el rey Ramiro I.

—Dicen que gritó: «¡Sus y a ellos, Santiago y cierra España!» —recordó una de las dos argentinas, una chica muy alta y de larga cabellera rubia.

Su compañera rompió a reír. Su amiga, también.

Y Noé dibujó una sonrisa cómplice al pasar junto a ellas.

Tenían razón, pensó. ¿Quién se iba a creer una historia semejante?

Pero estaba en tierras de batallas, caballeros y griales, tal y como recogía el cuaderno del cual dependía cada vez más, sin advertirlo.

Lo consultaba tantas veces al día, que iba a terminar por aprender su contenido de memoria, de modo que no debe extrañar que antes de llegar a Nájera creyera reconocer en una loma el Poyo de Roldán, un altozano donde una leyenda asegura que cruzaron sus aceros el gigante Farragut y el famoso paladín de Carlomagno. El Loco mencionaba el caso en la libreta para introducir la historia que realmente interesa contar a propósito de Nájera, y añadía el detalle de que el combate se prolongó durante días, hasta que Roldán atravesó con su espada el ombligo del hombretón Farragut, que era el único punto vulnerable de su cuerpo.

Lo dicho: tierra de caballeros y griales. Tierra de batallas, conquistada por los berones, los romanos y los visigodos. Y, tras ellos, llegaron los árabes en el siglo VIII y lo llamaron «lugar entre piedras», es decir: Náxara.

El cuaderno aseguraba que era imprescindible la visita a Santa María la Real porque allí se encontraba el segundo lugar griálico del Camino, tras San Juan de la Peña, tal y como decían Gabriel y Vega en una de las cartas que enviaron al doctor Marañón.

Noé entró en la población detrás de las dos argentinas, que parecían de un humor excelente, y del rubicundo alemán. Tras él, pero a bastante distancia, venía un grupo formado por media docena de peregrinos. Entre ellos, el mismo hombre fuerte y totalmente calvo que había observado con interés a Noé la noche anterior en la plaza de Santiago de Logroño.

Antes de visitar el monasterio y la iglesia de Santa María la Real, Noé se dirigió al albergue municipal en compañía de las dos argentinas y del teutón. Selló su credencial y se acomodó en una de las literas superiores que aún estaban libres. Después, se duchó, lavó algunas prendas sucias y tendió su colada en los tendales dispuestos en la parte posterior del albergue.

Una hora más tarde, con su inseparable cuaderno en el bolso, se encaminó al lugar del milagro. Sí, porque Nájera no solo tiene un río, el Najerilla, y un puente centenario que construyó el misterioso Juan de Ortega —al que el Loco dedicaba unas líneas en páginas posteriores de la libreta—, sino también un lugar milagroso.

Un lugar de poder, decía el cuaderno.

La leyenda afirmaba que el rey García Sánchez III salió de caza un día de 1044 con su ave de presa, y al ver una paloma soltó a su mascota para que la alcanzara. Sin embargo, las dos aves se adentraron en un bosque y el rey las perdió de vista. El monarca fue tras ellas y finalmente encontró a ambas en una cueva a los pies de una imagen de Nuestra Señora. Junto a la Virgen había una jarra con azucenas frescas.

El cuaderno decía que aquella gruta era un lugar con una fuerza telúrica poderosa, y que aquella figura femenina evocaba viejos cultos paganos, muy anteriores al cristianismo. Cultos isíacos.

¿Qué era el grial sino la parte más pura del corazón humano?

¿Cómo se representaba al corazón en el pesaje del alma en Egipto?

—Como un pequeño recipiente, como una jarra —murmuró asombrado Noé al entrar en aquel templo que, gracias a sus fuertes muros, asemejaba en el exterior a una fortaleza.

Había entrado por la llamada Puerta de Carlos I, de un estilo gótico florido que en nada recordaba a los días del Medievo en que se obró el prodigio que había conducido a Noé hasta allí, igual que a Gabriel y a Vega.

Debía preguntar por ellos, pensó. ¿Alguien los recordaría?

Miró alrededor, pero no vio a nadie. Sin embargo, alguien sí lo veía a él, aunque no lo había advertido.

Avanzó cobijado por una imponente cúpula de media naranja y accedió al llamado Claustro de los Caballeros, porque fue el lugar elegido por varios nobles para enterrarse en tiempos de batallas y cruces.

Noé recorrió el lugar con la mirada sin poder evitar un escalofrío al percibir una vez más cómo la muerte impregna el Camino. Hasta donde el sol muere para renacer, no hay sino tumbas y cadáveres, pensó. Y la muerte no respeta ni a reyes ni a poetas, porque en una esquina de aquel remanso de paz y luz se encontraban los sepulcros de la reina de Portugal, Mencía López de Haro, y la de Garcilaso de la Vega, entre otros ilustres finados.

—Allegados son iguales los que viven por sus manos y los ricos.

Noé se giró con la rapidez de una peonza.

Allí donde menos lo esperaba, reapareció en su vida quien menos deseaba ver: Juan Ponce.

—¡La vida te da sorpresas! —dijo el encantador de peregrinos, que vestía sus eternas botas sucias y un chaleco muy similar al que Noé ya conocía de memoria. Su aspecto era tan desastroso como si acabara de navegar por el río Orinoco minutos antes.

—Pues sí que las da —respondió Noé, sombrío.

—¿Qué pasó en Puente la Reina? ¿Nos dio esquinazo? —sondeó Juan con malicia.

—Nada más lejos de mi intención —mintió Noé—. Desperté con vómitos y fiebre, y tuve que quedarme un día más.

Juan entornó sus ojillos y acarició su barba, como si la barba le hiciera a uno filósofo.

—Ya —dijo, ahorrativo en palabras.

No dijo más que eso, pero dijo mucho más que eso. Y Juan sabía que Noé lo sabía.

—¿Y vosotros? Me extraña haberos alcanzado —comentó Noé simulando indiferencia y descendiendo al tuteo.

—Ya supongo que le extraña verme. —Juan torció la boca, como si fuera una sonrisa lo que acababa de construir, y se mantuvo en sus trece: seguía sin tutear a Noé—. No es que vaya usted muy deprisa; es que nosotros hemos pinchado una rueda.

Al ver la cara de extrañeza que se le puso a Noé, aclaró la metáfora:

—Un esguince de tobillo en una señora del grupo. Al final, se la han llevado hace un rato a Logroño. Incapaz de andar. —Se encogió de hombros con resignación—. Una menos, pero también una menos a pagar. —Hizo una pausa y sondeó a Noé—. Salvo que usted se incorpore a nuestro grupo y quiera contratar a este humilde guía.

Noé alzó las manos y mostró las palmas.

—No, no, muchas gracias —dijo intentando ser amable pero firme a la vez—. Viajo solo, no necesito guía.

Juan, que era perro viejo, ya había visto el cuaderno que Noé había ocultado en el bolso. Naturalmente que aquel tipo no necesitaba un guía como él, pensó. Aquel hijo de puta sabía mucho más que él, pero la fortuna lo había puesto de nuevo en el lugar exacto, y esta vez no iba a perder de vista aquel cuaderno.

—Ya nos veremos —dijo Juan, sin que quedara claro si se trataba de una despedida o de una amenaza.

A Noé le pareció lo primero, pero se equivocaba.

Cuando el hombre del chaleco desapareció, Noé intentó concentrarse en el juego que proponía el claustro: el de la vida eterna.

En efecto, el cuaderno era muy claro al respecto: los cuatro lados del claustro simbolizaban los cuatro ríos del Edén que se citan en el Génesis (Pisón, Guijón, Tigris y Éufrates) y el pozo central era el agua de la vida eterna. Precisamente allí, en un lugar griálico. ¿Dónde sino iba a estar el agua de la vida eterna si el grial evitaba la segunda muerte?

A través de una puerta de nogal magnífica, entró en la iglesia y visitó la imagen de la Virgen isíaca, con su particular Horus en el regazo, según lo describía el Loco.

En honor al milagro que allí tuvo lugar y tomando como inspiración la jarra de las azucenas o recipiente griálico, se fundó la Orden de la Terraza, la primera de su especie en el mundo cristiano occidental.

Noé, que ni creía ni dejaba de creer, se arrodilló ante la imagen de la Virgen y aguardó a que un maestro invisible golpeara con su espada sobre sus hombros.

Pero no ocurrió.

¿O sí?

CAPÍTULO 7
La posada

Una cosa es saberlo todo y otra cosa haberlo sentido. Y en eso, Noé no había reparado... aún.

Pero no nos precipitemos, porque todavía estamos en Nájera, donde el juguetón destino no solo había vuelto a poner a Juan Ponce en su camino, sino que además había dispuesto lo necesario para que el grupo que lideraba el pícaro Quatermain del Camino se hospedara en el mismo albergue que Noé. De manera que será fácil imaginar las codiciosas miradas que Juan lanzaba a escondidas al cuaderno que Noé leía y releía una y otra vez de un modo adictivo. La proximidad a aquel tesoro estaba martirizando a Juan. Desde que aquella mañana tuvo la libreta a su alcance y leyó apresuradamente una minúscula parte de su contenido, se había convertido en una obsesión para él. De algún modo, tanto Noé como él estaban atrapados por la fuerza magnética que parecía emanar de aquellas páginas. Noé era incapaz de dejar de leer y releer lo que en ellas había escrito el Loco; Juan se consumía por devorarla. Y no dudaría en pagar el precio que fuera por obtenerla.

Tal vez, alguien se preguntaría si Juan sería capaz de matar por aquel cuaderno, pero esa es una pregunta que solo él podría responder.

De momento, dejémoslo en que no dudaría en vender su alma por aquel tesoro.

Lo único bueno que trajo para Noé aquella inesperada chiripa fue el reencuentro con Diana y Clío. La panameña y la mexicana le resumieron entre risas y susurros cómo había sido su aventura hasta llegar a Nájera.

—Lo que no se le puede negar es imaginación y facilidad de palabra —concedió Clío señalando con la mirada a Juan.

—Es un superviviente —apostilló Diana.

Por boca de sus amigas, Noé supo que Juan había ido dando tumbos por la vida, que ejercía de guía *freelance* en el Camino, pero que antes había tenido mil oficios. ¿Estudios? Menos que los que él decía tener, aunque no estaban muy seguras de cuáles había cursado.

—No, si labia tiene —admitió Noé.

Pero hubo un detalle de la biografía de Juan que comentaron sus amigas latinoamericanas que hizo que Noé comenzara a mirar al tipo del chaleco con otros ojos:

—Su padre ha muerto, y vive con su madre —dijo Diana.

—¿No está casado? —sondeó Noé.

—Dicen que tuvo numerosas novias, pero ninguna debió quererle lo suficiente, o él no quiso a ninguna hasta dar ese paso —metió baza Clío.

—Hay hombres de una sola noche —intervino Diana—. A la mañana siguiente, cualquier mujer sensata huye de ellos.

Noé guardó silencio.

¿Acaso tenía él más en común con Juan de lo que estaba dispuesto a admitir?

Juan vivía con su madre, y en eso, al menos, Noé lo envidiaba. A él, solo le quedaban de la suya los recuerdos y aquel puñado de cenizas que viajaban en su mochila.

En cuanto a las mujeres...

Hay hombres que tienen que conformarse con muchas porque no encuentran a una.

Sí, él había creído encontrar a esa mujer cuando conoció a Carolina, pero tal vez resultaba que, como había dicho Diana, había hombres de una sola noche, y él podía ser uno de esos.

A la mañana siguiente, Noé abandonó Nájera en compañía del grupo de Juan. Poco antes que ellos y poco después de ellos, otros muchos *concheiros* emprendieron la marcha por una empinada calle en dirección a las cuestas de Peñaescalera. Las viejas cuevas arañadas en las paredes de arenisca que bordean el pueblo los vieron pasar a todos, pero solo uno se rezagó a propósito para contemplar la llanura riojana. El solitario caminante se pasó la mano por la frente y, durante unos segundos, se quitó la gorra que cubría su cabeza sin pelo. Después, entornó los ojos y murmuró algo para sí. Nunca sabremos si fue una plegaria o una maldición. A continuación, se acomodó la mochila sobre los hombros y encaró la ruta hacia Azofra.

Casi seis kilómetros más tarde, Noé y el grupo liderado por Juan se adentraron en la calle Mayor de Azofra. El propósito del guía parlanchín era detenerse lo estrictamente necesario para que sus polluelos sellaran la credencial de peregrinos, porque tenía el propósito de ilustrarles con su ciencia un poco después, pero el comportamiento de Noé no le pasó inadvertido.

—¿Está la señora María Tobía? —preguntó Noé a un hombre con duro acento alemán que sellaba las credenciales.

El teutón, porque era teutón, alzó la mirada sorprendido.

—¿No se ha enterado? —preguntó.

—¿De qué?

—La señora María falleció el año pasado —respondió el hospitalero—. Hace unos días fue el aniversario de su muerte.

Noé enrojeció, abochornado.

—No lo sabía —confesó—. Le ruego que me disculpe.

—No pasa nada —repuso el alemán—. No tenía usted por qué saberlo. Pero ¿para qué la buscaba?

Noé miró a izquierda y derecha antes de responder. Sus amigas latinoamericanas estaban con el resto del grupo, bebiendo un poco de agua fuera del albergue antes de reemprender la marcha. Los demás ya habían sellado su credencial y muchos de ellos se habían ido en busca de las soledades jacobeas en aquella mañana azul y calurosa. Dentro del albergue solo estaban él y el alemán.

Noé resumió apresuradamente el motivo de su pregunta: que había oído que María Tobía era una institución entre los hospitaleros del Camino, y que él andaba buscando información sobre un matrimonio que hizo la ruta jacobea treinta y cinco años atrás en compañía de su perro, llamado Trisquel.

—Y me preguntaba si tal vez ella, que estuvo tanto tiempo al pie del Camino, podría haber oído hablar de ellos —añadió finalmente.

—Lo siento —respondió el alemán—. Yo llevo también muchos años aquí, pero me temo que no sé nada sobre esos amigos suyos.

—¿Hay algún libro de firmas en el albergue? —preguntó Noé, por probar fortuna.

Pero el alemán negó con la cabeza. Sí, ya sabía que en algunos había esos libros, pero él no lo tenía, aclaró.

Noé le dio las gracias, y Juan, que había escuchado la conversación a través de la ventana abierta del albergue, también se las dio en silencio por aquella impagable información.

—¿Qué se trae entre manos ese tipo? —se preguntó, y desde aquel mismo instante comprendió que aquel matrimonio, fuera quien fuese, era una carta valiosa que debía jugar en el momento exacto.

Juan era un superviviente de la vida, y ese tipo de personas sabe reconocer las debilidades ajenas y diferenciar a la primera la tabla que puede ser su salvación en caso de naufragio.

Los peregrinos agradecieron no tener que tocar apenas el asfalto y se adentraron por caminos de tierra dejando atrás varios cruces hasta que, al llegar a uno de ellos, Juan hizo un gesto teatral para pedir a los suyos que se detuvieran. Noé, que ni había pagado al guía ni tenía intención de hacerlo, hizo el ademán de proseguir, pero Juan no lo quería perder de vista.

—Puede quedarse —dijo—. No hay problema. Aproveche y tome un trago de agua.

Noé cruzó una mirada rápida con Clío y Diana, y ellas asintieron levemente con la cabeza. Tras dudar durante unos segundos, lanzó un suspiro de resignación.

Juan pareció satisfecho al ver que su presa no se le escapaba, y comenzó un farragoso discurso a continuación que incluyó la mención a la vecina sierra de la Demanda, a la historia del grial e incluso a la leyenda de los siete infantes de Lara. Y también mencionó el nacimiento del castellano en aquellos parajes donde vivió Gonzalo de Berceo.

Pero lo que más le gustaba a Juan era untar sus discursos de magia y leyenda, y dedicó varios minutos a resumir alguna relacionada con el monasterio de Valvanera, que se encuentra cerca de aquel cruce de caminos:

—Hay una leyenda que asegura que en el pueblo de Montenegro de Cameros había nacido un hombre llamado Nuño Oñez que se convirtió en un peligroso salteador de caminos. Pero un día, su vida cambió sin que se sepan con certeza las razones y se convirtió en anacoreta. ¿Y dónde se refugió? —se preguntó Juan, retórico. Hizo una pausa estudiada antes de responder—. En las entrañas de la tierra, donde siempre se ha buscado a la Diosa Madre, en una cueva en Anguiano.

Prosiguió diciendo que un día un cura de Brieva llamado Domingo se unió a la búsqueda espiritual del anacoreta, y ambos fueron bendecidos con una aparición mariana.

—La Señora —afirmó Juan— les pidió que fueran a un lugar que está cerca de aquí, el valle de Valvanera, al este del monte San Lorenzo. Allí encontrarían un roble al pie del cual manaba un manantial.

—¿Y lo encontraron? —preguntó un miembro del grupo.

—Por supuesto que sí —respondió Juan—. La Señora les había dicho que en el interior del roble encontrarían una colmena de miel y una imagen suya con el niño en brazos.

—Isis y Horus —murmuró Noé, para sí.

—Y así ocurrió —aseguró Juan—. Además, encontraron varias reliquias de santos. Y la Señora ordenó al antiguo ladrón que talase el árbol para construir con él un altar. Y pronto, fueron muchos los anacoretas que se sumaron a la empresa de construir un monasterio. Pero Nuño prefirió la soledad y se encerró en otra cueva, conocida como Alumbre, y allí murió.

El grupo rubricó el relato con una cerrada ovación que Juan agradeció saludando como un actor en el escenario. A nadie más que a Noé, lector permanente de las enseñanzas del Loco, pareció importar todas las metáforas posibles que contenía aquella leyenda: ¿la miel era una alusión al dorado alquímico? ¿Era casual que las apariciones marianas siempre estuvieran rodeadas de lugares de culto pagano como los árboles, las cuevas y las fuentes? ¿Acaso la tala del roble para construir un altar cristiano no era la cruda expresión del fin de los cultos paganos por la fuerza?

A continuación, Juan resumió apresuradamente la vida de San Millán de la Cogolla, porque en aquel mismo cruce de caminos se indicaba el sendero que conducía a los monasterios de Suso —arriba— y Yuso —abajo—.

—En el de arriba está el sepulcro vacío del santo —informó—. El de abajo es tan grande que se le conoce como el Escorial riojano. Y en él se conservan los primeros textos escritos en castellano y alrededor de 10.000 códices y documentos antiguos.

¿Quién fue Millán?

Juan recitó cuanto sabía sobre él: que nació en 473 en La Cogolla, que fue pastor de ovejas hasta los veinte años y que un día, tras un extraño sueño que menciona Gonzalo de Berceo, amaneció iluminado.

—Berceo emplea la palabra *maestrado* para describir el prodigio —recordó Juan—. Y entonces, Millán abandonó el mundo y se hizo anacoreta, y su vida ejemplar lo convertiría en santo.

El resto de la jornada fue plácido. Juan hizo algunos intentos de aproximación a Noé, y este fue más hospitalario que en otras ocasiones. El hecho de saber que el guía había perdido a su padre, que ninguna mujer parecía soportarlo más que lo estrictamente necesario para una dosis de amor apresurado y que viviera con su madre le había hecho cambiar ligeramente su opinión sobre él.

Juan, que era listo, no mencionó en ningún momento el cuaderno ni tampoco el enigma de Gabriel y Vega. Pero como había oído que el perro del matrimonio se llamaba Trisquel, tanteó a Noé sobre las razones por las cuales llevaba en la muñeca aquella pulsera con el símbolo celta, además de la otra, donde refulgía un infinito.

Noé le respondió con vaguedades. Había visto aquella pulsera en el mercado medieval de Jaca y la compró. No había más historia que contar, dijo. En cuanto al infinito:

—Me llamó la atención en el albergue de la Pata de Oca —explicó—. Ya sabes, por la similitud con la planta de la iglesia del Santo Sepulcro.

Y no hubo más conversación.

Cada uno se refugió en su silencio y en su mundo mientras caminaban sobre aquella tierra rojiza y generosa en vides. Y finalmente, tras dejar atrás el pueblo de Cirueña, salió a su encuentro la primera imagen de Santo Domingo de la Calzada, donde Noé iba a descubrir unas horas después que no es lo mismo saberlo todo que haberlo sentido.

La Compostela riojana, como algunos denominan a Santo Domingo de la Calzada, los recibió arropada por una luz dorada bajo un cielo salpicado de nubes blancas. Cada una de sus piedras venerables susurraba la historia del hombre a quien la Iglesia terminó convirtiendo en santo, a pesar de que siempre lo miró con recelo y lo tuvo bajo sospecha.

Antes de adentrarse en sus calles, Juan anunció el programa que tenía previsto —al menos, el que podía confesar a su grupo, porque para entonces ya había hecho un par de llamadas telefónicas a alguien que lo ayudaría a poner en marcha el plan que no podía compartir con nadie más que con su conciencia, y hacía tiempo que no sabía adónde había ido—.

—Lo primero que tenéis que saber es que el nombre de la ciudad se debe a un santo llamado Domingo que nació cerca de aquí, en un pueblo llamado Viloria —dijo a su grupo, cuyos miembros formaron un disciplinado círculo a su alrededor—. Gracias a él, el Camino se hizo más transitable y cómodo para los peregrinos, porque se dedicó a desbrozar trochas, a construir el puente sobre el río Oja que ya veréis y a impulsar la construcción de iglesias y hospitales.

—¿Y de dónde viene eso de que en Santo Domingo de la Calzada cantó la gallina después de asada? —preguntó un mexicano de ojos negros como tizones.

—Eso os lo explicaré después de que nos acomodemos en el albergue —respondió Juan—. Os aguarda una sorpresa en el interior de la catedral, ya veréis.

El grupo de latinos murmuró y rio, excitado por la nueva aventura que su guía les anticipaba. A Noé, en cambio, la descripción de Domingo de la Calzada que acababa de escuchar le había parecido bastante pobre. El Loco era mucho más preciso en las páginas del cuaderno: aquel asceta, amigo de la piedra y las soledades, nunca había sido del agrado de los dignatarios de la Iglesia.

En lo único que Juan había acertado era en que Domingo había nacido en Viloria. No mencionó que ese hecho había tenido lugar en 1019 y que había trazado casi con sus propias manos el Camino desde Nájera hasta Redecilla del Camino. Y olvidó, o desconocía, que Domingo intentó ser admitido en los vecinos monasterios de Valvanera y San Millán de la Cogolla, pero lo rechazaron, posiblemente por su ascetismo y su militante amistad con las piedras; eso, por no hablar de su capacidad para inculcar sus sospechosas enseñanzas a tipos como Juan de Ortega, a quien también terminaron por aupar a la santidad contra todo pronóstico.

Un par de santos sospechosos, eso eran Domingo y Juan de Ortega, a quienes el pueblo santificó antes de que lo hicieran los prelados de la Iglesia, a quienes no les quedó otro remedio.

Después del discursillo de Juan, Noé se dejó seducir por la compañía de Diana y Clío, y acompañó al grupo hasta el albergue de la abadía de Nuestra Señora de la Anunciación de Santo Domingo, a pesar de que cuando diseñó su viaje no lo había seleccionado como lugar de descanso.

Pero Juan no callaba sobre las bondades del establecimiento:

—Vais a dormir en un edificio del siglo XVIII que está adosado a la iglesia de la abadía y que regenta la comunidad de monjas cistercienses, a las que llamaban «las bernardas».

Por alguna razón, aquella información excitó aún más al grupo de peregrinos latinos, y a Noé le pareció que, después de todo, podía ser un buen lugar para recabar información sobre Gabriel y Vega. Si el edificio era tan antiguo y las monjas asistían a los peregrinos desde hacía tiempo, tal vez…

Para llegar al albergue se adentraron por un pasadizo por el que, según explicó Juan, en otros tiempos entraban los carruajes a la abadía. Al final del mismo descubrieron un patio donde descansaban otros *concheiros* que habían llegado antes que ellos. Había ropa secando al sol en los tendales, y vieron a alguna religiosa que iba y venía.

—Buenas tardes —dijo Juan.

Una joven monja de piel negra le sonrió. A Noé le pareció jovencísima y muy hermosa, y se preguntó si sería tan feliz como anunciaba su sonrisa.

Juan se encargó de los trámites, y pronto todos estuvieron acomodados en literas situadas en el segundo piso. El albergue era sencillo y antiguo, pero estaba limpio y parecía reinar en él el orden. Había un salón con chimenea de leña, aseos y también un par de comedores.

Noé se apresuró a ducharse y a lavar la ropa que necesitaba pasar por agua y jabón con urgencia. Después, tendió su pequeña colada al sol y cerró un instante los ojos con la cara en dirección al cielo que se veía desde el patio.

Cuando los abrió, vio pasar por el extremo opuesto a otra monja muy joven y que también parecía de origen africano. Se preguntó si toda la comunidad estaba integrada por muchachas como las dos que había visto o si habría alguna hermana lo suficientemente mayor como para recordar a Vega y Gabriel.

Por probar, se dijo.

Se levantó y corrió hacia la monja, que estaba a punto de adentrarse en alguna parte privada de la abadía.

—Hermana —gritó.

La religiosa se giró y, al ver a Noé correr hacia ella, pareció turbada.

A su edad, Noé podía ser considerado un hombre atractivo, a pesar de que el Camino hubiera poblado más su barba, cada vez más cana. Pero estaba recién duchado, con ropa limpia y ligeramente perfumado. Instintivamente, la monja retrocedió unos pasos.

—Discúlpeme —dijo Noé—. No pretendía asustarla ni incomodarla. Hace treinta y cinco años un matrimonio que conocí hizo el Camino acompañado de su perro, al que llamaban Trisquel. Ellos eran Gabriel y Vega, y ella estaba embarazada. Quería saber si en la comunidad hay alguna hermana lo suficientemente mayor como para preguntarle si recuerda si mis amigos hicieron noche aquí.

La joven monja dudó unos segundos, los mismos que necesitó para que su mirada pareciera relajarse, al igual que sus hombros y el resto de su cuerpo. Finalmente, respondió que sí, que había una hermana que llevaba mucho tiempo allí.

—La hermana Sagrario —dijo—. Aguarde en la recepción, en cinco minutos saldrá.

Noé obedeció, y a la hora pactada apareció tras el mostrador de la recepción del albergue una monjita encorvada, diminuta, invisible tal vez si no fuera por el hábito. Tenía unas gafitas doradas y unos ojillos azules vidriosos.

Noé se presentó y repitió sus mentiras a propósito de Gabriel y Vega, a quienes en realidad jamás había conocido.

—Pasan miles de peregrinos por aquí —dijo sor Sagrario con voz inesperadamente firme—. Si no hubiera mencionado al perro y que ella estaba embarazada, no los hubiera recordado. Aquel perro no paraba quieto —rio.

Trisquel se había convertido en la mascota de todos los peregrinos mientras estuvieron allí. Lo acomodaron en el patio, y a sus dueños, en el primer piso del albergue, recordó la monja.

—Ella estaba débil —y, bajando la voz, añadió—: Me habló de su embarazo, y de que, a veces, el bebé se movía más que el perro.

—Era una chica preciosa —tanteó Noé, a ver adónde conducía el diálogo.

—Muy hermosa, es cierto —confirmó la monja—. Muy alta, aunque como yo siempre he sido tan bajita... —rio como si fuera una niña—. Y él, también. Los dos tan rubios. Al día siguiente, dejaron una generosa limosna.

—¿Recuerda algo más?

Sor Sagrario hizo memoria durante unos segundos.

—Tal vez firmaran en el libro —dijo—. ¿En qué año dice usted que hicieron el Camino?

Noé recordó la fecha y el mes.

—Espere aquí —dijo la monja antes de adentrarse en la oscuridad de la abadía.

Minutos después, regresó con un voluminoso cuaderno.

—Antes, los peregrinos nos escribían alguna cosa en estos libros —comentó sor Sagrario—, pero ahora van todos con sus teléfonos móviles y todos esos trastos. Ya casi nadie escribe en ellos.

Noé abrió el libro y pasó las hojas con el corazón acelerado hasta encontrar el mes de septiembre. Pasó el dedo índice con calma por el papel hasta que... tragó saliva: «Con profundo agradecimiento a las bernardas, de Vega y Gabriel, por su hospitalidad y por mantener vivo el espíritu del Camino Infinito. En pocos lugares como este, quedó claro que era posible superar la muerte. ¿Por qué no repetirlo?».

Noé estaba tan pálido como emocionado al leer aquellas líneas.

—¿Se encuentra usted bien? —preguntó sor Sagrario, preocupada.

Noé improvisó una respuesta, le dio las gracias y acompañó sus palabras con una generosa dádiva para la comunidad. Y después salió a la calle tan precipitadamente que no advirtió que Juan se apresuró a acercarse a la monja antes de que la religiosa regresara a sus labores.

En la actual catedral de Santo Domingo de la Calzada, los peregrinos pueden ver una hornacina en la que siempre hay un gallo y una gallina blancos. Para muchos, resulta desconcertante semejante escena, y el grupo de latinos que comandaba Juan Ponce tuvo idéntica reacción.

—Ya os dije que os aguardaba una sorpresa en la catedral —dijo el guía, sonriente. Después, señaló a los animales y añadió—: Son donación popular, y se van renovando periódicamente. Y lo hacen en recuerdo de una leyenda que se resume en este texto —apuntó con el índice un cartel situado al pie de la hornacina—. En tiempos del santo llegó hasta esta localidad un matrimonio alemán procedente de Colonia. Con ellos viajaba su hijo Hugonell, de dieciocho años, y se hospedaron en un mesón en el que trabajaba una chica que se encaprichó del muchacho. Pero como él no le hizo caso, ella lo acusó ante el corregidor de robar una copa de plata que ella misma había introducido en su zurrón.

Un murmullo de desaprobación se extendió entre el grupo, cuyos miembros aguardaban expectantes el desenlace de aquella historia.

Todos, salvo Noé, que había descendido a la cripta del sepulcro del santo, siguiendo las indicaciones que el Loco había escrito en el cuaderno, mientras masticaba en silencio las frases que Vega y Gabriel habían escrito en el libro de firmas de la abadía.

—Prendieron al muchacho, lo juzgaron y lo condenaron a muerte —prosiguió Juan—. Dándolo por muerto, sus padres prosiguieron el Camino, pero antes de alejarse de esta población escucharon la voz de su hijo, que les decía que el santo le había devuelto la vida.

Gritos de admiración entre los peregrinos. Clío lanzó una mirada a Diana, y sonrieron. Ellas ya habían leído aquella historia.

—Los dos alemanes regresaron y vieron que su hijo aún estaba con vida porque el santo le sujetaba los pies para que no se ahogara en la soga de la que pendía. Corrieron a contárselo al corregidor, al que encontraron comiendo un gallo y una gallina, y, al oírlos, se burló de ellos diciendo que su hijo estaba tan vivo como las aves que se zampaba. Y en ese momento, los dos animales recobraron la vida y salieron volando.

—¿De ahí el dicho de la gallina? —preguntó alguien del grupo.

—Donde cantó la gallina después de asada —confirmó Juan señalando de nuevo a la hornacina con las dos aves.

Mientras tanto, Noé completaba la séptima vuelta alrededor del sepulcro del santo, cuya imagen con un báculo de iniciado constructor presidía la cripta. Se decía que quien hiciera ese tránsito siete veces rezando el padrenuestro, el avemaría y gloria recibiría la indulgencia, pero lo que el Loco proponía en el cuaderno era un ritual bien diferente alrededor de aquel sepulcro oculto en las entrañas de la tierra, donde la fuerza telúrica era poderosa y que había sido elegido por el maestro constructor iniciado que fue Domingo.

—Estuve a punto de mencionar el Ave Fénix, pero temí que no entendieran la relación entre ese animal mitológico y este lugar de resurrección —dijo Juan, a quien Noé no había oído llegar—. El Camino y la muerte, ¿verdad? —tanteó aguardando la reacción de Noé.

—El Camino no es otra cosa que la superación de la muerte —respondió Noé, mucho más generoso de lo debido en su respuesta.

Juan supo que el pez había picado.

Después de leer aquellas líneas en el libro de firmas de la abadía, estaba seguro de la importancia que tenía para Noé todo cuanto tuviera que ver con los misteriosos Gabriel y Vega. Le había escuchado preguntar por ellos en Azofra y ahora también a las monjas bernardas. Había llegado el momento de poner en marcha el plan que había trazado horas antes con un par de llamadas telefónicas.

—Le oí hablar por casualidad en Azofra sobre un matrimonio de peregrinos —dijo Juan lanzando el anzuelo.

Noé abrió los ojos con evidente interés, y en su rostro se dibujó el estupor.

—No le espiaba —aclaró Juan—, fue por azar. Estaba sentado fuera del albergue, bajo la ventana.

—¿Qué coño te importa a ti lo que me importe a mí? —dijo Noé sin ocultar su ira.

—Nada, la verdad. —Juan alzó las palmas de las manos en señal de paz—. Pero conozco a alguien que lleva en el Camino media vida ayudando a los peregrinos a su manera, y tal vez haya oído hablar de ellos.

Noé pareció relajarse al escuchar aquello.

Juan aprovechó la ocasión para hablarle de la dueña de un bar que servía comidas y cualquier otra cosa que un peregrino pudiera necesitar, dijo guiñando un ojo. Noé no lo comprendió. Lo descubriría más tarde.

El guía se zafó de su grupo minutos después. Explicó que tenía que visitar a un amigo en la ciudad, y los convocó para estar preparados a las ocho de la mañana del día siguiente. Minutos después, acompañado por Noé, se adentró por las callejuelas del casco antiguo de Santo Domingo de la Calzada.

Finalmente, Juan lo invitó a entrar en una fonda de aspecto antiguo. La puerta era de madera y hierro, muy pesada. En el interior había una docena de mesas de madera con manteles de cuadros blancos y rojos, y tras la barra, un par de camareras jóvenes, muy guapas.

Juan se acercó a una de ellas y preguntó por alguien. Minutos después, se materializó una mujer gruesa, de piel sonrosada, vestida de negro y con un delantal blanco manchado de lo que parecía salsa de tomate. Noé calculó que debía superar los sesenta años.

—Estaba cocinando —dijo a modo de disculpa.

Juan la presentó como Chusa.

—Toda la vida en el Camino —añadió, como si eso fuera un salvoconducto o un título nobiliario.

Chusa se sentó frente a ellos. Confirmó que hacía cuarenta años que regentaba aquel lugar.

—Primero, con mi marido, que en paz descanse. —Se santiguó—. Y luego, sola.

Daba comidas, tenía camas arriba, en el primer y segundo piso del inmueble.

—Y se ofrecen los servicios que se deseen —añadió, guiñando el ojo y señalando con la barbilla a las camareras.

Noé comenzó a comprender y negó con la cabeza.

Juan salió al quite.

—No, no —explicó—. Solo venimos a cenar y a preguntarte si recuerdas algo sobre unos amigos de mi amigo.

Noé mencionó a continuación a Gabriel y Vega, y añadió cuatro frases más. Estaba visiblemente incómodo.

Chusa negó con la cabeza. Sus generosos carrillos bailotearon como gelatina, y quedó zanjado el asunto.

Ya que estaban allí, propuso Juan, cenarían.

Y cenaron más que bien a un precio muy razonable. Las patatas a la riojana eran inolvidables, y el resto del menú, también. Juan le habló de su madre y de la muerte de su padre, y Noé confesó que había perdido a la suya recientemente. A medida que la cena transcurría, Noé se encontró cada vez más a gusto, hasta que, de pronto, su mirada se nubló.

Jamás un vaso de agua había provocado semejante borrachera.

Eso debió pensar la docena de comensales que cenaban en las mesas vecinas, porque Noé y Juan no habían bebido otra cosa que agua.

Una de las jóvenes camareras ayudó a Juan a cargar con Noé, cuyo cuerpo arrastraron como un saco de patatas hasta una puerta que daba acceso a las escaleras que conducían al piso superior. Noé, aún aturdido, pudo sentir el cabello moreno de la muchacha sobre sus ojos y aspiró su perfume.

El resto, incluido todo cuanto pudo llegar a beber en compañía de aquella escultural muchacha, se perdió por el desagüe de su memoria.

Minutos después de que Noé se hubiera quedado en compañía de la gentil camarera, Juan salió a la calle silbando. Todo había ido exactamente como había previsto, aunque Chusa se había descolgado pidiendo más dinero del que habían pactado por teléfono, pero lo daba por bien empleado. El cuaderno de tapas de cuero que llevaba en sus manos valía aquel precio, y más. En cuanto a Noé, despertaría al día siguiente con una resaca de campeonato y una chavala de muchos quilates durmiendo junto a él. Todo indoloro e incluso placentero.

La noche embadurnaba de oscuridad las calles del casco viejo. Juan sonrió. ¿Qué decía el cuaderno sobre Santo Domingo de la Calzada? Que era la casilla de la posada en el juego de la oca jacobeo.

—La tentación de la posada tiene dos buenas tetas y mucho vino, Noé.

Pero la risa se heló en sus labios cuando sintió el filo de un enorme cuchillo de monte en la garganta.

—Ni se te ocurra girarte —dijo una voz a su espalda.

La nuez de Juan bajó y subió involuntariamente. El acero raspó su carne en el tránsito.

—Me vas a dar ese cuaderno y te vas a ir sin mirar atrás —añadió el desconocido.

Juan valoró la posibilidad de ser un héroe, pero la falta de costumbre le impidió recordar el manual de instrucciones. Así que entregó con docilidad el cuaderno y dio unos pasos hacia la luz de la calle vecina. Cuando finalmente reunió valor para girarse, vio que estaba solo.

Solo y sin cuaderno en la posada de la oca.

CAPÍTULO 8
El santo iniciado

Al principio, creía que era un sueño. Aquella piel suave y joven que rozaba sus piernas y el resto de su cuerpo desnudo debía serlo. La última mujer que recordaba haber visto era una monjita diminuta y de mirada vivaracha, muy poco parecida a la poderosa morena que yacía a su derecha bajo la sábana.

Pero cuando enfocó la mirada, que al abrir los ojos era turbia y desorientada, Noé comprendió que no estaba soñando. Tenía un terrible dolor de cabeza, la boca pastosa y el resto de los síntomas que tan bien conocía; los propios de una resaca de campeonato. Pero él no había bebido otra cosa que agua durante la cena, recordó.

¡La cena!

Fue Juan quien lo llevó a aquella fonda donde cenaron abundantemente y a buen precio. Pero ¿dónde diablos estaba Juan?

La muchacha se desperezó y abrió unos ojos grandes como ventanas. Eran intensamente verdes, a juego con su ropa interior, desparramada por el suelo de madera de aquella desconocida habitación.

Ella sonrió y frunció los labios dibujando algo parecido a un beso.

Noé sintió que parte de su cuerpo desobedecía a las órdenes sensatas que dictaba su cerebro y, como un desertor, decidía actuar por su cuenta. Algo que pareció divertir a la muchacha, a quien no pasó desapercibido el combate que Noé libraba en su interior.

—Te tendré que cobrar más —dijo la joven lanzando una mirada pícara a una parte del cuerpo de Noé, justamente la que le desobedecía.

—¿Cobrar? ¿De qué hablas? —preguntó Noé.

La muchacha frunció el ceño.

—¿Ahora te haces el tonto? —le espetó.

Noé se esforzó por recordar cómo había llegado hasta allí, pero fue incapaz de recordar nada que no fuera la mesa de madera, el mantel de cuadros blancos y rojos, a Juan dando cuenta de un solomillo con patatas fritas y hablando por los codos, como de costumbre... Y a aquella mujer gruesa, la dueña del local. ¿Cómo se llamaba?

—¡Chusa! —dijo en voz alta.

—¿Mi jefa? Si ella se entera de este otro servicio, te costará más caro. Cobrará su comisión —dijo la joven.

—¿Servicio? Pero ¿de qué hablas? —preguntó Noé. A esas alturas de la conversación, la parte indisciplinada de su cuerpo había regresado a filas y acataba las órdenes del cerebro.

Noé descubrió una pequeña mesita de noche a su izquierda. Sobre ella estaba su teléfono móvil. Consultó el reloj y descubrió que era casi mediodía.

—¡Qué cojones! —exclamó.

La joven, que se autobautizó como Irene sin que nadie se lo hubiera preguntado, resumió la situación con cuatro trazos bien dados, que para eso era la única en aquella habitación que no parecía sufrir resaca.

A saber: que Noé no le había quitado ojo durante la cena, que su amigo insistió en regresar al albergue donde se hospedaban para madrugar al día siguiente, pero que él —Noé— se quedó un rato más y pidió algo de beber. Y luego, algo más. Y más tarde, bastante más. Y después, se interesó por el catálogo de servicios que Chusa ofrecía y por las tarifas correspondientes.

—Y elegiste el Premium, cariño —reveló.

El resto no precisaba resumen alguno. Bastaba con ver la carrocería de la moza, su ropa interior por el suelo y el contenido de la billetera de Noé esquilmado.

Una pasta. Se había dejado una pasta en bebida y en sexo.

Pero apenas se puso los pantalones y revisó su pequeño bolso de bandolera descubriendo que le faltaba algo más que un ramillete de euros.

—¿Dónde está el cuaderno? —gritó a un palmo de la cara de Irene.

La morena encajó los decibelios sin pestañear, porque le sobraba entrenamiento para eso, y respondió con una calma impropia de su edad (por cierto, ¿cuántos años? ¿Veintitantos? Más bien, pocos más de veinte).

—No sé de qué me hablas. Pregúntale a la jefa.

Noé la taladró con la mirada, pero ella no se inmutó. ¿Adónde habían ido sus insinuantes besos de apenas unos segundos antes? ¿Qué fue de su mirada lasciva?

Noé salió de la habitación dando tumbos. Tenía un intenso dolor de cabeza y los ojos aún pegados por el sueño. Bajó las escaleras lo más rápido que pudo y vio que el comedor estaba vacío. Se acercó a la barra, y allí estaba Chusa secando un vaso de cristal con un trapo amarillento.

—¡Hija de puta! —dijo Noé a modo de buenos días—. ¿Dónde está mi cuaderno y mi dinero?

La oronda posadera ladeó la cabeza y sonrió ligeramente.

—Tu dinero lo tengo yo —dijo—. Estoy segura de que Irene te habrá demostrado que valía ese precio. Pero no sé de qué cuaderno hablas. Para qué iba yo a querer un cuaderno, imbécil.

¡Imbécil!

Eso era él exactamente, pensó Noé.

Imbécil por volver a caer en la tentación del alcohol. Pero por más que trataba de hacer memoria, no recordaba cuándo había bebido la noche anterior.

—¿Y Juan? ¿Dónde está Juan?

—¿Tu amigo? —dijo Chusa—. Ese se fue al poco de terminar de cenar, y mira que insistió en que te fueras con él, pero tú le habías echado el ojo a Irene y te encoñaste.

—¡Mientes! ¿Dónde está mi cuaderno? —insistió Noé al tiempo que estrellaba contra el suelo el vaso que Chusa había secado con esmero.

El estruendo obró el milagro de convocar a un tipo mal encarado de aspecto eslavo y brazos del diámetro de unas columnas dóricas. Salió de la trastienda, de la cocina o del inframundo acompañado de un recio bate de béisbol que golpeaba rítmicamente contra su mano izquierda, en la que cabía perfectamente la totalidad del rostro de Noé.

Con la amabilidad que únicamente un bate de béisbol es capaz de expresar, Noé salió de la fonda dando tumbos. Santo Domingo de la Calzada había despertado mucho antes que él, y lo había hecho lloviznando.

Noé miró al cielo plomizo y ahogó una maldición.

Semanas seco, y ahora... El destino era terriblemente burlón. Llovía el día en que él había dejado de estar seco.

Llamó a la puerta del albergue, que estaba cerrado.

La puerta se abrió medio minuto después de que golpeara de nuevo con más fuerza. Bajo el umbral se dibujó el rostro de piel negra de la monja que había recibido al grupo de peregrinos la tarde anterior. En su mirada, Noé percibió reprobación.

—Estamos limpiando —dijo la religiosa a modo de presentación. Su tono era frío, aunque correcto.

—Venía a recoger mis cosas —se disculpó Noé—. Es que esta noche...

—No es necesario que explique nada —atajó la monja—. Su equipaje está aquí. —Señaló la recepción del albergue.

Noé, abochornado, se acercó a su mochila y comprobó que todo estaba en orden. También las cenizas de su madre.

Iba a añadir algo más. Quería explicar que nada de aquello era lo que parecía, pero lo que parecía que era evidente era que había amanecido con una intensa resaca, no se había duchado y su ropa estaba tan arrugada como su alma.

—Todos nos equivocamos a veces, y otras acertamos —dijo alguien desde la penumbra de la abadía.

Segundos después, se expuso a la luz del día sor Sagrario, la veterana religiosa que había hablado a Noé del paso de Vega y Gabriel por aquel albergue.

—Vaya con Dios —dijo la hermana Sagrario tras lanzar una mirada reprobatoria a su joven colega—. ¡Buen Camino! *¡Ultreya!*

—*¡Et suseia!* —respondió Noé, con profunda gratitud.

Y no dijo nada más, porque no había más que decir. Acomodó la mochila sobre su espalda y se encaminó hacia la calle Mayor en dirección a la salida del pueblo. Minutos después, tras cruzar el río Oja, se dirigió hacia Grañón, donde se detuvo a desayunar, a pesar de lo tardío de la hora, y a mojar en el café su mala conciencia.

¿Cómo podía haber caído de aquel modo?, se reprochó.

Que no recordara nada de lo sucedido la noche anterior lo retrataba aún más. Había perdido el control, y eso no se lo podía perdonar. Si, como habían dicho la artera Chusa y la escultural Irene, Juan lo había tratado de convencer para que lo acompañara al albergue y él se obstinó en seguir allí y beber hasta que su mente se enturbió, el pecado era mayor.

¡Pecado!

¿Desde cuándo creía en el pecado? Es más, ¿desde cuándo creía él en algo?

Despertar junto a una mujer a quien había conocido horas antes no era una novedad para él. De hecho, así había sido su primera vez con Carolina. Pero siempre recordaba la primera copa. Seguramente, la última no, pero sí la primera. En cambio, esta vez…

Los bollos de Grañón no lograron endulzar su mente, pero ya nada podía hacer al respecto. Lo peor era lo del cuaderno. ¿Se lo habría robado Chusa? ¿Y para qué lo iba a querer aquella buscona o el fornido guardaespaldas del bate de béisbol? ¿E Irene? No, no la imaginaba interesada en la iluminación del Camino Infinito que proponía el Loco.

¿Y Juan? ¿Se lo habría robado Juan? A él sí podría interesarle, sin duda. Sin embargo, recordó que las dos mujeres dijeron que el guía parlanchín se había marchado apenas terminaron de cenar.

La respuesta a esa cuestión solo la tenía el propio Juan, a quien imaginó a aquella hora muy lejos de Grañón, tal vez ya en Castildelgado o incluso en Viloria. ¿Se detendría su grupo en Belorado?, se preguntó antes de abandonar Grañón.

A medida que pasaban los minutos y los kilómetros, comenzó a sentirse cada vez más inseguro. El cuaderno se había convertido para él en una obsesión. Todos los días lo leía y releía, hasta el punto de que ya sabía dónde debía detenerse en el Camino y qué secretos escondían las casillas del juego de la resurrección, pero a pesar de ello se sentía desarmado sin aquella misteriosa libreta.

Al llegar a Redecilla del Camino, la sensación de desamparo era insoportable. Recordaba, por supuesto, que debía rendir visita a la pila bautismal del siglo XII que se encontraba en la iglesia de la Virgen de la Calle y que tanta fama tenía, pero sabía que no iba a ser lo mismo contemplar aquella obra maestra que hacerlo al tiempo que leía las líneas que el Loco le dedicaba.

Al entrar en el templo, miró su reloj. Era muy tarde, y dudó si podría llegar a Belorado con tiempo para encontrar una litera libre. Pero, a pesar de ello, se demoró unos minutos en estudiar la espectacular pila bautismal que se sostenía sobre ocho columnas.

Se trataba de una semiesfera labrada con la forma de una ciudad, que no era otra que la Jerusalén celeste. Noé acarició la piedra y comprendió por qué el Loco decía que se trataba de una metáfora del grial, pues no era otra cosa que un cuenco en cuyo interior reposaba el agua purificadora de la iniciación.

El resto de la jornada resultó aún más difícil de digerir. Jamás había imaginado cuánto dependía del cuaderno de tapas de cuero y de las palabras que su autor había escrito en sus páginas. Atravesó Castildelgado pasadas las cuatro de la tarde y apretó el paso cuanto pudo para recuperar un tiempo que jamás regresaría. Pasó por Viloria, el pueblo en el que había nacido santo Domingo de la Calzada el día 12 de mayo de 1019 incrementando brevísimamente su exiguo número de habitantes. Tan brevísimamente como fue necesario para atravesarlo. Y no dedicó ni un solo recuerdo al santo iniciado y constructor. Todo su afán era lograr cubrir la distancia que lo separaba de Belorado. Abrigaba la esperanza de que el grupo de Juan hiciera noche allí y el guía pudiera darle una explicación sobre lo sucedido la noche anterior.

Belorado, a quien Aymeric Picaud en su *Codex Calixtinus* denominaba Belfuratus, fue una importante villa en la Edad Media, pero a Noé solo le urgía encontrar a Juan y, apenas puso los pies en sus calles, buscó alojamiento en el albergue Cuatro Cantones. Y tuvo suerte, a pesar de la hora tardía en que había llegado. Aún quedaban algunas literas, pero Juan y su grupo no estaban allí.

Tras acomodarse y asearse, salió a la calle a probar fortuna en los otros albergues del lugar, pero Juan y los suyos no estaban alojados en ninguno de ellos. ¿Habría llegado a Tosantos o incluso a Villafranca de Montes de Oca?, se preguntó con desespero.

Había pagado caro haber salido varias horas más tarde que ellos.

Aquella noche apenas logró conciliar el sueño. Y las breves horas en que lo logró salieron a su encuentro pesadillas que le atormentaron: Irene y Chusa lo emborrachaban una y otra vez mientras se burlaban de su ingenuidad y quemaban en una hoguera el cuaderno y su dinero ante las desesperadas miradas de Gabriel y Vega, cuyos rostros permanecían en penumbra, pero Noé sabía que eran ellos. Y sor Sagrario intentaba, sin éxito, apagar aquella hoguera de pecado con agua que sacaba de la pila bautismal de Redecilla del Camino.

A las cinco de la mañana despertó sobresaltado y ya no pudo conciliar el sueño, de manera que fue el primer peregrino que partió de Belorado aquel día bajo un cielo que aún no había amanecido pero que prometía ser intensamente azul.

Tal vez en la Edad Media Belorado tuvo interés para Aymeric Picaud, pero no para Noé, que ignoró las iglesias del lugar y aún más la oferta de prendas de piel que exhibían numerosos comercios y fábricas. Creyó recordar que el Loco mencionaba la existencia de una ermita que era el único vestigio del antiguo hospital de San Lázaro, con lo que era probable que en otro tiempo hubiera existido un lazareto en aquel lugar; es decir, un lugar de reposo para los leprosos. Pero le traía sin cuidado casi todo. Su única obsesión era correr, más que caminar, en busca de Juan Ponce.

Atravesó Tosantos como una exhalación, y a buen paso se le vio dejar atrás Villambistia y Espinosa del Camino. Pero al llegar a Villafranca de Montes de Oca volvió a tomar brevemente conciencia de que estaba en medio de una partida del juego de la resurrección, y que parecía ir perdiendo.

¡La oca!

—¡Por todos los diablos! —se dijo al llegar al desvío que propone al caminante visitar la ermita de Nuestra Señora de Oca.

Villafranca de Montes de Oca es uno de los topónimos más explícitos del juego en el Camino Infinito; sin embargo, aquella ermita se encontraba a unos tres kilómetros del pueblo. Posiblemente, muchos peregrinos no se acercarían a verla, porque bastante tenían con enfrentarse al puerto de la Pedraja y recorrer sus bosques, habitados por lobos en el Medievo. Pero el Loco consideraba imprescindible ir hasta aquel santuario, y Noé obedeció.

En alguna guía, Noé había leído que Villafranca era un importante cruce de caminos desde la antigüedad, cuando era conocida como Auca, y más tarde la ruta jacobea rubricó aquella función. Su viejo prestigio se debía a que había sido incluso sede episcopal desde tiempos visigodos, y una leyenda aseguraba que uno de los obispos que ocupó la sede, san Indalecio, había sido enterrado junto a la ermita hacia la que se dirigía. Pero cuando en 1075 la sede del obispado se trasladó a Gamonal, y más tarde a Burgos, Auca fue perdiendo importancia.

«Pero esas cosas son humanas, y al viejo poder le traen sin cuidado...».

Noé recordaba perfectamente aquellas palabras que el Loco había escrito en su cuaderno. Cerca de aquella ermita había una falla geológica provocada por la labor de zapa del río, y siempre en esos lugares se concentra una fuerza telúrica que no se debe despreciar. Tal vez por ello aquella ermita, una oca ineludible en el juego, estaba adornada por leyendas.

El modesto templo estaba absolutamente solo en medio de la naturaleza. Noé llegó a imaginar que lo habían construido únicamente para él, hasta que reparó en que había alguien más: un peregrino de aspecto atlético y tocado, como él, con una gorra. El tipo daba la espalda a Noé, y no lo vio llegar. Parecía muy interesado en la iglesia, y acariciaba sus piedras con delicadeza. Tenía un cayado de madera recia y lo dejó apoyado sobre una de las paredes del templo, se quitó la gorra y la colocó sobre el cayado. Noé advirtió que el hombre era totalmente calvo o estaba rapado al cero.

—Buenos días —dijo.

El peregrino no se sobresaltó. Parecía estar esperando a Noé.

—Ha tardado en llegar, ¿eh? —dijo.

Noé se sorprendió.

—Disculpe —dijo.

—Digo que ha tardado en llegar —repitió el desconocido, que se había puesto de nuevo la gorra y se acercaba a Noé con una amplia sonrisa dibujada en un rostro curtido por el sol—. Hemos salido casi a la vez de Belorado, e iba usted unos cientos de metros por delante, pero no me ha visto. Después, no sé qué arte se ha dado para perderse desde Villafranca hasta aquí.

—No me he perdido —respondió Noé, algo picado ante la arrogancia del desconocido.

—Entonces, será que yo he volado, más que andar —zanjó el asunto el hombre calvo—. Me llamo Javier —dijo al tiempo que estrechaba la mano de Noé con firmeza.

Noé reparó en la fuerza de aquella mano, a juego con la poderosa musculatura que se adivinaba en los brazos del desconocido.

—¿No le parece extraño? —dijo Javier señalando a la iglesia—. Si los peregrinos debían salir de Villafranca hacia San

Juan de Ortega por la cuesta que hay junto a la iglesia del pueblo, ¿por qué esta ermita se encuentra a unos kilómetros de las casas?

Noé recordaba que el Loco hacía una observación parecida en el cuaderno, y que respondía al interrogante diciendo que el Camino original pasaba por allí, y no era exactamente el mismo que ahora hacían los peregrinos. El paso por aquella ermita era obligatorio para quienes sabían el secreto del juego, pero en lugar de responder de ese modo, se limitó a encogerse de hombros.

—Yo creo que el Camino debía pasar por aquí en su día —dijo Javier, como si hubiera leído los pensamientos de Noé—. Se cuenta que cerca de aquí se produjeron sucesos milagrosos, como la resurrección de un niño gracias a la intercesión del apóstol Santiago —hablaba mirando a la iglesia, sin prestar atención a Noé, hasta que se giró hacia él y lo atravesó con su mirada negra—. La muerte siempre presente en el Camino, ¿verdad?

Noé, que aún no había tenido tiempo ni de decir su nombre, se sintió desarmado.

—Vamos, no me diga que no está jugando al juego de la oca usted también —dijo Javier—. Vi cómo miraba las casillas pintadas en la plaza de Santiago en Logroño aquella noche.

—¿Cómo?

—Sí, yo estaba sentado en uno de los dados, por casualidad. Supongo que no me vio porque había una farola fundida —explicó Javier—. Al verle, imaginé que también había leído libros sobre la relación del Camino y el juego de la oca. La mayoría de la gente corretea por la ruta, como si participara en una olimpiada. No tienen ni puta idea de lo que representa.

—Pues en eso te doy la razón —admitió Noé, riéndose—. ¿Nos tuteamos?

Javier aceptó, y después de compartir comida y bebida, al dejar atrás la ermita de Nuestra Señora de Oca, se conocieron un poco más.

Javier estaba jubilado, pero aún conservaba todos sus conocimientos sobre fisioterapia intactos. Y lo que era mejor, sus poderosas y sabias manos. Había leído mucho sobre el Camino, y lo recorría todos los años, al menos en parte. En aquella ocasión, había comenzado en Logroño, donde vio por casualidad a Noé, y tenía el propósito de llegar hasta León.

—¿Vas hoy hasta San Juan de Ortega? —preguntó a Noé.
—Esa es la idea.
—Pues ya somos dos.

Noé no imaginaba en aquel momento hasta qué punto iba a ser cierta aquella afirmación: iban a ser dos, porque acababa de encontrar a uno de los mejores amigos que podía concederle la vida jacobea. Y algo más, pero para comprenderlo aún debían transcurrir varios días.

Noé se sintió inmediatamente cómodo junto a Javier. Mientras atravesaban los montes que en otros tiempos habían hecho palidecer a los peregrinos por la presencia de bandoleros y lobos, ambos intercambiaron confidencias, y para cuando el monasterio de San Juan de Ortega estaba a tiro de piedra, los dos se consideraron amigos.

Javier era un vasco de pocas pero certeras palabras. Conocía el Camino mucho mejor de lo que admitía. Lo había recorrido palmo a palmo y había tenido la oportunidad de charlar con numerosos personajes de la ruta jacobea que eran verdaderas instituciones en ella, o lo habían sido. No estaba casado, y Noé le dijo que él tampoco, pero le confesó lo ocurrido con Carolina.

—Cuando no tienes la suerte de encontrar a una mujer, tienes que conformarte con muchas —dijo Javier.

El comentario sorprendió a Noé, porque nunca lo había visto de ese modo.

Por un momento, Noé estuvo a punto de mencionar lo que le había sucedido en Santo Domingo de la Calzada, pero finalmente decidió no hacerlo. Aún no sabía si podía confiar en su nuevo amigo lo suficiente como para hablarle del cuaderno misterioso que le habían robado aquella desafortunada noche.

San Juan de Ortega los recibió envuelto en una luz dorada que, como las hojas de muchos de los árboles que los había visto pasar, anunciaba la proximidad del otoño.

Javier le había hablado del llamado «milagro de la luz», un fenómeno astronómico que había descubierto en los años setenta el entonces párroco del lugar, Miguel Alonso: dos días antes y hasta dos días después de los equinoccios de primavera y otoño, al atardecer, un rayo de sol entra por la ojiva central del crucero del templo y baña el capitel del ábside izquierdo. La luz recorre las escenas esculpidas en ese capitel (la anunciación, el nacimiento y la epifanía), y se detiene sobre un anciano que porta un báculo de constructor y que muchos identifican con el propio Juan de Ortega.

—Algo había leído sobre eso —dijo Noé, esquivo.

Naturalmente que lo había leído, porque el Loco subrayaba ese fenómeno como uno de los palmarios ejemplos que se podían encontrar en el Camino sobre la relación entre la astronomía y la ruta jacobea.

—No debe extrañar que Juan de Ortega hubiera sido capaz de realizar esos cálculos —comentó Javier mientras ambos se detenían frente a la iglesia.

Javier estaba en lo cierto. Juan de Ortega, que había nacido en 1080 en Quintanaorduño en el seno de una familia acomodada, fue discípulo de santo Domingo de la Calzada. O tal vez sería más apropiado decir que fue iniciado por él, y ambos se entregaron al magisterio de la construcción sagrada, pero también a desbrozar senderos y favorecer el viaje de los peregrinos.

—Santos sospechosos —dijo Noé.

—Santos iniciados —precisó Javier.

Con setenta años de edad, entre 1150 y 1155, san Juan de Ortega construyó el templo al que acababan de llegar y junto al cual descansaban numerosos peregrinos. Javier intercambió una mirada cargada de preocupación con Noé. ¿Quedarían literas libres en el albergue?

A comienzos de los años ochenta, el sacerdote José María Alonso comenzó a transformar el antiguo monasterio de San Juan de Ortega en albergue parroquial para los peregrinos que atravesaban los Montes de Oca y se hizo famosa su reconfortante sopa de ajo.

Javier habló maravillas a Noé sobre aquel sacerdote hospitalero que había nacido en Fuentebureba y que había muerto a la edad de 82 años en 2008.

—El cura de las sopas de ajo —sonrió al recordar al párroco—. He dormido en ese albergue no sé cuántas veces. A ver cómo está la cosa hoy.

Y resultó que la cosa estuvo muy apretada, pero encontraron acomodo.

Noé buscó a Juan entre los peregrinos, pero no lo encontró, ni tampoco a nadie de su grupo. ¿Habría llegado a Burgos o estarían en algún otro pueblo?

Se reunió con Javier poco después en la explanada que se abría frente a la iglesia. Aún tenían tiempo de visitarla antes de la cena, y Javier lo invitó a acompañarlo para ver el capitel en el que se producía el curioso fenómeno astronómico que tan famosa había hecho a aquella iglesia.

La mirada de Noé se detuvo de inmediato en el báculo que portaba el hombre representado en el capitel y a quien muchos identificaban con san Juan de Ortega. Era imposible no recordar la imagen de santo Domingo de la Calzada con un báculo similar en la cripta donde reposaban sus restos, y aquí también había una cripta a la que descender, según recomendaba el Loco. A pesar de que aún seguía sintiéndose desamparado sin el cuaderno, al menos recordaba lo más notable de aquellas páginas.

—¿Bajamos a la cripta? —propuso a Javier.

Su amigo lo miró con curiosidad.

—Ves como estaba yo en lo cierto: sabes más del Camino de lo que estás dispuesto a admitir.

—¿Por qué dices eso?

—Porque la mayoría de los peregrinos se limitan a visitar este capitel y se van —respondió Javier—. Pero tú estás hecho todo un especialista en el juego. Siempre a la búsqueda de la inmortalidad.

—O del nacimiento, por lo que he leído —repuso Noé.

La sepultura del santo se encontraba bajo un baldaquino

de inspiración gótica. El sepulcro de piedra era inesperadamente sencillo para alguien a quien se atribuyen numerosos milagros, incluso después de muerto. Y muchos de ellos, vinculados con la esterilidad de las mujeres.

—¿Has leído lo de la visita de Isabel la Católica? —comentó Javier.

—Sí, por eso lo decía —respondió Noé—. Pero no solo por eso. La reina vino en 1477 a rezar ante el sepulcro y se lo abrieron para que pudiera pedir al santo ayuda para concebir.

—Y un enjambre de abejas blancas salió de la tumba y algunos dijeron que eran las almas de neonatos —añadió Javier—. Pero ¿por qué dices que no solo te refieres a la visita de la reina?

—Bueno, pues porque he leído que después muchas mujeres han seguido su ejemplo creyendo que el santo podía ayudarlas y me preguntaba... —dejó la frase a medias, al comprender que se había metido en un lío.

—¿Qué te preguntabas? —dijo Javier mirándolo con interés. A su espalda, una enorme cruz de madera presidía el lugar de reposo del santo.

Noé sopesó durante unos segundos qué debía responder, y finalmente decidió confiar en Javier, aunque solo fuera en lo relativo a la carta de Gabriel. De manera que resumió lo mejor que pudo la historia del matrimonio y de su perro Trisquel. Le habló de las noticias que había ido recogiendo a lo largo del Camino sobre ellos, y a medida que desabrochaba su corazón más emocionadas eran sus palabras.

—Me preguntaba si también Vega vino a rezarle al santo para lograr vivir lo suficiente como para parir.

Javier respiró profundamente, miró a su alrededor durante unos instantes, como si hubiera alguna piedra en aquella cripta que él no hubiera visto antes, y finalmente dijo:

—Lo hicieron.

—¿Qué quieres decir? —preguntó Noé con los ojos abiertos de par en par.

—He oído hablar de esa pareja —respondió Javier—. Tienen que ser los mismos de los cuales un día me habló el cura de las sopas de ajo. A juzgar por el año que dices, tuvieron que ser ellos. Un día, durante uno de mis primeros Caminos, vine a esta cripta a buscar el silencio y a tratar de escuchar lo que el iniciado le tiene que decir a alguien tan desesperado como yo lo estaba entonces. —Mientras hablaba, caminaba alrededor del sepulcro—. Yo también atravesaba mi particular desierto en aquel tiempo, como tú ahora. Estaba enfermo. Bastante enfermo, en realidad, y me aferraba a cualquier señal que pudiera encontrar en el Camino para creer que todo iba a salir bien. Mi corazón… —Hizo una pausa—. Bueno, eso da igual. El caso es que bajó a la cripta don Miguel, el cura. Y apenas cruzamos unas palabras, me descubrí abriéndole mi corazón. Hablamos de la muerte, pero también de la vida. Y él guio la conversación a la relación del santo con la fertilidad de las mujeres. Me contó diversas anécdotas de jóvenes y no tan jóvenes desesperadas por tener hijos, pero me resultó desgarradora la historia de un matrimonio que hacía el Camino estando ella embarazada de varios meses y que padecía un cáncer terminal.

Noé lo miró estupefacto.

—Don Miguel no mencionó el nombre de la mujer, pero es imposible que hubiera otro caso igual, porque me habló del perro que hacía el Camino con ellos y al que no hubo modo de separar de sus dueños, hasta el extremo de que le permitieron dormir a su lado dentro del albergue —añadió Javier—. Y las fechas coinciden. Tuvieron que ser ellos.

Noé acarició el sepulcro del santo y descubrió que sus dedos temblaban de emoción. La partida seguía a pesar de todo.

CAPÍTULO 9
Páginas de un libro mudo

Aquella fue otra noche casi en vela para Noé. Cada vez que cerraba los ojos, imaginaba a Vega suplicando ante la tumba de san Juan de Ortega que le permitiera parir al hijo que llevaba en sus entrañas; que alargara su vida al menos hasta poder traerlo al mundo. A su espalda, con los ojos arrasados por las lágrimas, veía a Gabriel.

Con los retales que había ido recogiendo a lo largo del Camino, Noé había construido un retrato de los personajes de aquella maravillosa historia de amor que él nunca había tenido y que soñaba con llegar a vivir un día. El Gabriel que aparecía ante él cuando cerraba los ojos era un hombre que aún no había cumplido los treinta años, de piel clara, cabello rubio y expresión grave, muy masculina aunque dulcificada por su mirada limpia. Vega era casi tan alta como su marido, enérgica, con el cabello rubio y corto, al estilo *garçon*. Sus formas se iban redondeando a medida que transcurría el viaje, señal de que su embarazo seguía su curso natural. Tenía el rostro salpicado de pecas y bajo sus ojos enormes colgaban como balcones unas ojeras que, lentamente, iban desapareciendo a medida que su mirada absorbía las tierras del Camino: aragonesas, navarras, riojanas, castellanas…

¿Y Trisquel?

Trisquel corría y saltaba alrededor del matrimonio. Ejercía de pastor de aquella humilde manada, y seguramente intuía u olfateaba la nueva vida que latía en el vientre de su ama. Su cola se movía nerviosa marcando los segundos de la vida de aquel trío que aspiraba a ser cuarteto.

¿Qué ruta habrían elegido al abandonar San Juan de Ortega?, se preguntó Noé. En otro tiempo, lo más frecuente era que los peregrinos se dirigieran hacia otra de las ocas de la ruta: Santovenia de Oca. Y, desde allí, prosiguieran por Zalduendo, Ibeas de Juarros y Castañares hasta desembocar en Burgos. Era la ruta más apetecible en los viejos tiempos para obviar la otra, más agreste y peligrosa al ir encajada entre los montes. Pero desde que la carretera nacional se superpuso a la primera, los peregrinos solían preferir la segunda, ahora que los lobos eran un recuerdo, un personaje de cuento.

Noé y Javier optaron por esa segunda vía, y pusieron rumbo a Agés primero y a Atapuerca después.

—¿Y no has oído hablar de ellos en ninguno de tus otros Caminos? —preguntó Noé a su compañero de viaje cuando aún se dibujaba a sus espaldas la iglesia de San Juan de Ortega envuelta en la niebla. Era una mañana fría de septiembre, propia de aquella tierra austera y milenaria.

Javier negó con la cabeza. No, no había vuelto a tener noticia de Vega y Gabriel.

—Pero ten en cuenta que no volví a preguntar por ellos nunca —recordó—. Tal vez si lo hubiera hecho...

Al llegar a Agés, Javier dijo a Noé que lo siguiera. Le propuso sellar la credencial en un albergue situado en la entrada norte del pueblo: San Rafael.

—Uno de los tres patrones de los peregrinos —comentó Javier—. Los otros son san Cristóbal y san Roque, como supongo que ya sabrás a estas alturas —añadió con media sonrisa en la boca.

Noé no supo qué decir. En realidad, no tenía ni idea, y no estaba muy seguro de lo que su amigo había sugerido.

El albergue contaba con una pequeña terracita amueblada con sillas y mesas de metal en las que estaban desayunando varios peregrinos. Javier los saludó y les deseó buen

Camino, como hacía siempre con todos aquellos *concheiros* con los que se encontraba. Noé lo imitó.

Javier entró en el albergue con una familiaridad que sorprendió a Noé, gritando un nombre:

—¡Ana María!

Al cabo de unos segundos hizo su aparición una mujer risueña, de formas redondeadas y un marcado acento andaluz. ¿Gaditano?, se preguntó Noé. Y, en efecto, lo era, según descubrió poco después. De Tarifa, exactamente, donde él realizó su servicio militar bastantes años atrás.

—Te presento a Noé —dijo Javier tras abrazar a la hospitalera.

Minutos después, Noé conoció la historia resumida de aquella gaditana que se había enamorado del Camino hacía muchos años y que había dejado atrás su vida anterior para atender a los peregrinos. Javier la conocía desde hacía tiempo.

—El Camino es la vida —afirmó Ana María.

—Por eso te he traído aquí —confesó Javier a Noé, y luego se volvió hacia la hospitalera—. Aquí, el malagueño ha leído mucho sobre el Camino, pero aún no ha sentido nada.

La mujer estudió a Noé, que por un momento se sintió desnudo ante ella.

—Aún lleva la mochila cargada con demasiado sufrimiento —concluyó Ana María—. No sé qué llevas ahí —señaló con la mirada el equipaje de Noé—, pero pesa mucho. Y aquí dentro —tocó el pecho del malagueño a la altura del corazón—, aún algo más pesado.

—Lo que uno ha vivido no tiene por qué enterrarlo.

—Pasar página no quiere decir que olvides lo que has leído —repuso Ana María.

Noé guardó silencio. ¿Aquella mujer le había leído el alma o es que el maldito Camino lo estaba volviendo loco? No recordaba que el cuaderno hablase de Agés ni de aquel albergue, y deseó más que nunca volver al confort que le proporcionaban las palabras que había escrito el Loco.

Mientras tanto, Javier preguntó a su amiga si había oído hablar alguna vez de Vega y Gabriel.

—Ya sé que tú no estabas aquí hace treinta y cinco años, pero a lo mejor alguna vez alguien los mencionó —dijo.

Ana María negó con la cabeza. Lo sentía, pero nunca había oído hablar de aquel matrimonio.

Un café después, Javier y Noé reemprendieron el Camino. A su espalda, Ana María agitó la mano derecha dibujando en el aire un adiós melancólico. Noé sintió el peso de las cenizas de su madre en la mochila y el recuerdo de la traición de Carolina en su corazón. ¿Sería posible que aquella mujer hubiera leído su vida en un instante?

—El Camino es la vida —murmuró.

Javier le miró de reojo.

Unos kilómetros después apareció ante ellos el desvío que conducía a los famosos yacimientos prehistóricos de Atapuerca. Era una tentación visitarlos, pero era una tentación que exigía caminar más, y a Noé le urgía recortar distancia con Juan Ponce.

—¿Por qué tienes tanto interés en alcanzar a ese grupo? —preguntó Javier tras mostrar a Noé un menhir que recordaba la muerte del rey García de Navarra en aquel paraje durante un enfrentamiento con el rey de Castilla y León, Fernando I.

Durante la cena, Noé le había hablado de los peregrinos latinoamericanos, de la amistad que había entablado con una panameña y una mexicana, y también del peculiar guía que los acompañaba. Pero no dijo ni una sola palabra sobre el cuaderno. Aún no estaba seguro de hasta dónde podía confiar en Javier.

—En Santo Domingo, salí más tarde que ellos, y quería preguntar a Juan algo, pero su grupo ya había partido.

—¿Tanta distancia te sacaban que no les hemos alcanzado aún? ¿A qué hora saliste?

Noé lanzó un suspiro.

—Está bien, te contaré lo que pasó.

La llanura burgalesa fue testigo del resumen de aquellos acontecimientos. Y mientras Noé hablaba, la niebla se fue descosiendo para permitir ver en la lejanía las torres de la catedral de Burgos. Para cuando llegaron a Cardeñuela,

Javier ya conocía a Chusa y a Irene, y también sabía que Noé había tenido problemas con el alcohol en la que ya consideraba su anterior vida, pero que aquella noche en Santo Domingo regresó como un espíritu maligno para adueñarse de su voluntad.

—Te juro que no recuerdo haber bebido una sola gota —aseguró.

Javier caminaba con la mirada al frente, las arrugas de su rostro se acentuaban al entornar la mirada y a medida que escuchaba el relato de Noé. Aferraba su cayado de madera con firmeza y parecía que sus zancadas eran aún más poderosas que de costumbre. A Noé le costaba seguir aquel ritmo, a pesar de ser mucho más joven.

—Pues habrá que encontrar a Juan —dijo Javier tras unos segundos de reflexión—. Es el único que te puede sacar de dudas sobre lo que ocurrió allí realmente. Pero yo tendría en cuenta algo más —añadió, enigmático.

Noé se detuvo. Javier siguió caminando unos metros, hasta que advirtió que su amigo aguardaba una explicación.

Javier se quitó la gorra y pasó el dorso de su mano izquierda por la frente sudorosa. Miró a los ojos a Noé y le dijo:

—Estabas en la posada, pero no te diste cuenta. Como le dije a Ana María en Agés, sabes casi todo, pero aún no sientes nada.

Aquellas palabras tuvieron la propiedad mágica de un hechizo. Noé quedó atornillado a la tierra con el rostro demudado. Necesitó un buen rato para digerir lo que Javier había dicho.

—¡La maldita oca!

—La oca no. La posada —aclaró Javier.

Noé, que también se había quitado el sombrero, se pasó la mano por sus escasos y cortos cabellos.

—Me refería al juego. —Dio un puntapié a una piedra—. ¡El puto juego!

—Que un lector no sepa comprender el sentido de un libro no es culpa del libro, sino del lector —comentó Javier—. Y tú parece que sabes de qué va este juego, pero luego se te olvida. No lo sientes… aún.

Los últimos kilómetros hasta llegar a Burgos resultan insufribles para cualquier peregrino: camiones, coches, polígonos industriales... Toda la magia del Camino se quiebra al aproximarse a una de las ciudades que durante la Edad Media brillaban como un faro entre la soledad castellana. Sin embargo, Noé había leído con anterioridad en alguna guía que desde hacía un tiempo existía una nueva alternativa para entrar en la capital burgalesa, mucho más apetecible, mucho más tranquila y natural, la del paseo fluvial del río Arlanzón, y que conducía directamente al mismo corazón de la ciudad. De esa manera, no repararía en el humo de los vehículos ni en el ruido de los motores. Bastante tenía con masticar lentamente todo cuanto Javier le había dicho horas antes, tras recordarle que sentir la enseñanza del Camino es algo muy diferente a saber mucho sobre él.

Javier había pasado por lo mismo que él hacía ya muchos años, cuando también su vida se quebró, como se quiebran todas las vidas en algún momento. Cuando los padres envejecen, cuando los hijos te abandonan para vivir su vida, cuando los amores eternos resulta que eran perecederos, cuando las creencias pierden musculatura, cuando los ídolos se descalzan y resultan tener los pies de barro, cuando tras descubrir la primera arruga en el tipo que te mira en el espejo adviertes una segunda zanja en tu piel y la siembras con recuerdos...

Javier había comenzado su primer Camino cuando su vida se quebró, aunque no le pareció necesario especificar cuál de todas aquellas posibles causas de naufragio era la suya.

—Eso ahora no importa ya —zanjó el asunto cuando Noé le preguntó qué era lo que le había impulsado a hacer el Camino por primera vez.

Lo que debía importar a Noé, aseguró, era recordar que aquel juego no era exactamente un juego; que con aquel juego no se jugaba.

—Ya te lo dijo Ana María: el Camino es la vida —recordó Javier.

Y a continuación mencionó un puñado de leyendas a modo de ejemplo de lo que quería decir. En todas ellas aparecían pueblos o grupos de seres que habían conocido guerras intestinas: ángeles y demonios, los dioses Set y Osiris, los pueblos celtas de los Fir-Bolg y los Thuata-de-Danann... En aquellos conflictos, unos habían resultado vencedores; otros, derrotados y condenados al exilio.

Las leyendas describían a los vencidos como malvados. Pero ¿realmente lo eran? ¿Y si el concepto del bien era el que, interesadamente, habían acuñado los vencedores?

—¿Nunca te has preguntado qué sucedió con los derrotados de todas esas historias? —preguntó sin mirar a Noé. Tenía la mirada clavada en el horizonte, en aquel cielo vertical y plomizo que las torres de la catedral de Burgos parecían arañar.

Noé no tuvo tiempo de responder, porque su amigo se le anticipó.

En muchas de aquellas leyendas, recordó Javier, los derrotados se recluyeron en cuevas o se exiliaron a lo más profundo de los bosques o las cumbres de las montañas. Y con ellos se llevaron sus conocimientos. Una sabiduría que únicamente transmitían los maestros a sus discípulos en secreto, porque eran saberes que los vencedores habían condenado al olvido; los habían prohibido.

—Esa sabiduría prohibida se ha representado con frecuencia con un símbolo: la serpiente —dijo Javier.

Noé recordó lo que decía el Loco en el cuaderno. A su mente regresaron con la fuerza de cien caballos al galope las innumerables representaciones de la serpiente que había visto en la catedral de Jaca, justo en la puerta del Camino.

—La historia del Génesis es un buen ejemplo —añadió Javier—. Ahí encontramos el saber prohibido por la ortodoxia: el árbol de la ciencia del bien y del mal.

Con su cayado, Javier dibujó sobre la tierra parda la forma de una serpiente.

—La Iglesia convirtió a san Jorge en héroe por derrotar al dragón, que simbolizaba ese mismo conocimiento secreto y prohibido. —Se volvió hacia Noé con expresión grave—. La serpiente Ladón velaba por los tesoros del jardín de las Hespérides, y hay mil leyendas en las que el dragón custodia supuestas riquezas en una cueva, pero no se trata de oro, sino de algo más valioso: esa sabiduría proscrita.

Javier afirmó que, a pesar de la Iglesia y de otros poderes que habían tratado de enterrar para siempre aquel saber, el viejo conocimiento sobrevivió.

—En la Edad Media, se disimuló en las piedras que estaban a la vista de todo el mundo: en las iglesias y en las catedrales —afirmó—. Pero también en libros mudos, como el juego de la oca que se diseñó en el Camino. —Y al ver que Noé iba a intervenir, le hizo un gesto para que aguardase—: Sí, ya sé que sabes tan bien como yo que existe una relación entre ese juego y este sendero milenario, y también entre el Camino y ciertas estrellas, pero aún no lo has interiorizado; aún no lo sientes. Por eso crees que lo que te sucedió en Santo Domingo fue un accidente. No habías reparado en que estabas en la casilla de la posada, y todo lo que te ocurrió allí es lo propio de la tentación de la carne y de la gula. Cuando seas consciente del juego, verás el Camino con otros ojos.

—Pero, si eso fuera así, todo el que se detiene en Santo Domingo está expuesto a esa tentación —objetó Noé.

—No, porque no todo el mundo está jugando esta partida —explicó Javier—. Yo, por ejemplo, la jugué hace mucho tiempo. Solo se juega una vez en la vida, si de verdad te juegas todo en ella. Después, podrás recorrer la vía jacobea mil veces, pero ninguna será igual, porque uno no se juega dos veces la vida —sonrió con amargura y añadió—: La vida solo te la puedes jugar una vez, y en esa partida la ganas o la pierdes. Si la ganas, ya jamás la perderás, aunque mueras, porque habrás escapado a la segunda muerte. No hay segundas partes ni prórrogas. Por eso, no todos los peregrinos experimentan lo mismo, a pesar de recorrer el mismo sendero, a pesar de pisar esta misma tierra. —Y rubricó la frase clavando la suela de su bota en aquella tierra parda.

Javier insistió en que aquel saber prohibido fue ocultado en las piedras y en juegos como el de la oca.

—En cada tirada de los dados, el jugador cede a la voluntad de Dios. Ha de mostrar una fe ciega como primer rito de iniciación. Deja su vida en manos del destino, y el Camino se convierte en el sendero del héroe de los mitos, que deberá enfrentarse a tentaciones, trampas y peligros.

—¿Y tú? ¿Perdiste o ganaste cuando te jugaste la vida en el Camino? —preguntó Noé mirando a su amigo a los ojos.

—Ninguna de las dos posibles respuestas te sirven de nada a ti, porque la prueba es personal, y el resultado, intransferible —respondió Javier, esquivo.

Noé creyó percibir tristeza en el fondo de los ojos de su amigo, e intuyó que no debía insistir.

—Lo que debes entender —prosiguió Javier— es que de nada te sirve saber que el juego de la oca tiene la forma de una espiral lo mismo que la Vía Láctea, que es como los alquimistas del Medievo llamaban al Camino de Santiago. Ni tampoco tiene mayor importancia que memorices el número de casillas, que sepas que la número 58 corresponde a Compostela y que hay un obvio juego numérico que hace que, al sumar esos dos dígitos, obtengamos el número del Arcano de la Muerte en el tarot —sonrió con dulzura, como si estuviera hablando a un niño—. Todo eso es pura teoría, Noé. No tiene ningún valor saberlo todo si no sientes nada.

El tráfico, los semáforos, el ruido quedaron finalmente olvidados cuando se detuvieron frente a la fachada de la catedral. Ella era tan grande y ellos tan pequeños…

Noé había leído en la guía que aún conservaba en su mochila que la primera piedra de aquel gigante se colocó el día 20 de julio de 1221, pero hubo que esperar nueve años para que se celebrara en su interior la primera misa, y aún hubo que esperar cuatrocientos años para ver terminada aquella maravilla: torres de más de 80 metros de altura, 58 pilares, 19 capillas, 38 altares, 108 metros de larga y 50 metros de altura en la nave del crucero…

—¿Te has fijado en el desnivel del edificio? —comentó Javier.

Tras instalarse en el albergue municipal, se habían sentado en la terraza de un bar situado en la plaza de la catedral y daban buena cuenta de unos generosos bocadillos y un par de refrescos.

—Aquí, en otro tiempo, se alzaba la catedral románica de Santa María en 1081.

—La construyeron encima, eso he leído —dijo Noé.

—Dentro de unos días, te presentaré a alguien que te dirá cosas mucho más interesantes de las que yo te pueda decir sobre las catedrales —anunció Javier.

—¿Quién es? —preguntó Noé intrigado.

—Un buen amigo mío. Espero que lleguemos a tiempo para encontrarnos con él en Frómista —respondió Javier. Luego miró a la catedral—. Un obispo llamado Mauricio buscó a un misterioso maestro de obra después de haberse ganado el apoyo de Fernando III el Santo. Al parecer, el obispo había viajado a París y quedó fascinado al ver Notre Dame. Y al regresar, impulsó la construcción de esta maravilla comenzando por la cabecera, como era costumbre en la Edad Media, porque pretendía abrirlo al culto lo más pronto posible.

Cuando acabaron los bocadillos, Noé insistió en entrar en la catedral, pero Javier declinó la invitación. Ya la había visitado mil veces.

—No soy el mejor guía. Para eso es mucho mejor mi amigo, ya verás —dijo.

Noé no insistió. Ya sabía que, cuando Javier se ponía misterioso, no había nada que hacer. De modo que entró en aquel templo sublime, de planta de cruz latina, con un crucero muy saliente y de una única nave. Admiró el triforio de la nave mayor con sus balcones de tracería calada, y se interrogó sobre la identidad del misterioso maestro constructor de aquel descomunal edificio. Debió ser él quien eligió la piedra calcárea de Hontoria que hizo que aquel templo refulgiera por su blancura.

En el interior de la catedral lo aguardaba también la muerte de un héroe: la del Cid Campeador.

En alguna parte, Noé había leído que los restos de Rodrigo Díaz de Vivar habían reposado en diferentes lugares hasta llegar al crucero donde ahora se encontraba. La biografía de Rodrigo era un verdadero manual del sendero iniciático del héroe, hasta culminar con una supuesta victoria tras su muerte; una suerte de resurrección que, al recordarla al amparo de las bóvedas de la catedral, cobró un nuevo significado para el Noé peregrino.

Para muchos, el Camino se convertía en una suerte de competición. Eso era algo que ya había advertido Noé desde el principio al ver como algunos se levantaban de madrugada en los albergues para correr, más que andar, con el propósito de garantizarse una cama en el siguiente hito jacobeo en el que pensaban descansar. No parecía importarles ni dónde estaban ni por dónde pasaban. Reflexionar no rima con correr. De modo que no le sorprendió la desbandada que tuvo lugar antes casi del amanecer en un albergue tan poblado como el de Burgos.

Los competidores, más que peregrinos, se lanzaron a las planicies castellanas como si alguien los persiguiera o les fuera a arrebatar la gloria olímpica.

Pero Javier, no.

Javier se tomaba su tiempo. Observaba a la gente, admiraba las piedras, se demoraba ante unas flores, aspiraba el aire y lo degustaba como un sumiller. Nunca parecía tener prisa.

El Camino es la vida.

La meseta pedregosa y austera los recibió con frío y viento. Campos eternos de cereales y un horizonte apenas interrumpido por altozanos los contemplaron mientras atravesaban Villalbilla y, más adelante, Tardajos, una localidad histórica del Camino en la que hicieron un alto para sellar su credencial.

Javier no concedía demasiada importancia a ese rito peregrino, pero nunca se oponía a que Noé sellara la suya. También él, un día lejano, creyó que únicamente aquellos sellos acreditan a uno como peregrino, y que el documento que finalmente se le concede al caminante que prueba su aventura con esa credencial lo transformaba en verdadero *con-*

cheiro. Pero ya no. Ahora, ya no. Para eso, había que creer en muchas cosas en las que Javier ya no creía; entre ellas, el pecado.

Si no se creía en el pecado, mal se iba a creer en la autoridad para perdonarlo. Y la historia aseguraba que se concedió a Compostela ese poder sobrenatural en 1122, aunque la bula de concesión más antigua que se conserva es la *Regis aeternis*, firmada por el papa Alejandro III y fechada en 1179. En ella se confirma que el papa Calixto II, que ocupó el trono de Pedro entre 1118 y 1124, concedió el privilegio de que cada año en que el día 25 de julio, fiesta del apóstol Santiago, coincide en domingo, se podrá ganar en la iglesia de Compostela el jubileo.

El derecho canónico define *indulgencia* como la remisión ante Dios de la pena temporal por los pecados, ya perdonados en cuanto a culpa, que un fiel dispuesto y cumpliendo determinadas condiciones consigue por mediación de la Iglesia, la cual, como administradora de la redención, distribuye y aplica con autoridad el tesoro de las satisfacciones de Cristo y de los santos.

Javier miraba a los peregrinos, ávidos de su sello, con una mezcla de ternura e ironía.

—A lo mejor uno está más cómodo creyendo en el pecado y en que la Iglesia te lo puede perdonar —comentó Noé adivinando por dónde discurrían los pensamientos de su amigo.

Javier sonrió.

—A lo mejor —dijo.

Rabé de las Calzadas debía su nombre a las dos vías romanas que en otro tiempo se unían en ese lugar. Javier y Noé, al igual que otros peregrinos que los precedían, iniciaron el ascenso a una meseta barrida por el viento. Mientras el aire levantaba polvo del camino, Noé se preguntaba dónde demonios estaría el grupo de Juan Ponce.

Más tarde, atravesaron Hornillos del Camino y poco después llegaron al enigmático Arroyo San Bol, cuyos habitantes abandonaron el lugar en 1503 por alguna razón que nadie sabe con certeza. ¿Acaso una epidemia? En otro tiempo, hubo allí un monasterio dedicado a san Baudilio, según había leído Noé.

Al pasar por el lugar, sintió que algo se removía en su interior, porque el monasterio desaparecido había estado en la Edad Media bajo la autoridad de los monjes de San Antón, en Castrojeriz, el lugar desde el cual Gabriel y Vega habían escrito su segunda carta al doctor Marañón.

—«Algo tan pueril como la muerte no podrá detenernos si no nos detenemos en ella…» —recordó las últimas palabras de aquella carta.

¿Qué querían decir exactamente?

El Camino era la vida, pero no podía obviarse que la muerte también forma parte de la vida, pensó Noé. Y buscó una excusa para alejarse de Javier durante unos instantes. Y allí, en la intimidad compartida con un manantial y con la tierra, depositó parte de las cenizas de su madre. Después, recitó un padrenuestro apresurado, se llevó el dedo índice y el medio de su mano derecha a los labios, los besó y depositó el cálido beso en el lugar donde había dejado parte de las cenizas.

Hontanas es un pequeño pueblo cuyas casas se arremolinan alrededor de la iglesia de la Inmaculada. Las guías aseguraban que el nombre de la aldea se debía a las numerosas fuentes que ofrecían agua fresca al caminante.

Muchos peregrinos que habían partido también de Burgos eligieron el albergue El Puntido para pernoctar, pero Noé insistió a Javier en prolongar el esfuerzo del día hasta Castrojeriz.

—¿Estás seguro? —preguntó Javier.

Noé supuso que su amigo se refería al coste físico que significaba recorrer alrededor de diez kilómetros más. O en la dificultad que podrían tener para encontrar una cama libre si llegaban demasiado tarde a Castrojeriz.

—No pueden estar muy lejos —respondió refiriéndose a Juan y a su grupo.

Javier lo miró con gesto grave.

—No sé si es buena idea pasar por San Antón tan tarde.

Noé lo miró perplejo.

—¿A qué viene eso? —preguntó.

Javier miró al cielo, que se había envuelto en amenazantes nubes grises.

—¿Crees que lloverá? —preguntó Noé. Supuso que ese era el temor de su amigo.

Javier, que no llevaba ni reloj ni teléfono móvil, acostumbraba a calcular la hora mirando la trayectoria del sol. Y solía acertar, según había descubierto Noé, que sí llevaba todos aquellos trastos que hacían la vida contemporánea más cómoda.

Javier no respondió. Acomodó la mochila sobre sus hombros y apretó el paso. A lo lejos, un relámpago dejó una breve cicatriz en el cielo, heraldo fugaz del estruendo de un trueno.

Instintivamente, Noé miró hacia atrás. De pronto, Hontanas le pareció un seguro de vida, pero sus casas quedaban cada vez más lejos.

Un escalofrío recorrió su columna vertebral.

El plomizo cielo parecía perder altura a medida que avanzaban entre la ventisca, y racimos de rayos descendían como ángeles caídos sobre la tierra parda. La tarde moría envuelta en una oscuridad sobrenatural, y Noé comenzó a comprender lo que Javier había querido decir cuando salieron de Hontanas. Ningún peregrino los precedía ya, y nadie más los seguía.

Cuando llegaron a las ruinas del monasterio, la tormenta eléctrica había alcanzado su cénit, y el peligro de caminar desprotegido por la estepa castellana era mortal.

«Algo tan pueril como la muerte no podrá detenernos si no nos detenemos en ella...».

CAPÍTULO 10
Dados de fuego

Mil rayos coloreaban el cielo de escarlata sobre un irreal fondo violeta.

Como innumerables peregrinos antes que ellos, Noé y Javier encontraron amparo frente a la furia de fuego entre las ruinas del viejo monasterio, que alzaba su osamenta de piedra como una gigantesca ballena varada en el Camino.

Instintivamente, pegaron sus espaldas a los viejos muros. Cerca de ellos se encontraba el hospital para peregrinos de San Antón, pero Javier presumió que a esas horas estaría lleno, y decidieron aguardar a que pasara la tormenta para llegar hasta Castrojeriz, donde sería más fácil encontrar cama y cena.

Javier mostraba un gesto grave. Noé reparó en que su amigo miraba con insistencia el rosetón que parecía presidir el cadáver de aquel templo que se resistía a ser enterrado. De pronto, la luz de un rayo le reveló algo en lo que hasta ese instante no había reparado.

—Una, dos, tres, cuatro, cinco, seis, siete y ocho —contó—. ¡Ocho taus!

Javier asintió en silencio.

—Hay más grabadas en las piedras —dijo—. En el ábside, en algún ventanal e incluso en la espadaña.

En ese momento, un rayo se estrelló contra la pared situada frente a ellos.

—¡Joder! —exclamó Noé.

Y, sin saber por qué, se acercó al lugar donde había impactado el relámpago.

—¡Imposible! —murmuró al tiempo que empalidecía.

—¿Qué sucede? —preguntó Javier.

Se acercó hasta Noé y vio que su amigo había recogido algo del suelo, justo al pie del lugar donde había impactado el rayo: una piedra en la que aparecía grabado el símbolo del infinito.

—El Camino Infinito —dijo Noé con la mirada empañada y visiblemente emocionado.

Javier guardó silencio.

Noé mostró a su amigo las dos pulseras que llevaba en su muñeca derecha. En una de ellas, el trisquel relucía bajo la tormenta; en la otra, el cielo negro espejeaba en un infinito de plata.

—Estos dos símbolos son especiales para mí —reveló—. Me acompañan desde que comencé el Camino. —Alzó la mirada al cielo y añadió—: Lo que acaba de ocurrir no puede ser una casualidad. Que ese rayo cayera justo al lado de esta piedra no puede ser chiripa.

—Serán los dados —opinó Javier.

—¿Los dados?

—Ves como crees saberlo todo pero no sientes nada —le reconvino Javier—. ¿En qué puñetera casilla crees que estamos?

—¡No puede ser! —exclamó Noé.

—En todos los templos hay una piedra visible y otra oculta —dijo Javier y con un gesto abarcó la totalidad de las ruinas, como si fuera un actor de teatro sobre el escenario—. Y es evidente que estamos en un templo, y posiblemente uno de los más enigmáticos y esotéricos del Camino. Estamos en los primeros dados, Noé. Pero, como de costumbre, no te habías enterado.

Javier le recordó que en las cofradías o logias de constructores se enseñaba a los aprendices a tallar en su interior la piedra bruta hasta convertirla en cúbica. Una metáfora que popularizaron después los masones. La piedra cúbica no se encuentra en la naturaleza. Las rocas son irregulares, imperfectas, como las almas.

—La casilla de los dados no tiene que ver exactamente con la fortuna —dijo—. Es algo más profundo. El dado representa al cubo, al trono sobre el cual la diosa Isis se asentaba. Deberías interiorizar más cuanto te sucede en el Camino, amigo mío. Y esa —señaló la piedra con el infinito grabado— es una señal dispuesta únicamente para ti.

Noé contempló la piedra, estupefacto, y después reparó en que había muchas otras con papeles atados mediante cordeles en dos hornacinas excavadas en la pared que tenía frente a él. Con dedos temblorosos, acarició aquella suerte de ofrendas que los peregrinos habían dejado en ellas y se preguntó si también la piedra que él había encontrado la había depositado algún *concheiro*.

«Es una señal únicamente para ti», había dicho Javier.

Volvió a mirar el símbolo del infinito y descubrió que había algo más grabado. Eran dos letras muy pequeñas situadas en el interior de los dos ochos opuestos: *V* y *G*.

—¡Por todos los santos! ¿Será posible?

Con mano temblorosa mostró la piedra a Javier, que se limitó a sonreír.

—¿Vega y Gabriel? ¿Por qué no?

—¿Treinta y cinco años después? —dijo Noé, incrédulo.

—¿Tú qué sientes? ¿Sientes que es posible? —preguntó Javier—. ¿Cuándo vas a comenzar a comprender el sentido de este juego?

La tormenta parecía amainar cuando Javier reveló que, en el Camino en el que él se jugó la vida, también encontró una señal en aquellas ruinas.

—No era un infinito —dijo. Y señaló al rosetón del templo con su cayado—. Era una tau.

Explicó que había llegado a aquel mismo lugar mucho más tarde que ellos en esta ocasión. Estaba solo, como de costumbre. También entonces había desoído a la razón, que lo invitó a pernoctar en Hontanas, y siguió adelante a pesar de que se encontraba exhausto.

—No había tormenta aquel día —prosiguió—. Era un atardecer de finales del otoño, casi más invierno que otra cosa en Castilla. Por las mañanas, la tierra amanecía helada, y los charcos eran de cristal. El viento era gélido y me dolían los dedos de las manos, porque no llevaba guantes. De modo que imagínate mi alegría al ver estas ruinas a lo lejos y que en su interior ardía una fogata. ¡Creí ver a Dios! —sonrió—. Aceleré el paso en la medida en que pude, porque el viento me echaba hacia atrás, y cuando llegué el fuego seguía ardiendo, pero no había nadie que lo alimentara. Al acercarme a la fogata para calentar las manos descubrí que el leño enorme que ardía tenía grabada la letra tau. Miré alrededor, pero estaba solo. Y, sin saber por qué, saqué el tronco de la hoguera y con un cuchillo extraje el fragmento de madera en el que estaba grabada la tau.

Ante la incrédula mirada de Noé, Javier mostró una cadena de plata en la que llevaba engarzada una tau de madera negra.

—¿Qué sabes de los antonianos? —preguntó a Javier.

—Lo que he leído en las guías —respondió Noé.

Y resumió cuanto logró recordar, aproximadamente de este modo:

Los antonianos eran los monjes que integraban la Orden de San Antón, que había sido fundada en 1093. También sabía que, además de aquel monasterio de Castrojeriz, habían tenido presencia en el pueblo navarro de Olite. La guía que había consultado por la mañana añadía el dato de que la encomienda de Castrojeriz fue fundada en 1146 por Alfonso VII, que los antonianos habían velado por los peregrinos ofreciéndoles pan y vino, y que en el convento había sido suprimido por el rey Carlos III en 1791.

—Y luego está esa historia del fuego de san Antón —añadió, al tiempo que trataba de hacer memoria sobre lo que el Loco había escrito en el cuaderno. Estaba seguro de que había algo que se le escapaba en aquel asunto, pero no lo recordaba. ¿Tal vez era lo de la casilla de los dados? No, era otra cosa. Algo relativo al grial.

—Muy bien, ¿qué sabes sobre ese tema? —preguntó

Javier. Como si fuera una señal divina, la lluvia de fuego había cesado y había desaparecido de su semblante el gesto de preocupación.

Noé recordaba haber leído que a san Antón se le atribuía el poder de sanar a los enfermos que padecían esa maligna enfermedad que provocó gran mortandad en la Edad Media, aunque en la actualidad se sabía que el culpable de todo era el cornezuelo del centeno, un cereal con el que se amasaba el pan en media Europa. El cornezuelo llegaba de ese modo a los consumidores, que padecían una intensa quemazón, un fuego decían, y con frecuencia desembocaba en procesos gangrenosos en las extremidades de los afectados, obligando a su amputación.

Los antonianos ganaron fama en toda Europa de ser capaces de combatir aquel mal, y el monasterio en el que se encontraban en ese momento Noé y Javier seguramente fue sanatorio de enfermos aquejados de aquella enfermedad.

—Todo eso es cierto, pero hay algo más; algo que yo desconocía hasta que aquella noche apareció entre las sombras el hombre que había prendido la fogata y que me había estado observando sin que yo lo advirtiese —dijo Javier—. Fue él quien me ayudó a ganar la partida de aquel juego de la oca en el que me aposté la vida. Hasta llegar aquí —abarcó con la mirada las ruinas del monasterio—, te aseguro que estaba perdiendo.

Javier no reveló el nombre del desconocido. Se limitó a describirlo como un hombre de baja estatura, fornido, de ojos miopes ocultos tras unas gafas de gruesos cristales y un conocimiento enciclopédico sobre todo cuanto precisaba para salir airoso de aquella prueba.

—En cierto modo, se convirtió en mi maestro —confesó.

Al escucharlo, Noé pensó en el Loco y en el cuaderno perdido. ¿Qué era lo que había escrito a propósito de aquel monasterio en ruinas?

Javier supuso que el desconocido estaba haciendo el Camino de Santiago, como él. Pero el hombre del fuego le dijo que no, que era algo que ya no le hacía falta porque había sentido ya todo cuanto la vía jacobea proponía.

—Vengo de vez en cuando para ayudar a alguien —dijo—. Siempre hay alguien a quien ayudar. Por lo que veo, a ti te hacía falta una buena tirada en los dados. A otros los he sacado de la posada casi por las orejas —dijo y rio a carcajadas. Su voluminoso abdomen subía y bajaba como un fuelle—. Fue él quien me mostró las letras tau del rosetón y de las demás piedras de estas ruinas —dijo Javier—. Aquella noche, no dormí. La pasé junto al fuego escuchando todo cuanto aquel hombre me explicó. Al amanecer, debí dar una cabezada, y cuando desperté él ya no estaba, pero la hoguera seguía encendida. Hasta ese instante, no me di cuenta de que no la habíamos alimentado en toda la noche. Siempre había estado ardiendo el mismo tronco.

Noé se estremeció al escuchar aquella confesión, y recordó su extraña experiencia en San Adrián de Sásabe.

El misterioso instructor de Javier le explicó que san Antón había sido el primer eremita reconocido, aunque había tenido un maestro llamado Pablo, y que sus andanzas se sitúan en Egipto en los siglos II y III. Allí se habían mezclado las primitivas corrientes cristianas con el paganismo milenario, y pronto el ejemplo de san Antón cundió, hasta el punto de que fueron innumerables los eremitas que se afincaron en el desierto.

Pero si notable fue su vida, los sucesos que se desencadenaron tras su muerte no le fueron a la zaga. Para empezar, su cuerpo desapareció, y no se volvió a saber de él hasta el siglo VI, cuando sus restos fueron descubiertos tras un sonoro milagro. Lo extraño fue que, a pesar de las numerosas reliquias que circulaban por Europa, el prestigio de los huesos de san Antón se acrecentó de un modo increíble.

Javier prosiguió explicando que el esqueleto del santo, o lo que quedara de él, fue trasladado a Alejandría y después a Constantinopla. Y más tarde daría pie a toda una odisea, una búsqueda casi griálica, de sus huesos.

En ese momento, Noé comenzó a recordar lo que el Loco había escrito en el cuaderno.

—Aquella noche, el hombre a quien considero mi instructor, insinuó que la búsqueda de los huesos de san Antón era una metáfora de una búsqueda mucho más trascendente —reveló Javier—: un conocimiento procedente de aquel maridaje del primer cristianismo con los misterios egipcios que conocían los sacerdotes del Nilo.

Pasaron los siglos, prosiguió Javier, y san Antón cobró de nuevo protagonismo tras su supuesta intercesión en la curación de las enfermedades que aquejaban a un noble francés. Este prometió que su hijo, llamado Jocelyn de Châtoneuf, viajaría hasta Constantinopla para traer a Francia las reliquias del santo. Corría el año 1065.

—Pero no encontró esas reliquias —añadió—. O al menos eso dice un texto llamado *Compendio de la historia antoniana*, escrito en Sevilla en 1603. —Hizo una pausa y escrutó el cielo negro, como si en él pudiera leer todo cuanto le fue revelado aquella lejana noche—. Mi maestro me explicó que ese texto está basado en un documento del siglo XII escrito en latín por un tal Aymar Falcon, que fue traducido al castellano después por el carmelita Fernando Suárez. Jocelyn participó en combates contra los seljúcidas en apoyo del emperador Diógenes Romano, y en una de aquellas batallas fue herido gravemente, hasta el punto de que sus hombres lo dieron por muerto y trasladaron su cuerpo a una ermita que, casualmente, estaba consagrada a san Antón. Y para sorpresa de todos, a la mañana siguiente Jocelyn regresó a la vida y confesó haber tenido una visión en la que un ejército de demonios pretendía llevarlo al infierno por no cumplir la promesa hecha a su padre, pero san Antón se apareció para derrotar a los diablos. Una vez recuperado, reemprendió la búsqueda de las reliquias, las encontró y las llevó a Francia en 1070.

¡Eso era lo que el Loco había escrito en su cuaderno! La búsqueda de los huesos de san Antón era una metáfora de algo mucho más trascendente. Y de nuevo escuchaba una historia en la que la muerte había sido derrotada por alguien que se había atrevido a emprender ese camino de iniciación. ¿Era casualidad que en la segunda carta que Gabriel y Vega habían enviado al doctor Marañón también se hablara de vencer a la muerte, y que hubiera sido escrita allí mismo, en Castrojeriz?

—Pero aún hay más —dijo Javier—: Jocelyn dejó los huesos del santo en La Motte Saint-Didier, y alrededor del noble se creó una orden de caballería integrada por nueve monjes-soldados, igual que los primeros templarios, pero esta es más antigua.

—¿Y qué fin tenía? —quiso saber Noé, totalmente fascinado con aquel relato.

—No está claro, aunque mi maestro me confesó lo que él sabía y que, sin embargo, no te puedo revelar a ti. Te debe bastar con saber que hay más griales de los que la historia popular admite. O, más bien, hay uno solo, pero se llega a él a través de diversas vías —respondió Javier—. El resto de la historia, ya es conocida: se popularizan los hábitos con la tau, que tanto se parecen al báculo de los constructores, como los de nuestros amigos Domingo de la Calzada y Juan de Ortega. La historia oficial difiere un poco, pero yo no estaría tranquilo si coincidiera en todo con cuanto te acabo de confesar —concluyó Javier con una sonrisa.

¡Exactamente eso, que hay un solo grial pero que a él conducen numerosas vías era lo que había escrito el Loco en su cuaderno al hablar de los antonianos de Castrojeriz!, recordó Noé con claridad.

—¿Y no volviste a ver a aquel hombre nunca más? —preguntó a Javier, que acariciaba la tau que pendía de su cuello.

—Sí —admitió—, pero esa es otra historia. Y, en todo caso, es mía y no tuya. Tú debes construir la tuya aún. Aún no has acabado el juego, y debes procurar no perder para no sufrir una segunda muerte.

Noé abrió los ojos como platos al escuchar a su amigo.

—Eso es lo que está escrito en...

—El tímpano de la puerta oeste de la catedral de Jaca —dijo Javier antes de que Noé completara la frase—. Lo sabes todo, pero no lo sientes. Ya te lo he dicho.

Noé miró la piedra con el símbolo del infinito y acarició las dos iniciales grabadas en ella: *G* y *V*. Después, con delicadeza, la dejó en la hornacina del viejo templo.

Aquella noche, mientras cenaban en el albergue A Cien Leguas en Castrojeriz, Noé estuvo a punto de mencionar el cuaderno del Loco. Sentía que debía sincerarse con él después de que Javier hubiera compartido con él la impactante experiencia que vivió aquel lejano día en el monasterio de San Antón, pero finalmente no lo hizo.

—Aún no —se dijo a sí mismo.

A la mañana siguiente, mientras comenzaban la subida a la colina de Mostelares, situada a la salida de Castrojeriz y antesala de la monotonía ocre de Tierra de Campos, Noé recordó que su amigo le había anticipado que en Frómista encontrarían a alguien que era un buen conocedor de los secretos de las catedrales góticas.

—Al hablar de la catedral de Burgos mencionaste a un amigo tuyo al que encontraríamos en Frómista —comentó Noé mientras contemplaba las magníficas vistas de los viejos campos castellanos que proporcionaba la cumbre de la colina de Mostelares.

—Te dije que esperaba que llegáramos a tiempo de coincidir con él —matizó Javier—. Espero que sea así.

—¿Y quién es?

—Prefiero presentártelo después de que lo escuches —respondió Javier con media sonrisa.

Noé conocía al vasco lo suficiente como para no insistir. Si Javier no quería decir una palabra más, no había modo de lograrlo, pero ¿a qué se refería con eso de presentarle a su amigo después de que lo escuchase?

—Espera —gritó a Javier, que iba unos metros por delante de él—. Yo sí tengo algo que confesarte.

Javier se giró. Algunos peregrinos pasaron junto a ellos, y Noé aguardó a que se hubieran alejado lo suficiente. La mañana estaba llena de luz, y en nada recordaba a la tormenta de la tarde-noche anterior. Soplaba una brisa fresca, pero agradable. A sus pies, se extendían aquellos campos cargados de historia y leyenda.

Noé sacó de su mochila el recipiente donde viajaban las cenizas de María Dolores.

—Mi madre hace el Camino conmigo —confesó Noé.

La mirada de Javier se encharcó, pero no dijo nada. Noé no supo si fue porque no se le ocurrió qué decir debido al impacto de la noticia o porque su amigo ya lo sabía.

—Ana María, la hospitalera de Agés, tenía razón: llevo mucho peso en la mochila. —Noé trató de sonreír sin éxito, porque en lugar de reír rompió a llorar sin consuelo.

Javier se agachó a su lado. Noé estaba sentado en la tierra y había depositado una porción de cenizas en lo alto de la colina. Javier aguardó en silencio a que el llanto de Noé cesara, y solo entonces se le escuchó decir:

—Te vi en San Bol. Sabía que llevabas unas cenizas, pero no que eran las de tu madre. —Puso sus fuertes manos sobre los hombros de Noé y añadió—: Ya empiezas a sentir el Camino. Aún estamos a tiempo de que ganes la partida.

Y ofreció su mano a Noé para que se levantara. Después, los dos amigos se fundieron en un abrazo que jamás olvidarían.

El trayecto hasta Puente Fitero fue casi un monólogo de Noé, que necesitaba desahogarse. Y para cuando dejaron atrás la fuente del Piojo y vieron la ermita de San Nicolás, Javier conocía mucho mejor a su compañero de Camino. Por si tenía alguna duda, ya habían quedado disipadas: viajaba junto a un corazón grande atrapado en un cuerpo de hombre-niño al que había zarandeado el destino con la muerte de su madre, la pérdida de su empleo y las mil aventuras amorosas que no eran sino espejismos del amor romántico que Noé anhelaba. Su amigo soñaba una historia como la de Gabriel y Vega.

Finalmente, arribaron a la ermita de San Nicolás, que es hoy apenas un vago recuerdo del hospital medieval que existió allí, a la vera del río Pisuerga, en el siglo XIII. Allí anduvieron los monjes del hospital de San Juan velando por los peregrinos en los límites actuales de las provincias de Burgos y Palencia, cuya frontera marca el puente medieval de siete arcos que ya mencionaba el *Codex Calixtinus*.

Los dos amigos la dejaron atrás, y atrás dejaron después

Itero de la Vega. Pero poco después, en medio de aquel universo de trigales, Javier dijo:

—Vamos a sellar en Boadilla del Camino. Y preguntaremos por Vega y Gabriel a alguien a quien conozco.

Noé asintió en silencio.

En la guía, Noé había leído que aquel pueblo había sido notable en la Edad Media, que llegó a tener tres iglesias y dos hospitales de peregrinos, pero la aldea que apareció ante sus ojos no respondía en modo alguno a aquella descripción. Los viejos tiempos, sin duda, eran eso: viejos. Y lo único que quedaba en pie de ellos era el rollo jurisdiccional de Castilla en una plaza del pueblo. Se trataba de una columna de estilo gótico, del siglo XV, en la que en el pasado se ajusticiaba a los reos y era el símbolo del poder jurisdiccional sobre aquella zona.

Javier ignoró la columna e indicó a Noé que le siguiera. Segundos después, se encontraron ante las puertas del albergue En el Camino. Mientras el vasco se perdía en el interior del establecimiento, Noé lo aguardó en el impagable e inimaginable jardín posterior del establecimiento. La piscina que lo adornaba era un lujo y fue una tentación difícil de evitar el zambullirse en aquella agua limpia.

Mientras aguardaba tumbado sobre la hierba, Noé vio a Javier charlar con un hombre a través de la cristalera. El desconocido tenía el cabello largo y unos cuarenta años de edad. Javier había llevado las credenciales de ambos, y Noé supuso que estaba realizando el trámite de sellado. Minutos después, regresó.

—Era Eduardo Merino, el responsable del albergue —explicó—. Un hombre extraordinario, un hospitalero de primera, emprendedor y trabajador como pocos. Lo conozco desde hace años, y por eso me permití preguntarle por Gabriel y Vega. Pero no ha habido suerte, no había oído hablar de ellos.

Contrariados por la ausencia de noticias de los protagonistas de aquella historia de amor de final incierto, Noé y Javier reanudaron la marcha en dirección a Frómista, donde tenían pensado hacer noche y donde Javier esperaba presentar a su compañero al hombre que decía saber tantas cosas sobre las catedrales góticas.

Aymeric Picaud hacía de Frómista el final de la sexta etapa de la ruta jacobea en su *Codex Calixtinus*. En tiempos romanos, el enclave había sido bautizado como Frumesta debido a su riqueza en grano derivado de los cereales que poblaban los campos vecinos. Pero no fueron los trigales los que impactaron a Noé apenas se adentraron en el pueblo, sino una iglesia que más parecía una maqueta de un templo románico. Era tan perfecta que parecía serlo en exceso, según le pareció.

—San Martín de Frómista —dijo Javier, a quien no había pasado desapercibida la expresión de sorpresa e incredulidad de su amigo al ver aquel templo—. Si todo va bien, escucharemos esta tarde a mi amigo, y luego te lo presentaré.

Noé ladeó la cabeza. Otra vez aquel misterio, pensó. ¿A qué se refería Javier con escuchar primero a su amigo antes de presentárselo a él? Pero lo mejor era aguardar. Cuando Javier se cerraba en banda, resultaba hermético. De modo que pasaron junto al templo impoluto y se dirigieron sin más demora al albergue municipal, que se encontraba casi enfrente de la iglesia. Allí, como de costumbre, los aguardaba la babel jacobea: peregrinos de medio mundo que hablaban en español, en inglés, en francés, en alemán, en japonés, en italiano, en coreano... Pero ni rastro de Juan Ponce y su grupo de latinoamericanos.

Tras acomodarse en el albergue, Noé sondeó a la joven que los atendió en la recepción. ¿Habían pasado por allí un puñado de latinos liderados por un guía llamado Juan Ponce?

—Sí, estuvieron ayer —respondió la hospitalera—. Supongo que estarán por Carrión o tal vez hayan llegado a Lédigos.

Noé le dio las gracias, y se sintió reconfortado. Estaban a una jornada de distancia. Aún era posible darles alcance si convencía a Javier para apretar el paso en los días siguientes.

Pero Javier no parecía tener prisa alguna por nada. Tras hacer la colada y tenderla en el patio interior del albergue, dormitaba con descuido al sol en una silla de plástico rojo en el animado jardín posterior. Cuando Noé le urgió para conocer a su misterioso amigo, Javier se limitó a responder:

—Aún es pronto. Hasta las ocho de la tarde, nada.

Noé se encogió de hombros y se entretuvo leyendo un folleto informativo en el que se explicaba el milagro que había convertido en patrono de Frómista, pueblo de tierra adentro, a un santo vinculado con la mar.

Pedro González o Pedro Telmo, conocido más tarde como san Telmo, había nacido en aquel pueblo en 1190. Una leyenda popular aseguraba que un día se cayó de un caballo y terminó en un lodazal, lo que provocó la chanza del vecindario, y parece ser que fue el desencadenante de su vocación religiosa, que lo llevó a ingresar en las filas dominicas.

A medida que iba leyendo aquella historia, los recuerdos de cuanto habían vivido en las ruinas del monasterio de San Antón regresaron a la mente de Noé, pues si los antonianos tuvieron fama de curar la enfermedad conocida en la Edad Media como «fuego de san Antón», el santo cuya biografía se resumía en la guía estaba ligado a otro fuego, el de san Telmo.

El fuego de san Telmo era un fenómeno sobradamente conocido por los marineros, que solían admirarlo o temerlo, según el caso, tras algunas tormentas desencadenadas en alta mar. Se trata de un meteoro ígneo que se produce por la ionización del aire dentro de un campo eléctrico en tormentas como la que Noé y Javier habían padecido en Castrojeriz. La guía recordaba que el mismísimo Colón había contemplado ese fenómeno durante su segundo viaje a América, el día 26 de octubre de 1493.

Los marineros españoles se santiguaban al verlo y se encomendaban a san Telmo, a quien solían representar llevando un cirio en la mano. Había muerto en Tuy, Pontevedra, y allí fue enterrado. Pero en Frómista se le recordaba con una estatua en la que aparecía blandiendo una cruz.

—Bueno, ¿nos vamos? —dijo de pronto Javier sacando a Noé del embeleso de la lectura.

Noé levantó la mirada de la guía y trató de interpretar la sonrisa socarrona de su amigo. La luz dorada del final del día se derramaba sobre la cabeza sin pelo del vasco y afilaba el brillo de sus ojos, abrigados por arrugas. Pero su escrutinio no arrojó ningún resultado; Noé era incapaz de averiguar qué se ocultaba tras aquella sonrisa.

Apenas pusieron un pie en la plaza situada frente al albergue, Javier se dirigió con decisión hacia la iglesia de San Martín. Noé lo siguió con la docilidad de quien se deja guiar por su pastor. No intercambiaron una sola palabra ni siquiera cuando se expusieron a la mirada de los maravillosos canecillos que adornaban el templo. Noé supuso que iban a entrar en aquel impresionante templo románico, pero Javier pasó de largo y se adentró en el pueblo hasta que salió al paso de ambos otra iglesia menos espectacular tal vez, pero que ofrecía una notable mezcla de estilos y una portada inacabada que llamó la atención de Noé.

Miró de reojo a Javier, pero no tuvo tiempo de preguntarle qué se traía entre manos, porque creyó descubrirlo apenas pusieron sus pies en el interior del templo: una maravillosa música de órgano zarandeó el espíritu de Noé.

Al ver su expresión de asombro, Javier sonrió.

CAPÍTULO 11
El maestro organista

Se llamaba Pablo. Tenía alrededor de cuarenta y cinco años, escasos cabellos, unas gafas de montura metálica que abrigaban una de las miradas más limpias que Noé hubiera visto, y unos dedos capaces de hacer hablar el idioma de los dioses al impresionante órgano del siglo XVIII que albergaba aquella iglesia, dedicada a san Pedro.

Al terminar el concierto, Javier aguardó a que el artista se hubiera zafado de algunos melómanos que habían acudido a saludarlo. Finalmente, cuando Pablo pudo respirar tranquilo, lo llamó por su nombre. El rostro del organista, al verlo, se iluminó.

—¡Madre mía! ¡Mira quién está aquí! —exclamó.

Ambos se fundieron en un emotivo abrazo, y después se separaron para mirarse de arriba abajo.

—Estás igual que siempre —concluyó Pablo tras su escrutinio.

—Mucho más viejo, diría yo —le corrigió Javier—. Mientes mucho peor que tocas. Tú sí que estás igual que el año pasado, cuando nos vimos por última vez.

El músico sonrió.

—Espero que no tengamos que dejar pasar tanto tiempo para el próximo abrazo —dijo.

Javier sonrió, y finalmente presentó a Noé.

—Aquí tienes a un amigo peregrino al que le vendrían bien un par de lecciones de historia esotérica, de las que tanto te gustan a ti —dijo Javier.

Noé estrechó la mano de Pablo, y de inmediato sintió algo que nunca antes le había sucedido: el contacto con aquella piel le resultó tan familiar que llegó a pensar que la había estrechado mil veces antes de ese día. Como si Pablo fuera mucho más que un conocido, como si fuera su hermano.

—¿No me digas que te interesan esas cosas? —dijo el músico—. Te advierto que puedo llegar a ser muy pesado contando batallitas —rio.

—Me temo que no estoy a la altura de ninguno de vosotros dos, porque hasta que no comencé el Camino no había reparado en los secretos que esconde.

Pablo asintió.

—¿Cenamos juntos? —propuso—. Mañana tengo concierto en Carrión de los Condes. —Miró a Javier y explicó—: Es el festival del año pasado.

—Lo sé —respondió Javier, y miró a Noé para añadir—: Por eso te dije que tal vez llegaríamos a tiempo de ver a mi amigo en Frómista, porque sabía que estos días se celebra un festival de música de órgano en algunas iglesias del Camino en Tierra de Campos. Leí el programa y comprobé que Pablo tocaba hoy aquí.

—¡Vaya! ¡Y yo que creía que todo era mucho más misterioso!

Javier se echó a reír, y salieron de la iglesia en dirección a la plaza donde se encontraba el albergue.

Al llegar a la iglesia de San Martín, Pablo le explicó cuatro cosas notables a Noé que le demostraron que Javier no mentía: el músico era algo más que un virtuoso del órgano.

—¿No te parece demasiado perfecta? —preguntó Pablo a Noé. Los tres amigos contemplaban la belleza románica que tenían frente a ellos.

—Parece una maqueta —respondió Noé.

Pablo asintió.

—En realidad, se parece muy poco a la versión original, que formaba parte del monasterio benedictino que en 1015 mandó construir doña Mayor, la esposa de Sancho el Mayor de Navarra. A ese monasterio lo devoró la desamortización del siglo XIX, y muchos de los secretos esotéricos que los compañeros constructores del Medievo escribieron en las piedras de la iglesia desaparecieron con las restauraciones excesivas que conoció en los siglos XIX y XX.

—¿Quieres decir que no queda nada de esos mensajes? —preguntó Noé, un tanto decepcionado.

—Sí, hombre. Ni siquiera la Iglesia logra acabar con sus iglesias del todo —bromeó Pablo—. Fue un cardenal apellidado Almaraz el que casi se la carga al promover esas reformas: ordenó demoler edificios que estaban alrededor, y sustituyó 80 de los 315 canecillos que adornaban al templo y que eran su gran tesoro.

—¿Y eso?

—Amigo mío, no hay nada más heterodoxo que la decoración de algunas iglesias románicas y nada más mágico que los números que se emplearon en la construcción de las catedrales góticas. Y aunque no todos los grandes prebostes de la Iglesia lo comprendieron, hubo algunos más vivillos que decidieron eliminar todo lo que les resultaba incómodo. Y eso fue lo que pasó aquí —concluyó sin apartar la vista de los canecillos de la iglesia de San Martín.

Durante la cena que compartieron, Noé descubrió que Pablo no solo era profesor de Música y un virtuoso de varios instrumentos, además del órgano. También era ávido lector de la historia del Temple y de los misterios que encerraban las piedras talladas por los compañeros constructores, que, según él, trabajaron en muchas ocasiones al servicio de los freires.

—La versión oficial asegura que la Orden de los Pobres Conmilitones del Templo de Jerusalén, que era el nombre real del Temple, surgió en 1118 por iniciativa de un caballero franco llamado Hugo de Payns, quien un día se presentó ante el rey de Jerusalén Balduino II acompañado por ocho caballeros con la finalidad de proteger a los peregrinos que viajaban hasta Tierra Santa —dijo Pablo—. La orden alcanzó en los dos siglos siguientes un enorme poder económico, militar y político, y finalmente cayó en desgracia y fue suprimida por el papa Clemente V en 1312 a instancia del rey de Francia Felipe el Hermoso. Y ya está. Según la versión ortodoxa del asunto, eso es todo.

—¿Y no fue así? —tanteó Noé.

—En parte sí, y en parte no —respondió el músico—. Todo eso que te he dicho es un resumen real de la historia del Temple, pero hay mil incógnitas que nunca se han desvelado. —Tomó un poco de vino, lo saboreó con calma y añadió—: Para empezar, no se tiene constancia de que aquellos nueve caballeros que fueron el germen de la orden participaran en ninguna actividad bélica durante los primeros nueve años, en los que se hicieron con el control de toda la explanada donde, más de mil años antes, se había edificado el Templo de Jerusalén impulsado por Herodes y, mucho antes, el de Salomón.

—Entonces, ¿a qué se dedicaron? —quiso saber Noé.

—Nadie lo sabe con certeza —metió baza Javier—. Unos dicen que encontraron el grial; otros, que el arca de la alianza, y otros incluso afirman que descubrieron la sábana santa.

Noé miró a sus dos amigos perplejo.

—¿Y vosotros qué creéis que sucedió?

Javier se encogió de hombros y miró a Pablo.

—Es posible que hallaran algo que les permitió conseguir del papa las sucesivas bulas que los convirtieron en una Iglesia dentro de la Iglesia —respondió el músico—. Pero lo que no es una especulación, sino un hecho comprobable, es que el auge de la orden coincidió con la construcción de decenas de catedrales góticas en Europa, y ese arte poco o nada tenía que ver con el románico. Ya viste la catedral de Burgos, y aún te queda la de León.

—¿Quieres decir que los templarios construyeron esas catedrales? —preguntó Noé con escepticismo.

—Ellos, directamente, no. Los constructores fueron los integrantes de una serie de misteriosas logias que algunos llaman Hijos de Salomón o Hijos de Jacques, y que posiblemente trabajaron bajo las órdenes del Temple —respondió Pablo—. Eran los herederos de un viejo conocimiento que también se advierte en los símbolos tallados en iglesias románicas, en canecillos como los que antes vimos ahí afuera, en San Martín. La diferencia entre las iglesias románicas y las catedrales góticas deriva en que en las primeras el secreto está en esa simbología, mientras que en las segundas la clave se oculta en la proporción de los números mágicos que les permitieron resolver problemas matemáticos y geométricos de primer orden, y hay autores que proponen que eso tiene que ver con lo que encontraron los templarios en Tierra Santa. Un tipo misterioso, apodado Fulcanelli, escribió en los años veinte del pasado siglo que las catedrales góticas escondían secretos alquímicos, capaces de transformar a los visitantes conscientes.

Pablo dibujó durante una hora un retrato inédito del Camino que en momentos puntuales se parecía a lo que Noé recordaba haber leído en el cuaderno del Loco. Pero el músico expuso en un tono dulce, amable, ingredientes que hicieron comprender a Noé el motivo por el cual Javier le había dicho en Burgos que aguardase a conocer a su enigmático amigo en Frómista si de verdad le fascinaba la catedral de Burgos.

Nada en el Camino, y muy poco en muchos de sus monumentos principales, tenía que ver exactamente con el cristianismo, aseguró Pablo. Las raíces de aquella vía de transformación alquímica eran anteriores, paganas. La Iglesia superpuso sus templos en antiguos lugares de poder, pero los misteriosos constructores, los compañeros de las logias amparados por el Temple, se mimetizaron con el clero para transmitir las viejas enseñanzas en las piedras o en las medidas sagradas de esos templos.

—Lo mismo que sucedió con el juego de la oca —recordó Javier—, donde también se cifró una información parecida.

—El Camino es la vida —recordó Noé en voz baja.

—El Camino es una metáfora de la Gran Obra: lo que sucede en el exterior tiene su reflejo en el interior del caminante, como lo que sucedía en el laboratorio del alquimista se reflejaba en su organismo y en su espíritu —afirmó Pablo.

—Y esos templos forman parte de esas claves —resumió Noé.

—Pero no solo los templos; todo cuanto sucede en el Camino se dispone de un modo mágico, aunque únicamente unos pocos peregrinos lo adviertan —concluyó el músico frente al aroma del café que les acababan de servir.

A primera hora de la mañana, la soledad de la llanura palentina engulló al grupo de peregrinos a quienes lideraba Juan Ponce. Habían partido de Carrión de los Condes y aún estaban lejos de Calzadilla de la Cueza y de imaginar los extraordinarios acontecimientos que habrían de vivir en Terradillos de los Templarios, el final de aquella etapa.

Juan mantenía una jornada de distancia con respecto a Noé y Javier, pero no lo sabía. Desde que dejó a Noé en brazos de Irene, en aquella fonda de Santo Domingo de la Calzada, había pensado mucho más en el filo del cuchillo de monte que el misterioso atracador puso sobre su cuello que en otra cosa.

La planicie castellana, aliñada con tierra y piedras, no invitaba a ofrecer discursos a su rebaño. Ya les había dicho todo cuanto sabía sobre Carrión de los Condes: les habló de la vieja judería; de que había sido la cuna del marqués de Santillana, Íñigo López de Mendoza; les describió prolijamente la portada de la iglesia de Santa María del Camino, y les señaló los ancianos del Apocalipsis representados en la portada de la iglesia de Santiago. Y aquella misma mañana, antes de salir del pueblo, dedicó unos minutos al monasterio de San Zoilo.

Ahora, era tiempo de reflexión. Y Juan reflexionó a su manera.

Cuando acabase aquel trabajo por el que les estaba sacando los cuartos a aquellos latinomericanos, tendría que ponerse en serio a escribir la puñetera guía del Camino. El adelanto que había logrado de la editorial se había esfumado, y con la llegada del otoño sería muy difícil encontrar ingenuos peregrinos a los que ilustrar a cambio de unos billetes. El tiempo pasaba y no acababa de asentar su vida. Cuando se miraba al espejo cada mañana descubría alguna cana nueva en sus cabellos, y si echaba la vista atrás no encontraba una versión diferente de sí mismo. Por eso, aquel cuaderno que le birlaron en Santo Domingo era tan valioso. Lo que había podido leer en aquellas páginas era oro puro, capaz de convertirlo a él, un escritor mediocre, en un *best seller.*

Y sin embargo…

Sin embargo, el cuaderno voló. Y con solo recordarlo maldijo al hijo de puta del cuchillo de monte.

Enfrascado en sus pensamientos, Juan atravesó la calle Mayor de Calzadilla y, media docena de kilómetros después, hizo lo propio en Lédigos, un pequeño pueblo de adobes y silencios en honor a Santiago.

Ni siquiera selló su credencial. Eso se lo dejó a sus polluelos latinos. Juan tenía ya más Compostelas que todos ellos juntos.

Juan creía haberlo vivido todo en el Camino, pero se equivocaba.

Aquella noche, antes de acostarse, Noé telefoneó a su padre por vez primera desde que partió de Málaga. Había estado tentado de hacerlo mil veces en aquellos días de peregrinaje, pero le sucedía a cientos de kilómetros de distancia lo mismo que cuando lo tenía enfrente: no le salían las palabras.

Y es que no es fácil hablarle a la cara a un hombre bueno cuando tú no lo eres, o al menos no sientes que lo seas. ¿Cómo podía hablarle cuando el alcohol trababa su lengua? ¿Cómo confesarle que no se sentía perdido porque jamás se había encontrado?

Cuando partió de Málaga se separaron con un abrazo silencioso. Jesús, viejo peregrino, anhelaba que el Camino zarandease a su hijo como acostumbra a hacer a los que más lo necesitan, pero jamás pudo sospechar hasta qué punto lo iba a hacer con Noé.

Aquella noche, antes de acostarse, Noé lloró tras colgar el teléfono.

Le habló de su madre, de los lugares donde había dejado parte de sus cenizas y de los fragmentos de su propia alma que sepultó con ellos. Añadió que estaba bien, mencionó a Javier, e intentó describir la libertad de quien camina, pero no fue necesario, porque Jesús, ya se ha dicho, era viejo peregrino.

—Vive, hijo mío. Pero hazlo de verdad.

Esa fue la última frase que escuchó Noé antes de romper a llorar.

Y aún con los ojos del alma arrasados, se le vio entrar en Villalcázar de Sirga aquella mañana.

El andadero pasa por el sur del pueblo, pero la noche anterior Pablo les había rogado encarecidamente que no dejaran de rendir visita a la tumba de un misterioso caballero templario que se encontraba en el interior de la impactante iglesia de Santa María la Blanca, en aquella localidad.

—Una de las tres encomiendas clave del Temple en el Camino, junto con la de Ponferrada y a la de San Fiz do Ermo —dijo el músico.

La iglesia apareció casi de inmediato a la vista de Noé y Javier. Tal y como le había comentado el vasco antes de llegar hasta el pueblo, se trataba de un templo de origen románico al que se habían añadido ampliaciones claramente góticas, pero en el que destacaba un espectacular pórtico que hacía preguntarse para qué era necesario un gigante como aquel en medio de una población tan humilde como Villasirga, el nombre que recibía en el Medievo. Para Pablo, estaba claro:

—El Temple siempre se situaba en lugares estratégicos y de poder.

Tras sellar su credencial en el albergue municipal, los dos amigos ascendieron la escalinata que conducía al templo. Javier miraba de soslayo a Noé, como si adivinara los pensamientos de su amigo.

—¿Intrigado? —preguntó.

—¿Tú qué crees? —respondió.

Cómo no había de estarlo después de escuchar a Pablo hablar del misterioso féretro del caballero supuestamente templario y sobre las leyendas que adornaban al templo.

El rey Alfonso X el Sabio había dedicado una docena de sus famosas *Cantigas* a la Señora de aquel lugar, de la que se contaban milagros que tal vez los peregrinos que entraron en el templo a la vez que Javier y Noé no sabían interpretar del modo en que Pablo lo había hecho. Se trataba de prodigios en los que el protagonista perdía o recuperaba la visión. En el primero de los supuestos se encontraban unos musulmanes que, en tiempos del rey Alfonso XI, pretendieron destruir aquella iglesia y entonces la Virgen los cegó. En el segundo caso, según Pablo recordó, estaban varios peregrinos ciegos que recuperaron la vista por intercesión de aquella Señora.

—No penséis únicamente en una ceguera física —matizó el músico—. Pensad más bien en una apertura de la mente, en un acceso al conocimiento esotérico.

Noé recorrió con la mirada el interior de la iglesia, construida en el siglo XIII, pero su mirada quedó anclada de inmediato en tres sepulcros profusamente adornados. Pablo les había dicho que en uno de ellos reposaban los restos de don Felipe, hermano del rey Alfonso X el Sabio, y en otro los de su segunda esposa, Inés Rodríguez Girón. Pero todo su interés se centró en el tercer sepulcro: el de Juan Pérez.

¿Era aquel su nombre real? Pablo había respondido a esa pregunta de Noé asegurando que no se podía afirmar con certeza, pero parecía haber cierto consenso al respecto.

—Lo extraño es que, si era realmente un templario, fuera enterrado de un modo tan poco austero. —Señaló Pablo—. Los entierros de los freires eran humildes y discretos.

Los dos amigos estudiaron con detenimiento el sepulcro, y con el mismo interés escrutaron el resto del templo, demorándose en la nave del Evangelio, donde se encuentra el llamado pozo de los Templarios. Pablo les había hablado de leyendas que decían que conducía a unos pasadizos secretos que los monjes utilizaban en caso de necesidad.

¿Sería cierto? ¿Acaso había túneles que conducían lejos de allí?

Noé pensó que, de existir esos pasajes secretos, le podría venir bien para acortar la distancia que lo separaba de Juan

Ponce y su grupo. Y cuando abandonaron Villalcázar de Sirga dejó de lado los misterios templarios y sus pensamientos se centraron en el cuaderno perdido y en la ausencia de nuevas noticias sobre Vega y Gabriel.

¿Tal vez los misteriosos enamorados se adentraron por aquellos túneles y nunca más se supo de ellos?

Aquella noche durmieron en Carrión de los Condes, pero antes tuvieron la ocasión de comprobar de nuevo el virtuosismo de Pablo en los dos teclados de 54 notas del maravilloso órgano de la iglesia de San Andrés. Al final del concierto, el músico les comentó que aquel órgano era una obra maestra construida por Juan Francisco Toledo en 1766, y que hacer hablar a sus 1500 trompetas era una experiencia increíble.

Como había sucedido en Frómista, quedaron para cenar los tres juntos. Javier no quería dejar pasar la ocasión de charlar por última vez con su amigo músico.

—Vete tú a saber cuándo volvemos a coincidir —dijo.

Y a Noé le seducía escuchar a Pablo hablar sobre los enigmas herméticos que, en cierto modo, lo acercaban al cuaderno perdido, del que aún no se había atrevido a hablar a Javier, a pesar de que había estado tentado de hacerlo en varias ocasiones, sobre todo cuando Javier lo reprendía por su obsesión de alcanzar a Juan Ponce. Si le revelaba la existencia del cuaderno, Javier lo comprendería: no se trataba únicamente de encontrar explicación a lo ocurrido en la tasca de Chusa.

Lo que no podía imaginar Noé era la suerte que en aquel mismo momento corría Juan Ponce.

Antes de la cena, Pablo los invitó a visitar algunos monumentos de aquella población a la que Aymeric Picaud había dedicado palabras elogiosas en el *Codex Calixtinus*. Al igual que había hecho Juan con su grupo, el músico se detuvo ante los ancianos del Apocalipsis representados en la arquivolta de la iglesia de Santiago, pero a Noé le costó mantener la atención. Sus pensamientos iban y venían de Juan Ponce a Gabriel y Vega, y del matrimonio al pícaro guía.

Cuando estaban a punto de entrar en el restaurante, Pablo recibió una llamada telefónica. Mientras hablaba, su gesto se torció. Javier y Noé supusieron que recibía malas noticias. Cuando la conversación concluyó, comprendieron el motivo de la expresión contrariada del músico:

—Era el alcalde de Carrión —explicó—. Tengo que ir a cenar con las autoridades. Ha venido el presidente de la comunidad autónoma y no sé cuántos peces gordos más. No me puedo escaquear —se encogió de hombros—. Lo siento muchísimo.

Javier y Noé le dijeron que lo comprendían, que no había problema, y que tal vez el Camino los volviera a juntar.

—El Camino es la vida —dijo Pablo con aquella sonrisa suya casi beatífica.

Noé se despidió de él con un abrazo que le hizo estremecerse. Si la primera vez que estrecharon sus manos sintió que el músico era alguien tan familiar como pudiera serlo un hermano, cuando aquel abrazo los desanudó, estuvo aún más convencido de ello.

—¿Nos volveremos a ver? —preguntó Noé.

—Estoy seguro de ello —respondió Pablo—. El Camino se encargará de ello.

Minutos después, Noé y Javier se sentaron frente a frente, y apenas lo hicieron, Javier dijo algo que sorprendió a su amigo:

—¿Cuándo crees que me ganaré tu confianza?

Noé levantó la vista del plato de sopa y miró a su amigo como si no lo hubiera visto jamás.

—¿A qué te refieres?

—Me has confesado tus problemas con el alcohol, me has hablado del caos emocional que provocó la muerte de tu madre y los cuernos que te puso Carolina, e incluso me revelaste el descubrimiento de esa carta por la que tuviste noticia de la existencia de Gabriel y Vega, pero sé que hay algo más que te preocupa y que te incita a correr detrás del tipo ese, de Juan Ponce.

Noé dejó la cuchara sobre el plato y valoró dos opciones: defenderse negando las suposiciones de Javier o defenderse atacando a su amigo. Y finalmente optó por la segunda.

—¿Te parece poco lo que te he contado de mí? ¿Qué sé yo de ti, en cambio? —dijo sin apartar los ojos de los de su amigo—. Que estás jubilado, que has viajado mucho, que fuiste fisioterapeuta, que vives solo… ¿Y qué más? ¿Qué secretos te traes entre manos? ¿Quieres que me crea que el tipo aquel que conociste en Castrojeriz apareció en tu vida por pura casualidad y luego te lo sacudiste de encima como si fuera polvo? ¿O que todo lo que sabes del Camino se debe a que has leído más que yo o a que conoces a personas tan eruditas como Pablo? —Hizo una pausa y añadió—: ¿Quién coño eres de verdad y por qué has aparecido en mi vida?

Javier dio un sorbo al vaso de agua que tenía en la mano y miró alrededor. El comedor estaba repleto de peregrinos y se escuchaba la cacofonía que tan bien conocían producto de la mezcla de diferentes idiomas superpuesta al ruido que producían los platos que iban y venían.

—Hagamos un trato —propuso Javier—. Responderé a todas esas preguntas si tú respondes a la única que yo te he hecho.

Noé asintió.

Javier dejó el vaso sobre la mesa con delicadeza.

Hasta aquel momento, Noé creía que los extraordinarios episodios vividos desde que había iniciado el Camino de Santiago eran inconexos, pero se equivocaba una vez más. De nuevo, como tantas veces le había dicho Javier, no había interiorizado toda la teoría de la que ya era conocedor. En realidad, cada uno de aquellos singulares sucesos eran eslabones de una cadena en la que aún no había reparado.

Javier le explicó que existen conocimientos a los que no se accede en una universidad o cursando estudios reglados. Aclaró que se refería a conocimientos que han de ser solicitados de un modo expreso y que el maestro dispensa al alumno que está en condiciones de recibirlos únicamente de modo oral, exigiéndosele el mismo secreto y discreción para transmitirlos en el futuro, si llegara el caso.

—Es lo que se llama «iniciación» —aclaró Javier—. Y para acceder a ella se requieren condiciones especiales para ser aceptado dentro de un círculo discreto que facilita el acceso a la vía de conocimiento, es decir, a una enseñanza de la que es depositaria esa escuela u orden.

De inmediato, a Noé se le vino a la cabeza el recuerdo de todo lo que Pablo le había contado sobre la Orden del Temple. ¿Acaso era Javier uno de esos supuestos nuevos templarios de cuya existencia había oído hablar en Torres del Río y en otros lugares del Camino?

—No estoy loco, no me juzgues apresuradamente —advirtió Javier, como si leyera una vez más el pensamiento a su compañero de viaje—. Esos conocimientos, como te digo, se transmiten oralmente y hunden sus raíces en los tiempos más remotos.

—Como el juego de la oca —lo interrumpió Noé.

—En ese juego se depositaron algunos de esos conocimientos —matizó Javier—. Siempre se han usado códigos en clave: juegos, libros con dobles lecturas, grabados en las piedras, en capiteles, en arquivoltas…, todos guardan relación con la vía iniciática, y siempre han sido conocimientos tildados de heterodoxos. El Camino es uno de los renglones donde más información se disimuló a lo largo de los siglos y, como bien sabes, tiene diferentes lecturas en función del tipo de persona que realiza el peregrinaje. Pero siempre hay alguien que busca respuestas.

Impaciente, Noé interrumpió el relato.

—¿Y qué tienes tú que ver con eso?

—Desde que tuve aquel encuentro del que te hablé en Castrojeriz, he sentido la necesidad de devolver a los demás parte de lo que aquel hombre me enseñó, y ayudar a otros peregrinos que puedan estar tan necesitados de luz como yo lo estuve. Desde que me jubilé, paso parte de mi tiempo en el Camino con ese propósito.

—¿Y crees que yo merezco esa ayuda?

—Me pareció que un vendaval agitaba tu espíritu la noche

en la que te observé mientras mirabas aquel juego de la oca de la plaza de Santiago en Logroño.

Noé guardó silencio, tratando de asimilar lo que Javier le había dicho. Se concedió un momento de reflexión y al término del mismo concluyó que Javier no le confesaba toda la verdad, tal vez porque no podía hacerlo o porque no quería. Pero antes de que pudiera decir nada más, su amigo hurgó en su mochila y puso sobre la mesa algo que hizo palidecer a Noé.

—No te hace falta leer tanto. Lo que tienes que hacer es interiorizar lo que has leído; creértelo.

—Pero ¿cómo?... —dijo Noé sin poder apartar la vista del cuaderno del Loco.

—Aquella noche en Santo Domingo de la Calzada coincidí contigo y con Juan en la fonda de Chusa —explicó Javier.

—¡Qué casualidad! ¿O no? —sondeó Noé, cada vez más escamado y convencido de que Javier le había revelado solo una parte de la verdad. Incluso pensó que Pablo le había ocultado mucho más de lo que le reveló mientras hablaron.

—Conozco el lugar desde hace mucho tiempo —respondió Javier—. He cenado allí varias veces. El precio es bueno, y la comida, aceptable.

—¿Y el resto de la oferta? ¿También conocías los demás servicios que ofrece Chusa?

—Algo había oído —repuso Javier, esquivo y con media sonrisa en el rostro.

—¿Qué fue lo que sucedió? ¿Qué me pasó? Yo no había bebido una gota de alcohol.

—Supongo que hay otros métodos para adormilar a un hombre.

—¿Me drogaron?

Javier se encogió de hombros.

—Lo único que sé es que te fuiste en compañía de aquella joven morena, pero antes pude ver cómo Juan te birlaba esa libreta. —Señaló con la mirada el cuaderno de tapas de cuero.

—¿Y cómo lo conseguiste tú?

Javier puso sobre la mesa su cuchillo de monte.

Noé abrió los ojos, sorprendido.
—No te preocupes —aclaró Javier—, Juan no vio mi cara. No sabe quién se lo arrebató.
—¿Lo has leído?
Javier asintió.
—¿Y? ¿Qué te parece?
—Te diría que parece escrito por el mismo hombre con quien hablé en Castrojeriz aquella noche, aunque lo dudo. En realidad, pudo haberlo escrito cualquiera de esos maestros depositarios de los conocimientos que antes mencioné. —Hizo una pausa antes de añadir—: Pero ya te he dicho que te sobra teoría y te falta alma. Te falta creer en lo que lees. Nunca reparas en qué casilla estás, y eso que jamás he visto a alguien tan dependiente de las páginas de ese cuaderno. A ver si aún tengo tiempo de espabilarte —bromeó.

CAPÍTULO 12

El pozo y el oro

El albergue Jacques de Molay era un hervidero de rumores. Noé y Javier se miraron desconcertados. ¿Qué sucedía? Todo el mundo iba y venía, se oían voces en francés, en alemán, en inglés... Alguien, en español, mencionó a la Guardia Civil.

—¿Qué demonios ocurre? —murmuró Javier mientras buscaba con la mirada a Marisa, la hospitalera, a quien conocía desde hacía tiempo.

La tarde languidecía con pereza y el cielo se había untado de grana.

Noé y Javier habían cubierto aquella etapa a buen paso, dejando atrás Calzadilla de la Cueza y Lédigos sin demorarse más que lo estrictamente necesario. Parecía que Javier al fin había cedido a la pretensión de su compañero de alcanzar a Juan Ponce, pero durante las horas que necesitaron para atravesar aquellas planicies castellanas jamás sospecharon que su deseo se vería precedido de una aventura tan singular y aleccionadora.

Noé vio un vehículo de la Benemérita aparcado en la parte posterior del albergue, lo que le hizo fruncir el ceño. Y cuando iba a comentárselo a Javier, alguien gritó:

—¡Noé! ¡Qué alegría!

Al volverse, se encontró con la sonrisa acogedora de Diana. Instantes después, apareció Clío.

La mexicana y la panameña lo abrazaron efusivamente. También ellas parecían alteradas y temblorosas.

—¿Qué es lo que pasa aquí? ¿A qué viene este jaleo? —preguntó Noé.

—Es Juan, nuestro guía —dijo Clío—. Ha desaparecido.

—¿Cómo que ha desaparecido?

—Desde ayer, no sabemos nada de él. Nadie lo ha visto —explicó Diana.

Noé alzó las manos y pidió calma a sus amigas. ¿Serían tan amables de resumirlo todo desde el principio?, les pidió.

Diana y Clío intercambiaron una mirada, y la segunda hizo un gesto a la primera.

La mexicana resumió lo ocurrido:

Habían llegado a Terradillos de los Templarios la tarde anterior. Juan, como era su costumbre, los había acomodado en el albergue, habían sellado sus credenciales y comenzaron la rutina habitual: aseo personal, hacer la colada, descansar, leer... Pero a la hora de la cena, Juan no apareció.

—Al principio pensamos que tal vez había decidido quedarse descansando —explicó Diana—, pero más tarde comprobamos que no estaba en la litera. Este pueblo es muy pequeño, y no sabíamos dónde podía haber ido. A medida que pasaron las horas, comenzamos a preocuparnos, y esta mañana le explicamos lo sucedido a la hospitalera. Todo el mundo comenzó a buscarlo, pero como no aparecía, decidieron dar aviso a la Guardia Civil a mediodía.

En ese momento, apareció Javier acompañado de Marisa, la hospitalera.

—¿Te has enterado? —preguntó el vasco.

Noé asintió.

—La Guardia Civil ha dado parte para que vengan más efectivos —anunció la responsable del albergue, visiblemente nerviosa.

Noé se pasó la mano por la barba rasposa, desconcertado. ¿Dónde se había metido aquel tipo?, se preguntó. Ahora que al fin lo había alcanzado y podía pedirle explicaciones sobre lo ocurrido en Santo Domingo de la Calzada...

Diana y Clío se acercaron a la hospitalera, y Javier aprovechó el momento para pedir a Noé que saliera al patio del albergue. Una vez se encontraron fuera y a solas, el vasco dijo:

—¿Recuerdas qué dice el cuaderno sobre este lugar?
Noé lo miró desconcertado.
—Terradillos fue en el Medievo una de las posesiones del Temple, dependiente de la encomienda de Villalcázar de Sirga —respondió Noé.
—¿Y qué más?
Noé hizo memoria.
—No hay manera contigo, ¿eh? —dijo Javier, muy serio—. ¿Dónde estamos exactamente?
Noé tardó unos segundos en comprender a qué se refería su amigo.
—¡El pozo!
—¿No dice nada el cuaderno sobre la leyenda de este lugar?
—Solo que del pozo únicamente puede sacarte un iniciado, alguien que conozca el Camino.
—Pues te diré yo algo más sobre Terradillos —dijo Javier—: hay una leyenda que asegura que en los alrededores de este viejo enclave templario está enterrada la gallina de los huevos de oro. He oído diferentes versiones sobre el mismo tema, pero básicamente dice que había un cura que llevaba cada año un huevo de oro a Santiago y un día el cabildo le exigió que donara la gallina. Entonces, el cura buscó el amparo de los caballeros templarios, y los freires enterraron al animal.
—¿Y? —preguntó Noé, que no alcanzaba a entender a dónde conducía el relato de su amigo.
—Y que desde entonces, como supondrás, ha habido quien ha creído a pies juntillas esa historia y ha buscado a la maravillosa gallina.
—Pero no es más que una leyenda —recordó Noé—. ¿Cómo va alguien a creer semejante historia?
—Por la codicia, que es lo que hace que el peregrino caiga en el pozo —respondió Javier.
—¿Quieres decir que Juan…?
—Si tuvo tiempo de leer el cuaderno y es más diestro que tú en interpretar el juego que esconde el Camino, algo que no parece muy difícil visto lo visto, es posible que haya oído

hablar de esa leyenda y que los apuntes del Loco le hayan servido de plano del tesoro.

Noé miró con perplejidad a Javier. Iba a exclamar un «¡No me jodas!», cuando de pronto recordó lo que decía el cuaderno a propósito del pozo: únicamente puede sacarte de él un iniciado, alguien que conozca el Camino.

—¿Tú sabes dónde está Juan? —preguntó.

Javier asintió.

Instantes después, sin que nadie advirtiera su marcha, los dos amigos se dirigieron hacia un altozano situado cerca del pueblo. Javier caminaba con decisión, como si conociera de memoria el terreno que pisaba. Tras él, Noé miraba a derecha e izquierda. Nadie parecía estar rastreando aquella zona por la sencilla razón de que ya lo habían hecho a lo largo del día tanto la Benemérita como los peregrinos que, voluntariamente, se habían sumado al empeño de encontrar a Juan Ponce. Pero Noé no lo sabía.

Javier apretó más la marcha, como si la cuesta arriba no existiera. Mientras, la tarde, moribunda, amenazaba con dejarlos a oscuras si no se apresuraban.

Cuando llegaron a una pequeña depresión en la ladera de la colina, Javier se detuvo. Era una pequeña hoya que impedía ver el pueblo.

—Vamos a sacarlo de donde creo que está —dijo Javier—. Vamos a cumplir la regla del juego, pero tú jamás deberás revelar a nadie la existencia de este lugar ni tampoco dónde hemos encontrado a ese vivillo.

Noé asintió.

Javier se dirigió a una formidable roca que tenían enfrente, y después la empujó. Para sorpresa de Noé, la enorme piedra cedió con incomprensible docilidad. Pero aún más atónito quedó al ver el pozo que ocultaba.

—¡El pozo del juego! —dijo Javier.

—¡Aquí! ¡Aquí! —gritó alguien desde el fondo del agujero.

—Ahí tienes al pájaro que busca todo el mundo —dijo Javier.

—Pero ¿cómo sabías que estaba aquí? —le preguntó Noé.

—No lo sabía, solo lo intuí —reconoció el vasco—. No es el primero que saco de ahí. La gente cree que lo sabe todo, pero desconoce mucho más de lo que sabe. No se puede jugar a iniciado sin serlo, y el pozo se oculta una vez que el incauto entra en él.

Noé lanzó una mirada a la piedra. No había goznes ni ningún mecanismo que explicara lo que acababa de contemplar. Javier había movido aquella pesada roca sin aparente esfuerzo cuando parecía pesar muchos kilos: un trabajo imposible para un solo hombre. Y sin embargo…

—No trates de intelectualizarlo todo —lo reconvino Javier, que parecía leerle el pensamiento una vez más.

Noé miró a su amigo con perplejidad.

—¡Aquí, coño! ¡Sacadme! —gritó de nuevo Juan.

Media hora después, los tres irrumpieron en el albergue Jacques de Molay en medio de la algarabía y el estupor general. Juan tuvo que declarar ante la Guardia Civil y ofreció una versión más creíble que el relato que podría haber hecho Noé, si le hubieran preguntado.

El pícaro guía aseguró que había sufrido un vahído, que al caer debió golpearse contra una piedra, que no sabía cuánto tiempo pasó inconsciente, que había salido a pasear antes de la cena y que aquello era lo último que recordaba.

Javier y Noé declararon como una única persona que se habían encontrado a Ponce no lejos del Alto Torbosillo, pero se cuidaron de mencionar las verdaderas circunstancias que rodearon el rescate, y por supuesto no dijeron nada sobre el pozo y de la piedra misteriosa que lo ocultaba.

Más tarde, cuando el barullo cesó, Javier se acercó a la litera en la que Juan descansaba.

—Sabes que solo alguien iniciado en la vía puede sacar a un jugador del pozo —dijo clavando su mirada negra en el guía—. Si se te ocurre mencionar alguna vez en tu vida que yo tuve algo que ver en tu rescate, si le hablas a alguien de mí o del pozo, te encontraré y no tendrás tanta suerte como en Santo Domingo de la Calzada. —Y rubricó su amenaza poniendo el filo de su cuchillo de monte en el gaznate de Ponce.

—¿Fuiste tú? —acertó a decir Juan.

—Lo mismo que aparecí entre las sombras para devolver el cuaderno que habías robado, regresaré para cortarte el cuello si traicionas el juramento que vas a hacer ahora mismo. ¿Está claro?

Juan tragó saliva y juró todo cuanto le exigió Javier.

Cuando Noé se acercó a pedir explicaciones sobre lo ocurrido en Santo Domingo, Juan cantó como la gallina legendaria de aquel pueblo: reconoció haber urdido la trama con Chusa y la joven prostituta, les había pagado generosamente para drogar a Noé y poder robarle aquel cuaderno que contenía una información tan valiosa sobre el Camino y que le permitiría, al fin, escribir un libro sobre la ruta jacobea que mereciera la pena ser leído. Añadió que lo sentía y pidió perdón compungido mientras, a la espalda de Noé, Javier lo escuchaba atentamente acariciando su cuchillo de monte.

Al día siguiente, madrugaron mucho.

Como si pretendieran huir cuanto antes del pozo o como si quisieran dejar atrás lo antes posible la incómoda sombra de Juan Ponce. Javier y Noé rasgaron la madrugada con sus pisadas por el Camino, que se abría paso por las concentraciones parcelarias en busca de los límites palentinos.

Noé se había despedido con un cálido abrazo de Diana y Clío. Los tres habían expresado su deseo de que el azar volviera a reunirlos, porque las dos bellas mujeres latinas habían decidido continuar con su grupo, que debería permanecer al menos un día en Terradillos, hasta que su guía se recuperase. El médico que lo atendió por la noche fue tajante al respecto: al menos, veinticuatro horas de reposo.

Durante algo más de una hora caminaron en silencio, cada cual rumiando sus pensamientos. Y al llegar a San Nicolás del Real Camino se demoraron lo estrictamente necesario para sellar su credencial en aquella pequeña población, que era un pálido recuerdo del hospital fundado a finales del siglo XII por el caballero Tello Pérez de Meneses para atender a los leprosos.

Hasta que abandonaron San Nicolás, Noé no se atrevió a formular la pregunta que venía royendo desde la noche anterior.

—¿Qué hay en el fondo de aquel pozo en realidad?

Javier lo miró de soslayo, sin dejar de caminar a buen paso.

—Un tesoro, pero no el que Juan imaginaba —respondió.

—¿No tiene que ver con la gallina de los huevos de oro?

—Para alguien como él, no. —Volvió a mirarlo de reojo y añadió—: Y por lo que veo, tampoco para alguien como tú.

—¿Qué quieres decir?

—Que si lo que quieres saber es si hay un tesoro allí escondido, o sea, un tesoro material, la respuesta es no. No lo hay. Pero el tránsito sí permite enriquecerse por dentro, aprender a no cegarse con el brillo del oro y a transmutarse. —Se detuvo, tomó aire y dijo mirando a los ojos a Noé—: No olvides que el objetivo del juego es alcanzar la inmortalidad, como en la alquimia, y no se me ocurre un tesoro más valioso que ese. Recuerda la inscripción del tímpano de la catedral de Jaca.

—*Cor viciis munda* —recitó Noé, que parecía haber entendido el mensaje.

Atravesaron Sahagún sin que Javier le concediera demasiada importancia a aquella ciudad en cuya arquitectura se podía admirar la influencia mozárabe y mudéjar. Noé, que aprovechaba cada alto en la marcha para echar un vistazo a las páginas del cuaderno, se sintió decepcionado, porque allí se encontraba la séptima oca del juego, según el Loco, y se lo recordó a su amigo.

—Ya hemos pasado por varias ocas antes —respondió Javier—. Y hay casillas donde podrás recibir lecciones más útiles.

Después, el vasco cayó en uno de sus habituales prolongados silencios que no quebró hasta diez kilómetros más tarde, cuando salió a su encuentro la humilde silueta de Bercianos, un diminuto enjambre de casitas sin aparente interés.

—A lo mejor, llegamos a tiempo —dijo al atisbar el pueblo.

A la puerta del albergue parroquial ya se había formado un grupo de peregrinos que aguardaba la apertura del establecimiento. Noé se extrañó al ver que Javier se detenía allí, porque tenían previsto llegar hasta El Burgo Ranero, donde dormirían, y aún restaba camino por recorrer. Estaba a punto de preguntarle qué demonios hacían perdiendo el tiempo en aquella aldea, pero Javier alzó la mano y le pidió que aguardara.

La espera se prolongó casi una hora, y para entonces Noé ya no sabía qué hacer. No comprendía qué se traía entre manos su amigo, y la ausencia de noticias sobre Vega y Gabriel le atormentaba. Ni siquiera haber recuperado el cuaderno del Loco paliaba su angustia, porque desde hacía varios días sentía en su interior una inquietud que no lograba acallar. Las cenizas de su madre parecían ir ganando peso conforme avanzaba hacia el fin del mundo, en lugar de perderlo ahora que ya había dejado algunas atrás. Y los ojos azules de la misteriosa mujer habían regresado a sus sueños las últimas noches, pero siempre que intentaba descorrer el velo que cubría su rostro, se despertaba.

Al fin, llegó el hospitalero, y se produjo algo inesperado..., salvo para Javier, a juzgar por la sonrisa que se dibujó en su rostro.

Algunos peregrinos, cansados de aguardar, increparon al joven hospitalero, un voluntario de convicciones católicas que confesó que venía de escuchar misa, y de ahí la demora en abrir las puertas del albergue.

Los peregrinos más exigentes respondieron que ese no era su problema y que consideraban vergonzosa la espera. Otros, en cambio, recriminaron a los críticos, recordándoles que el albergue era gratuito y que siempre podrían hospedarse en un hostal o en un albergue privado y pagar para poder exigir.

Cuando unos y otros callaron, Javier reemprendió la marcha, para sorpresa de Noé.

—¿Qué coño hacemos?

—Caminar.

—¿Cómo que caminar? ¿Para qué hemos estado ahí parados más de una hora? —protestó Noé.

—Para que te vieras retratado a ti mismo en todos esos turistas que no son peregrinos, y para que dejes de serlo de una maldita vez —repuso Javier.

Y, sin más explicaciones, apretó el paso hacia El Burgo Ranero.

Ambos caminaron en silencio todo el tiempo. Noé marcaba el paso ahora. Tenía prisa sin tenerla. Desde hacía varias jornadas el Camino Infinito afinó su diapasón interior. Y Javier lo percibía. Sus miradas, perdidas en las llanuras leonesas, oteaban horizontes distintos, pero bañadas por el sueño de la luz de aquel atardecer preñado de absoluta libertad.

Y por aquel itinerario llano, entre campos de cereales y apenas sin árboles, arribaron por la calle Real a El Burgo Ranero. Comprobaron que el albergue municipal se encontraba completo. Y decidieron que esa noche se podrían dar el lujo de descansar en algún lugar más tranquilo, íntimo y de más confortabilidad. El peregrinaje tampoco estaba reñido con que de vez en cuando poder hospedarse en una pensión o en algún hotel. A ambos les agradó mucho la fachada de la Costa del Adobe. Allí alquilaron una habitación doble, donde cenaron y desayunaron al día siguiente, conociendo a sus amables y simpáticos dueños, también peregrinos, Javi y Mari.

Al día siguiente, tras un suculento desayuno y conversar con algunos peregrinos italianos que también se alojaban ahí, comenzaron la etapa. Noé miraba a Javier cómo se colocaba su mochila, sintiendo una incipiente tristeza interior, pues sabía que el vasco finalizaba en breve el Camino Infinito y lo dejaría solo nuevamente.

«Mi mejor amigo, Ramón, también era vasco, como él. El destino ha querido regalarme un amigo como lo fue Ramón. Siento, al igual que me pasaba con él, una fuerte conexión de espíritu. ¿Podré continuar mi búsqueda por este Camino sin él?», se preguntaba Noé interiormente observando a Javier.

Tras varios kilómetros de monotonía e inmenso páramo, el norte se perdía con las primeras estribaciones de la cordillera cantábrica, en las que algunas, a estas alturas del año, aparecían curiosamente nevadas.

Comenzamos a ascender un poco cuando Reliegos salió a nuestro paso. De repente, sin esperarlo. Como pasara bastantes días atrás cuando de la nada, y por debajo del nivel del Camino, apareció el pequeño pueblo de Hontanas en la meseta castellana.

Otrora, en esta pedanía confluyeron tres calzadas militares romanas. El geógrafo y matemático griego Claudio Ptolomeo denominó a esta ciudad Pelontium, asentamiento de la ciudad romana de Pallantia.

Tras cruzar todas aquellas casas de adobe, dejaron atrás Reliegos descendiendo por el páramo, recorriendo aquellos últimos kilómetros hasta el final de aquella etapa entre risas, anécdotas e historias personales del andaluz y el vasco. A esas alturas, el Camino Infinito ya había unido por siempre sus almas. Aunque ellos no lo sabían aún.

Aquella noche durmieron en el albergue municipal de Mansilla de las Mulas, tal y como habían previsto. Allí, aguardaba a Noé otra lección impagable, pero esta vez no tenía nada que ver con claves herméticas de la ruta jacobea ni con el juego de la oca que se había disimulado sobre ella en tiempos remotos. En aquella ocasión, la lección que Javier le había preparado tenía que ver con la humildad.

—Nadie como Laura, la hospitalera, para curar las ampollas del Camino —le advirtió antes de entrar en el pueblo.

Más tarde, en el patio interior del albergue, Noé comprendió lo que su amigo le había querido decir. Laura, una mujer pequeña de estatura pero de alma gigantesca, se esforzaba por curar los pies llagados de los peregrinos. Su actitud y su entrega le conmovieron. Más tarde, Javier le explicó que la hospitalera había aprendido a sanar las heridas de los pies de los peregrinos gracias a un practicante que hubo en el pueblo. Sus recomendaciones al respecto eran claras; secarse bien los pies después del aseo, porque la humedad es el mejor escenario para la aparición de ampollas; en segundo lugar, utilizar un calzado cómodo y cambiarse de calcetines a media jornada, algo que Noé había visto hacer a su amigo durante todos los días en que había caminado en su compañía y que no comprendió hasta llegar a Mansilla de las Mulas. Afortunadamente, ninguno de los dos había sufrido por culpa de las ampollas, tan frecuentes entre los peregrinos.

Javier charló con ella durante unos minutos, y luego regresó junto a Noé.

—No ha oído hablar de Vega y Gabriel, pero me ha dado una pista sobre quién sí puede darnos noticia de ellos —dijo—. No sé cómo no se me había ocurrido a mí, la verdad.

—¿Quién? —preguntó Noé, visiblemente excitado.

—Alguien que me va a obligar a acompañarte más allá de León, que era donde tenía previsto decirte adiós —respondió.

Y, como de costumbre, Noé no logró sacarle una sola palabra más. Cuando Javier callaba, lo hacía de un modo hermético, seguramente porque le sobraba entrenamiento en ese campo.

Si se preguntara a Noé qué recordaba del comienzo de ese gélido día de septiembre en Mansilla de las Mulas hasta llegar a aquel puente de Villarente, seguramente no encontraría nada notable que comentar, más allá de su soliloquio a propósito de la suerte de Vega y Gabriel. La ausencia de noticias sobre ellos en todos los albergues en los que habían preguntado en los últimos días le atormentaba. Y, para colmo, Javier parecía haber enmudecido, como si su lengua se hubiera dormido por culpa de un encantamiento.

Lo único que hicieron durante aquellas primeras horas fue andar, y hacerlo muy deprisa, mucho más rápido de lo que Javier acostumbraba. Parecía que tuviera urgencia por llegar a León.

Cruzaron el río Porma por el bello puente medieval de Puente Villarente, una de las estructuras pontoneras más antiguas de esas tierras leonesas cuya fundación data, según algunas fuentes, de la época romana, aunque de aquellas nada se conserva, ya que tuvo que reconstruirse en numerosas ocasiones a lo largo de su historia. Parece situarse en la mítica Vía III del *Itinerario de Antonino*, una especie de guía que utilizaban los viajeros hispanorromanos en el siglo III d. C. Aymeric Picau fijó su atención en este puente señalando su fortaleza e imponente construcción.

Noé y Javier aprovecharon el paso por aquella pequeña población para hacer una parada y tomar el segundo café de la mañana. Se sentaron en una mesa ubicada en la propia acera fuera del establecimiento. Junto a ellos, pasaron caminando otros peregrinos que habían conocido días atrás, saludándolos como de costumbre con el tradicional buen camino. Algunos de ellos finalizaban su aventura jacobea en León, continuándola el siguiente año.

Ambos tomaron ese café caliente en silencio. Cada uno sumido en sus propios pensamientos. En cierto momento, se miraron fijamente, sabiendo en esa cómplice mirada que horas más tarde se adentrarían en el enorme misterio de uno de los lugares más poderosos del Camino de Santiago.

Noé se colocó su mochila a la espalda, se puso sus gafas de sol y su sombrero marrón. Miró la hora en su teléfono móvil y calculó mentalmente el tiempo que restaba para llegar a la ciudad, unas tres horas aproximadamente.

Javier pagó la cuenta y ambos salieron de la cafetería tras despedirse de otro peregrino que estaba desayunando dentro. Se trataba de Paul, un eslovaco que no hablaba el español, con el que habían coincidido en alguna jornada. Un tipo solitario y callado, buena gente y de mirada limpia, con su particular historia personal —como la de todos los que están en el Camino Infinito—, y que iba haciendo fotografías para realizar un reportaje del Camino de Santiago en una revista de su país.

Tras pasar Puente Villarente, se adentraron por un camino de tierra siguiendo las flechas amarillas, caminando a la vera del arroyo de la Pega. En aquellos momentos transitaban solos. En un momento dado, y ante la sorpresa de ambos peregrinos, salió a su encuentro una pequeña comadreja. El simpático animalito se puso en el centro del camino y frente a ellos. Les dedicó una tierna y cómplice mirada, y velozmente se marchó por donde llegó. Noé y Javier se miraron muy sorprendidos por el encuentro. Los dos sintieron de una manera muy fuerte que era una especie de señal.

—Esto no es casualidad, Noé —le espetó Javier.

—Siento que no lo es, Javier. Pero ¿qué nos habrá querido decir? Este Camino Infinito me está mostrando y enseñando que las casualidades no existen. Que nada es azar. Que todo tiene una explicación y su razón de ser, aunque no lo entendamos o no lleguemos a entender nunca —dijo Noé.

—Estoy de acuerdo. Como puedes ver, no solo las ocas nos hablan en este Camino. Toda la naturaleza viva sale a nuestro encuentro y, como la vida misma, nos habla en su idioma. Solo hay que estar abiertos y atentos a sus mensajes —comentó Javier.

Noé no pudo resistir la tentación, y el periodista que había en él hizo que tomara su teléfono móvil y consultara en internet qué había sobre encuentros con comadrejas. Y en la primera página que abrió, curiosamente llamada *Destino y Tarot*, leyó: «Animales totémicos: la comadreja». Y leyó en voz alta mientras caminaban:

> Los animales totémicos pueden ser seres imaginarios o reales. Incluso pueden ser animales que nos dan miedo o que consideramos que tienen reputación negativa, pero justamente eso es parte de su gran enseñanza como maestros y guías espirituales de la naturaleza. Un ejemplo de esto es lo que sucede con las comadrejas, que para el común de la gente son animales huidizos, poco fiables y cobardes, pero si los observamos con atención en su entorno natural nos

daremos cuenta de que no son para nada animales que tengan esas características. Como animal totémico, la comadreja llega para enseñarnos a observar y escuchar para luego decidir qué es lo mejor para nosotros. Representa la energía, el ingenio, el sigilo y la intuición. Las comadrejas son silenciosas, rápidas, audaces y curiosas, cuando se presentan en nuestras vidas es para indicarnos que debemos ser más intrépidos que fuertes, más inteligentes que grandes y más modestos para lograr nuestros objetivos. Para muchas culturas americanas la comadreja es el espíritu que guía a los guerreros, el perfecto balance entre energía, inteligencia y fuerza, ya que con poco tamaño y casi nada de ferocidad es capaz de vencer animales más grandes. La comadreja como talismán nos ayudará a observar, a comprender y a encontrar respuestas alternativas. Este animal se basa en sus instintos y su inteligencia para conseguir sus objetivos, por lo que es especial en los momentos en los que necesitamos cambiar de actitud.

—Esta es la magia del camino, Noé. Esa comadreja, sin duda, nos ha hablado —sentenció Javier.

Noé hizo suyas todas esas interpretaciones que había leído en su teléfono y que figuraban en esa página. Efectivamente, aquel animalito le habló a su corazón, y experimentó una súbita y misteriosa felicidad.

Al llegar a Puente Castro, donde en tiempos medievales se encontraba la judería más importante de León, Javier se detuvo en el centro del puente que salva el río Torío. Era casi mediodía, pero el sol no parecía haberse enterado y no calentaba el día. Un viento gélido los atravesó en el momento en que, por fin, Javier pareció recuperar el habla tras el encuentro con la comadreja.

—¿Conoces la historia de Nicolás Flamel? —preguntó.

Noé negó con la cabeza. En el cuaderno del Loco se hablaba de los secretos que ocultaba la catedral, del zodíaco de San Isidoro y de que estaban a punto de llegar a una de las casillas mágicas del Camino. Pero del tal Flamel, ni palabra.

—Nicolás Flamel fue un alquimista medieval, y te voy a resumir su historia, porque me parece que es el complemento a la lección que debiste aprender en el pozo —dijo Javier.

—Lo del oro y la transmutación —comentó Noé—. El cuaderno dice…

—¡Al diablo el cuaderno, coño! —bramó Javier—. Que no leas tanto y que sientas más, hombre. Que te lo tengo dicho.

Y allí, sobre aquel puente que tantos peregrinos habían cruzado antes que ellos, Javier resumió la singular historia de Nicolás Flamel, un francés que en 1357 encontró una obra misteriosa titulada *Libro de Abraham el Judío*.

Al parecer, en aquel volumen se encontraban las claves para conseguir la piedra filosofal, el objetivo de todo alquimista. Pero, por más que se esforzó durante veinticinco años, Flamel no fue capaz de comprender aquellas páginas. Y, abatido, decidió realizar el Camino de Santiago con la esperanza de que el santo iluminara sus entendederas.

Sin embargo, tras llegar a Santiago nada había cambiado: seguía sin comprender la hermética información que contenía aquel libro. Derrotado, emprendió el regreso a su casa, pero todo cambió al llegar a León.

—La leyenda dice que fue aquí —Javier apuntó con su cayado en dirección a la ciudad que se erguía antes ellos— donde encontró a un médico judío llamado maese Canchas, que se convirtió en su maestro y descifró para él los secretos de aquel extraño libro. Al regresar a su casa, Flamel llevó a cabo la Gran Obra y, junto con su esposa Pernelle, apuró el elixir de la vida eterna. —Se volvió hacia Noé, y le espetó—: ¿Comprendes?

Noé dudó durante unos segundos antes de responder, los suficientes para ganarse una reprimenda de su amigo.

—No hay manera contigo, ¿eh? —estalló el vasco—. ¿No te dice ese cuaderno que los alquimistas del Medievo denominaban Vía Láctea a la Gran Obra y también al Camino? ¿Crees que la inmortalidad de Flamel se explica simplemente con el don de no morir en esta vida?

—La segunda muerte —murmuró Noé, que parecía comprender al fin la lección.

—¡Exacto! —dijo Javier—. El Camino fue quien transformó a Flamel, al igual que el trabajo en el laboratorio transmutaba al alquimista. Y no buscaban oro, sino la conversión de lo impuro en puro: *cor viccis munda...* Lo mismo que en el pozo no había un tesoro, porque este del que te hablo es el mayor tesoro posible. ¿Comprendes ahora por qué Vega y Gabriel hicieron el Camino?

—Pero él buscaba evitar que ella muriera —contraatacó Noé.

—¿Te parece poca inmortalidad la de Flamel? Algunos dicen que lo vieron en diferentes épocas y lugares, como la Ópera de París en 1761, a pesar de que había muerto en 1419, al menos teóricamente.

—¿Crees que buscamos a dos alquimistas?

—Yo no busco a nadie —matizó Javier—. Eres tú quien va tras dos sombras que tal vez atravesaron este puente hace treinta y cinco años.

—¿Sombras? Sabemos que existieron, que su historia de amor es real.

—Gabriel y Vega existieron, sí, pero la imagen que tú has construido en tu mente de ellos es la sombra de la historia de amor que no tuviste jamás, a pesar de las mujeres que acariciaste —replicó el vasco—. Tal vez, lo que tú crees que ellos anhelaban no es lo que imaginas.

—Ella quería vivir lo suficiente como para parir a su hijo —recordó Noé—. Y eso sí es real, no una proyección de mis deseos sobre una pared blanca.

Javier cerró los ojos lentamente y asintió.

—Vamos a darnos un baño de luz, que nos vendrá bien —dijo al cabo de unos segundos. Y sin añadir nada más, echó a andar en busca de la ciudad.

La magia del Camino se quebró al entrar en León, como siempre que atravesaban una ciudad. Los semáforos, los coches, el ruido… espantaban a las estrellas que guiaban a los peregrinos conscientes.

Javier se abrió paso entre aquella jungla de aceras y de cables en busca de las estrechas calles que rodean a la catedral, que emergió de pronto en medio de una plaza enorme pero que la gigantesca fábrica de piedra empequeñecía. Un reloj marcaba la eternidad. El tiempo se había congelado para dos estatuas vecinas.

—Ahí la tienes —dijo Javier señalando a la Virgen que observa el paso de la vida en el parteluz que mira al poniente—. ¿Dice algo el Loco sobre ella?

Noé no lograba apartar la vista de la vieja Señora, y sin dejar de hacerlo recitó las enseñanzas del cuaderno: la Virgen Blanca se expone a la luz y la rodean ancianos que exhiben libros abiertos; mientras, en el interior aguarda la Virgen del Dado, la Señora negra, que reserva su sabiduría hermética a los iniciados y por ello los libros que portan los personajes que la escoltan están cerrados. Solo los iniciados pueden leerlos. Como el cuaderno que el propio Noé llevaba en su mochila. La Virgen que tenían ante ellos alzaba dos de sus dedos para saludar o bendecir; la que se oculta en las sombras lleva en sus manos una copa que, a esas alturas del peregrinaje, Noé sabía que no era el grial, salvo que se interprete como es debido.

Poco después, cuando se encontraron a los pies de la Virgen Negra, Javier recordó lo que Pablo les había dicho sobre aquella catedral y sobre los templos góticos en general:

—Seguramente, hubo cultos anteriores al cristianismo en este lugar. Cultos paganos dedicados a la Señora, a la Madre Tierra. Como en Chartres, como en tantos lugares donde aparece una Virgen negra presidiendo templos megalíticos. *Nigra sum, sed Formosa* —murmuró para sí.

Los dos amigos permanecieron embobados contemplando aquella imagen que, según una leyenda, fue bautizada como Virgen del Dado después de que un jugador borracho la golpeara con un dado. Javier le explicó que esa escena se recreaba en una vidriera del ventanal del muro opuesto al lugar donde estaba.

La Señora se erguía ante ellos a pesar del esfuerzo que suponía sostener en su brazo izquierdo al Niño y en el derecho un enigmático libro cerrado, tanto como lo estaban los que portaban san Pedro, san Pablo y Santiago, representados a la izquierda.

—Ven, vamos a por ese baño que te prometí —propuso Javier—. A pesar de todas las reformas que ha conocido y que seguramente se han llevado por delante muchos de sus secretos, esta catedral ofrece un regalo impagable: la luz que se derrama desde las vidrieras. —Señaló a uno de los impresionantes rosetones y dijo—: Ahí tienes la alquimia que buscas.

Mil ochocientos metros cuadrados de vidrieras son demasiados como para no abrumar o estremecer al menos sensible.

—No hay manera de que las técnicas actuales sean capaces de aproximarse a los colores originales de esos vidrios —afirmó Javier.

Noé contó tres rosetones situados al norte, al sur y al poniente.

—Se conoce el nombre de algunos de aquellos misteriosos vidrieros, como Pedro Guillermo y Juan Pérez, que vivieron en el siglo XIII. Es posible que uno de ellos fuera el autor de la vidriera que llaman La Cacería —Javier la señaló con su cayado—, tal vez la más valiosa. Pero se desconoce todo sobre ellos, como sucede con los maestros que diseñaron las catedrales, tal y como te dijo Pablo. Creo recordar que hay más de ciento veinte ventanales y más de cincuenta óculos, además de los tres rosetones. —Miró a su amigo y añadió—: ¿Comprendes ahora lo del baño de luz?

Noé asintió.

—Todos los que entraban y entramos aquí nos vemos afectados por la energía de este gigante —aseguró Javier.

Noé no dijo nada, porque había leído algo parecido en el cuaderno y porque Pablo había insistido mucho en eso: las catedrales fueron en el Medievo algo más que lugares de culto. En ellas se celebraban reuniones políticas, mercados, obras de teatro... Todo el mundo se veía afectado por aquel baño de luz del que hablaba Javier y cuyos beneficios ni siquiera ahora somos capaces de valorar en su justa medida.

Cuando salieron del coloso de piedra, la vida discurría con su habitual monotonía y el reloj de la plaza seguía marcando la eternidad.

CAPÍTULO 13
La mujer del cuadro

El frío era intenso en aquella temprana hora de la mañana. León amaneció bajo una siniestra boina gris, y ráfagas de viento gélido barrían las calles del centro de la ciudad cuando Noé y Javier emprendieron la marcha de la que sería su última etapa del Camino juntos.

—Estás jubilado, no tienes mujer ni hijos que te esperen en casa, ¿por qué no puedes seguir conmigo? —había insistido Noé en los últimos días, pero Javier se había limitado a decir que le resultaba imposible, que debía regresar a Euskadi.

El vasco se había comprometido a hacer aquella última etapa después de que Laura, la hospitalera de Mansilla de las Mulas, le hubiera recordado quién podría tener noticias de Gabriel y Vega.

—Ya te dije que te acompañaría hasta Hospital de Órbigo, nada más.

—Pero ¿por qué? ¿Qué te obliga a regresar? —insistió Noé una vez más mientras dejaban a su espalda la silueta de la catedral, que se antojaba un gigante entre la niebla de la mañana.

Javier suspiró y cerró los ojos. Se detuvo y miró a su amigo. En sus ojos negros se adivinaba una mezcla de cansancio y tristeza.

—Me espera una mujer: mi madre —dijo de un tirón—. Padece alzhéimer, y mi hermano y yo nos alternamos para cuidarla. Un mes cada uno. Esa es una de las razones por las que he tenido la paciencia de acompañarte, porque sé lo que amabas a tu madre —añadió, lanzando una mirada a la mochila de su amigo, donde viajaban parte de las cenizas de Loli.

Noé enmudeció. Y, sin saber qué decir, abrazó a Javier. Al cabo de unos segundos, reemprendieron la marcha en absoluto silencio hasta que llegaron a la colegiata de San Isidoro de León.

—Ahí lo tienes —Javier señaló con su cayado la parte superior de la puerta de acceso—, el famoso zodíaco.

Noé contempló con embeleso aquella representación en piedra de los signos zodiacales. Una vez más, el cielo y la tierra se hermanaban en la ruta jacobea: el Camino de las Estrellas. La Vía Láctea.

—Entremos —propuso Javier.

La noche anterior, el vasco había comentado a Noé que no podían irse sin ver el cáliz de doña Urraca, que algunos consideraban el verdadero grial.

—Hay gente que necesita objetos de devoción —dijo—. En cada nivel espiritual se precisan muletas para caminar. Hay que respetar incluso lo que nos parezca absurdo, porque puede ser valioso para que alguien comience a caminar.

Aquellas palabras le parecieron a Noé toda una lección de tolerancia y comprensión hacia el prójimo. Una lección más que le proporcionaba su amigo.

San Isidoro había sido un sevillano que vivió en el siglo XI, y aquella colegiata se consideraba la Capilla Sixtina del arte románico por los espectaculares frescos que adornan el panteón real. Cuando poco después Noé admiró aquellas pinturas, comprendió el elogioso título y no le pareció tan excesivo.

—Tal vez, la mayor colección de huesos de todo Occidente —comentó Javier—: Ahí tienes los restos mortales de veintitrés reyes leoneses, de una docena de infantes y de nueve condes, si no recuerdo mal. Además de los del santo, claro. Felipe II, que era un ávido coleccionista de huesos, pretendió llevárselos a El Escorial, pero dicen que al ver la belleza de estas pinturas cambió de idea.

Noé recorrió con la mirada la siniestra colección, pero apenas le dedicó unos segundos, porque todo su interés se centraba en una copa que parecía contemplarlo a él.

—Bueno, pues ahí tienes el objeto del deseo y de la controversia —dijo Javier.

Afortunadamente para ellos, únicamente tres peregrinos más habían tenido la misma idea de visitar a primera hora el Panteón, y salieron en aquel momento dejando a los dos amigos a solas con el supuesto grial, un cáliz compuesto por dos piezas de ágata-ónice unidas gracias a un armazón de oro.

Los historiadores Margarita Robles y José Miguel Ortega habían publicado cinco años antes el libro *Los Reyes del Grial*, en el que afirmaban que aquella copa conocida como el cáliz de doña Urraca que Noé contemplaba ensimismado era la que Jesús había utilizado durante la última cena.

—El supuesto grial sería el cuenco de ónice —precisó Javier—. Los demás adornos, el oro y todo eso fueron añadidos por doña Urraca. Mira —señaló una inscripción en la parte inferior del cáliz—: *In nomine Domini Urracca Fredinandi*.

Javier le dijo que toda aquella historia había comenzado durante un estudio de las piezas árabes que descansaban en el tesoro de aquella colegiata. Fue entonces cuando los dos historiadores se sorprendieron al ver un arca nielada del visir egipcio Sadaqa ibn Yusuf. Ese descubrimiento los llevó a investigar las relaciones que pudo mantener el reino de León con la dinastía fatimí de Egipto durante el siglo XI.

—Curiosamente, por aquel entonces un especialista en Filología Árabe de la Universidad Complutense de Madrid llamado Gustavo Turiezo descubrió en la Biblioteca Nacional de El Cairo unos documentos que respondían a la pregunta que Robles y Ortega se habían hecho al ver aquella arca —recordó Javier—. Se trataba de unos textos que, en realidad, pertenecían a la Universidad de Al Azhar, pero que Turiezo encontró en El Cairo por casualidad. Le llamó la atención que apareciera en ellos escrito en árabe el nombre del rey Fernando I el Magno, y que se hiciera referencia a una copa que los cristianos decían que había pertenecido a Jesús, y que había sido enviada por el imán fatimí Al-Mustansir, que vivió en el siglo XI, a Ali ibn Muyahid ad-Danii, sultán de Denia, aquí, en España, por la ayuda que este había prestado a Egipto durante una hambruna. —Javier rodeó la vitrina que amparaba al cáliz, e hizo una pausa en su exposición. Los dos amigos parecían hipnotizados ante aquella pieza arqueológica—. Parece ser que, más tarde, el sultán de Denia se la regaló al rey Fernando I de León para contar con su apoyo.

—Pero eso no prueba nada —argumentó Noé—. ¿Cómo se puede pensar que ese cuenco fue tocado por Jesús de Nazaret?

—Al parecer, en el segundo pergamino que encontró Turiezo se podía leer una petición de Saladino, el sultán de Egipto y Siria en el siglo XII, para que le enviaran un trozo de esa copa que se había extraído de ella con una gumía en el siglo V, y cuando ese fragmento llegó a manos de Saladino se produjo un milagro, porque logró sanar con ella a su hija, gravemente enferma.

—¿Me estás diciendo que esa copa está mellada y que el fragmento que falta es el que se menciona en ese documento? —preguntó Noé a mitad de camino entre la sorpresa y la incredulidad.

Javier asintió.

—Los dos historiadores de marras aseguran que los documentos son auténticos y que en el vaso superior se puede ver una fractura producida con un objeto punzante, que bien podía ser la gumía de la que hablaba el escrito árabe. Y aseguran que, tipológicamente, el cuenco se corresponde al período helenístico-romano, entre los siglos II antes de Cristo y el primero de nuestra era. De modo que...

—De modo que, ¿qué? —contraatacó Noé, a quien le vinieron a la mente de golpe las páginas que el Loco dedicaba al grial y su propia aventura en tierras aragonesas antes de comenzar el Camino—. Que un objeto se manufacturara en esa época no prueba que fuera el que supuestamente Jesús utilizó en la última cena. Habría decenas, cientos o tal vez miles similares a ese. Y en Aragón no estarían muy de acuerdo con esa hipótesis, y menos en Valencia, donde ahora dice que está el cáliz que trajo Lorenzo de Roma —sonrió con amargura—. Cada uno trata de acercar el ascua a su sardina para vencer, más que convencer. El grial es un negocio cojonudo, por lo que veo.

Javier sonrió.

—El mejor lugar para plantar un árbol y que pase desapercibido para quien no está preparado para escalarlo es dentro de un bosque —comentó—. Dios, o como quieras llamarlo, sembró el verdadero grial en el corazón de cada uno de nosotros, pero son pocos los capaces de escalar por él, de ahí que la gente ande buscando copas y reliquias. Cada cual necesita una muleta diferente para comenzar a caminar, ya te lo he dicho. Y en ese cuaderno del que pareces depender tanto, se dice algo parecido.

Noé asintió sin dejar de apartar la mirada del cáliz de doña Urraca.

—Mira. —Javier señaló uno de los frescos del Panteón pintados a finales del siglo XI o comienzos del siglo XII—. ¿Ves esa copa? —Indicó una representación de la última cena en la que aparecían dos personas más, además de los doce discípulos y el propio Cristo. Uno de los desconocidos llevaba una copa en la mano—. El que la sostiene es san Marcial, y el otro que no debía estar allí, según los Evangelios, es san Matías. Pues bien, según los autores de *Los Reyes del Grial*, Marcial ejerció como copero en la última cena, y, si te fijas, esa copa es idéntica a esta. —Lanzó una mirada al cáliz de doña Urraca—. Lo mismo que esa otra copa —apuntó con el índice a una representación de la crucifixión—. El que está arrodillado a los pies de la cruz es el rey Fernando I, y el que lleva en la mano un cáliz similar al de Urraca es José de Arimatea.

—¿Y qué dicen en la catedral de Valencia?

Javier se echó a reír.

—Pues supongo que no les hace ninguna gracia, porque allí también han probado que aquel cáliz data de la época de Jesús, pero los que defienden el de Urraca aseguran que aquella copa es el llamado cáliz o copa de los Apóstoles, que se menciona en un texto del siglo IV llamado *Itinerarium Antonini Placentini*. Parece ser que los apóstoles utilizaban esa copa para celebrar misa después de la resurrección de Jesús, y fue conservada en la iglesia de Sion en Jerusalén.

—¡Madre mía! —exclamó Noé—. ¡Toda una guerra!

Javier se encogió de hombros.

—El mejor lugar para plantar un árbol y que pase desapercibido para quien no está preparado para escalarlo es dentro de un bosque —repitió.

Al pasar junto al hospital de San Marcos y su maravillosa fachada plateresca, Javier recordó que el edificio, que se construyó en el siglo XVI con la finalidad de ser hospital de peregrinos, había sido utilizado a lo largo de la historia como, seminario, instituto, escuela de veterinarios y cárcel.

—Y ahora, ahí lo tienes: hotel de lujo —añadió.

El Camino había cambiado tanto a lo largo de los siglos que la mayor parte de sus secretos habían quedado sepultados en la cuneta de la historia. Los peregrinos parecían ahora deportistas que corrían más que caminaban, se lamentaba Javier.

Los dos amigos cruzaron el puente sobre el río Bernesca y trataron, sin éxito, de abstraerse del ruido de la ciudad, del humo del tráfico, de la vorágine de la vida moderna. Tampoco ellos eran como los viejos peregrinos. No lo eran sus ropas ni sus magníficas y cómodas botas. Nada era igual, pero todo era idéntico para quien sabía leer las claves que aún se advertían en la ruta jacobea.

Al llegar a la Virgen del Camino, Javier recordó la leyenda que afirmaba que la Virgen se apareció al pastor Alvar Simón, quien sin embargo dudó que fuera la Señora. La Virgen debió advertir el escepticismo del pastor y lo invitó a tirar una piedra y le dijo que cuando volviera con las autoridades encontraría allí una gran roca.

—Y eso fue lo que pasó —aseguró Javier—. O al menos eso dice la leyenda.

—Pues el templo es horroroso —juzgó Noé.

Javier se encogió de hombros ante aquella iglesia construida en los años sesenta sobre los restos de otro anterior. Las esculturas obra de Josep María Subirachs no ayudaban a pensar de otro modo.

Después de dejar atrás Villar de Mazarife, Noé rompió el silencio que les había acompañado en la última hora de camino.

—¿Cuándo me vas a hablar de la persona a la que vamos a ver en Hospital de Órbigo?

Javier no detuvo la marcha.

—Enseguida lo conocerás —dijo—. Dormiremos en el albergue de San Miguel, y te lo presentaré. Mañana, regresaré a León y volveré a casa.

—Tal vez debías haberte quedado en León —apuntó Noé—. No tenías por qué romper tus planes por mí. Con que me hubieras dicho a quién debo buscar…

—Se llama Pedro, y es el responsable del albergue donde te he dicho que vamos a dormir —explicó Javier sin mirar a su amigo—. Pero sé que está muy ocupado siempre, y no creo que tuviera tiempo para buscar lo que necesitas encontrar. En cambio, si se lo pido yo… —Miró a su amigo de reojo y sonrió.

Cuando llegaron al puente sobre el río Órbigo encontraron varios peregrinos haciéndose fotos. La mayoría eran extranjeros, pero las voces de un par de españoles se alzaban sobre el resto hablando del curioso caso de Suero de Quiñones, cuya gesta se recuerda con una leyenda en las piedras del puente.

Noé, que había leído la noche anterior en su guía la singular gesta caballeresca que tuvo por escenario las inmediaciones de aquel puente en 1434, no pudo evitar dejarse llevar por la imaginación y le pareció escuchar el sonido de los cascos de los caballos, el ruido de los aceros al medirse y el sonido de los huesos quebrados de los participantes derrotados.

¿Qué más decía la guía sobre aquel pintoresco suceso? Pues que en el mes de enero de 1434 el rey Juan II de Castilla residía en el castillo de Mota, en Medina del Campo, y hasta allí marchó el caballero Suero de Quiñones para solicitar audiencia en la que exponer su peculiar demanda, a saber: que se le permitiera organizar unas justas desde quince días antes de la festividad de Santiago hasta quince días después, y en ese período retaría a romper tres lanzas en desafío a cualquier otro caballero que osase atravesar aquel puente. ¿Qué razón lo asistía? Pues nada menos que el amor a una dama, lo que lo había impulsado a colocarse una argolla alrededor del cuello cada jueves en prueba de ese amor y a obligarse a peregrinar hasta Santiago en compañía de todos los caballeros a los que pudiera lograr derrotar.

—El Passo Honroso —comentó Noé.

Javier, que contemplaba absorto el curso del agua, sonrió.

—No imagino yo a ningún enamorado de los de hoy rompiéndose los dientes y el lomo para demostrar su amor a ninguna chavala —dijo—. Y lo bueno era que, tras darse de palos, al combate lo seguía una comida de hermandad. Y no murió nadie, a pesar de que las crónicas dicen que Suero y los suyos eran nueve y llegaron a enfrentarse a sesenta y ocho caballeros franceses, italianos, alemanes, portugueses y españoles.

—Y luego se fueron todos hasta Santiago. Aquello sí que era peregrinar —rio Noé.

—Y amar —apostilló Javier—. Un poco a lo bestia, de acuerdo, pero había ideales, honor, fidelidad... —Miró a Noé al fondo de los ojos—. ¿Y ahora? ¿A cuántas has creído amar tú?

Noé torció el gesto y no supo qué decir. A la única que había creído querer era Carolina. O tal vez había querido quererla, pero ya se vio que ella a él no.

—Y no le eches toda la culpa a Carolina —recordó Javier, que parecía verlo venir—. ¿Con cuántas te acostaste tú mientras creías amarla? ¿Crees que Suero de Quiñones habría hecho lo mismo? ¿Crees que lo haría Gabriel?

¡Gabriel! ¡Gabriel y Vega!

—Venga, vamos —propuso Javier sorteando a un par de japoneses que se inmortalizaban con sus teléfonos móviles en mitad del puente—. A ver si encontramos a Pedro y nos da razón de nuestra misteriosa pareja.

A lo largo del Camino, Noé había encontrado a personas inolvidables a quienes la ruta jacobea parecía haber cambiado la vida. En primer lugar, a Javier, aunque sospechaba que su amigo no le había abierto por completo su corazón, tal vez porque no le estaba permitido hacerlo o porque suponía que Noé no se encontraba en disposición de comprenderlo. Pero además de Javier, estaban todos aquellos hospitaleros entregados a la atención del peregrino. El Camino era mágico, y en él habían descubierto el verdadero sentido de su existencia. Pedro Jesús Rodríguez era una de esas personas.

Cuando llegaron al albergue San Miguel Noé seguía sin saber exactamente lo que Laura, la hospitalera de Mansilla de las Mulas, le había dicho a Javier sobre Pedro. ¿Por qué creía que en Hospital de Órbigo podrían tener noticias de Vega y Gabriel? La respuesta la conoció pocos minutos después de que Javier le presentara a Pedro y estrechara la mano de aquel hombre, a quien calculó algo más de cincuenta años, de mirada serena y apasionado del arte.

—Estás ante una institución del Camino —dijo Javier.

—No digas bobadas —protestó Pedro, restando importancia a las palabras del vasco.

—Créeme —insistió Javier—. Hay pocas personas tan singulares y comprometidas con el Camino como este hombre —dijo mirando a Noé, como si el hospitalero no estuviera presente—. ¿A que no sabías que en este albergue se proporciona a los peregrinos pinceles, óleo o acuarela para que pinten cuadros durante su estancia?

Noé miró sorprendido a Pedro, quien se limitó a encogerse de hombros y decir:

—Cada loco, con su tema. El mío es el arte, y pongo a disposición del peregrino el material necesario para que, si quiere, deje en el lienzo aquellos retazos del Camino que más le hayan impactado.

—Un cuadro pintado en un solo día —dijo Javier.

—En realidad, en menos de un día —matizó el hospitalero—. Salvo alguna excepción.

—Esos son muchos cuadros cada año —aventuró Noé.

—Alrededor de un centenar, porque no todos los peregrinos tienen alma de artista —sonrió Pedro.

—Ha hecho exposiciones con ellos, ¿verdad? —apuntó Javier.

Pedro asintió.

—El caso es que mi amigo —dijo Javier señalando con la barbilla a Noé— encontró una carta muy curiosa en Jaca firmada por un hombre llamado Gabriel que emprendió el Camino en compañía de su esposa, Vega, hace treinta y cinco años. Con ellos viajaba su perro, Trisquel. Ella estaba embarazada y sufría un cáncer terminal. La historia es tan hermosa como terrible, y desde entonces Noé y yo mismo hemos ido preguntando en los albergues si alguien recordaba el paso de esa pareja a pesar de que hace tanto tiempo. Nos intriga saber qué pudo ser de ellos. Hemos encontrado recuerdos de su paso en un puñado de lugares, y Laura, la de Mansilla de las Mulas, me dijo que tal vez tú…

Pedro cerró los ojos, como si hiciera memoria. Y al cabo de unos segundos, asintió.

—¿Hace ya treinta y cinco años? ¡Cómo pasa el tiempo y qué viejo soy!

—Debieron pasar por aquí en septiembre de 1984 —apuntó Noé.

—Claro que los recuerdo —dijo Pedro—. Sobre todo, a ella. Cómo no voy a recordarla, si la veo todos los días.

Noé y Javier se miraron, estupefactos.

—Venid —dijo el hospitalero, y entró en lo que parecía la trastienda del albergue.

Segundos después, Noé y Javier se encontraron en una especie de almacén que más parecía una sala de exposiciones. En sus paredes había decenas de cuadros colgados: sombras en el Camino, árboles junto al andadero, el perfil de Puente Fitero o las piedras inolvidables del de Puente la Reina, la inquietante silueta de las ruinas del monasterio antoniano de Castrojeriz, alguna fuente en la que un peregrino sació su sed, retratos de caminantes agotados junto al río Órbigo…, y entre todos ellos, la mirada hechicera de una mujer joven, cuyo cabello rubio reposaba dulcemente sobre los hombros. Tenía los labios carnosos, los pómulos ligeramente hundidos y la mirada triste. Sus manos, muy blancas, acariciaban su vientre, levemente abultado. Vestía una camiseta de manga corta de color violeta. Se trataba de un retrato hipnótico, de medio cuerpo.

—No hay modo de apartar la vista de esos ojos —dijo Pedro.

Y tenía razón. Noé se tambaleó al verlos. ¡Eran los ojos de la misteriosa mujer que había visto en Jaca y que había creído volver a ver en Logroño! Sin embargo, aquella joven era morena, mientras que la mujer del cuadro era rubia. Pero el azul de aquellos ojos era el mismo.

Se trataba de un retrato de gran tamaño, que ocupaba prácticamente la totalidad de una de las paredes. Aquella versión gigante de Vega parecía custodiar los demás cuadros, como una gigantesca pastora o como una diosa que velara por el arte de todos los peregrinos que la acompañaban.

—Gabriel era un artista —dijo Pedro—. No es fácil pintar un retrato así en una tarde. Fue uno de los primeros peregrinos que aceptaron el reto de pintar en uno de mis lienzos. Tenía un dominio extraordinario del dibujo, y al verlo trabajar pensé que tal vez iba a realizar un retrato de la modelo al carbón, pero no fue así. Con los pinceles era tan diestro como con el lápiz. No sé si la pincelada suelta y rápida se debió a la premura de tiempo con la que tuvo que trabajar o si era su estilo propio, pero el resultado fue extraordinario. —Se acercó al cuadro y acarició el marco que lo protegía—. Es una de las obras más impactantes de mi colección.

—¿Estás seguro de que eran ellos? ¿Se llamaban Vega y Gabriel? —preguntó Javier.

—Mira aquí. —Pedro señaló la esquina inferior del retrato.

Noé y Javier se acercaron al lienzo y vieron dos iniciales; las mismas que Noé había descubierto en aquella piedra en la que estaba grabado un infinito en Castrojeriz: *G* y *V.*

—Pero es que, además, llevo un registro de todas las obras que hacen los peregrinos —añadió el hospitalero—, y me firman un documento de cesión de la obra y la posibilidad de realizar exposiciones con ellas. —Se acercó a un archivador situado detrás de una mesa de madera dispuesta en el otro extremo del almacén. Buscó entre los papeles, y al cabo de unos segundos sacó uno y lo puso en las manos de Noé.

«Gabriel, Vega y Trisquel descansaron aquí. Y dejamos en el albergue San Miguel nuestro retrato y nuestro agradecimiento. Nos fuimos más limpios que cuando llegamos, y más cerca de la inmortalidad».

Al leer aquellas frases, Noé se estremeció. El texto era muy parecido al que habían escrito en el libro de firmas del hospital de Santo Domingo de la Calzada y que le había mostrado sor Sagrario. De nuevo aquella enigmática mención a la inmortalidad, y de nuevo el nombre de los tres: Gabriel, Vega y Trisquel.

—Al perro también lo recuerdo —dijo Pedro—. No hubo forma de separarlo de Vega mientras él trabajaba. Permaneció a sus pies toda la tarde, hasta que él dio por concluido el retrato. Y no tuve más remedio que permitir que durmiera junto a ellos. Era un perro extraordinario, lleno de vitalidad. Corría como un gamo y saltaba como si tuviera muelles en las patas —rio al escuchar su propia ocurrencia.

Noé también intentó sonreír, pero no pudo. Era incapaz de apartar su mirada de los ojos de Vega.

—¿Puedo hacer fotografías del cuadro? —preguntó con timidez.

El hospitalero asintió. No le había pasado inadvertida la impresión que el retrato había causado en Noé, y sintió que no permitirle fotografiarlo era injusto.

Con su teléfono móvil de última generación, Noé hizo infinidad de fotografías del rostro de Vega, intentando llevarse cada detalle, como si intuyera que había algo que aquel cuadro aún no le había revelado. Y quizás tampoco se lo había revelado a Pedro.

«Y dejamos en el albergue San Miguel nuestro retrato…».

¿Qué había querido decir Gabriel? Solo Vega aparecía retratada. ¿Por qué empleó Gabriel el plural? Por un instante, estuvo tentado de preguntárselo al hospitalero, pero finalmente no lo hizo.

Aquella noche, Noé no pegó ojo. Las horas pasaron para él contemplando las fotografías que había hecho. Acarició con la mirada la boca carnosa de Vega, estudió la forma grácil de su cuello, el modo en el que las puntas de su cabello reposaban sobre los hombros, el azul de su mirada, la manera en que estaban dispuestos sus dedos sobre el vientre incipiente…, y entonces, reparó en el anillo que Vega llevaba en el lugar que normalmente ocupan las alianzas de matrimonio. ¿Cómo era posible que no lo hubiera visto hasta ese momento? ¡Un infinito! ¡El anillo llevaba grabado el símbolo del infinito!

Sin poder evitarlo, la emoción empañó su mirada. Unas lágrimas inesperadas serpentearon por sus mejillas y murieron en su barba rasposa de varias semanas para regar sus canas, donde crecía el escepticismo y la amargura de toda una vida sin rumbo. ¡Una vida sin la guía de las estrellas del Camino!

Aquel descubrimiento zarandeó su espíritu y recargó su cuerpo con una energía desconocida. De buena gana hubiera cogido su mochila, se habría calzado las botas, calado su inseparable sombrero, asido su cayado de madera y se habría echado al Camino en plena noche para seguir la estela de Gabriel y Vega sin más demora. Pero no podía irse sin despedirse de Javier. Y Javier, en la litera de abajo, dormía. O eso creía Noé.

Amaneció un día azul, de cielo limpio y aire frío.

—Calentará, ya verás —auguró Pedro—. Vas a tener buen día. ¿Llegarás a Rabanal? —preguntó a Noé al tiempo que saludaba a otros peregrinos que abandonaban el albergue. Unos decían adiós en inglés; otros, en alemán, y algunos, en algo parecido al español.

—Esa es la idea —respondió Noé, y luego miró a Javier—. ¿Estás seguro de que no puedes venir?

—Ya lo hemos hablado —zanjó el asunto el vasco—. Pero ya no me necesitas. Lo que podía decirte ya te lo dije; ahora, solo hace falta que te lo creas, no que lo razones.

Pedro entornó los ojos y miró con curiosidad a aquel par de peregrinos singulares antes de volverse hacia Noé y hacerle una recomendación:

—En Rabanal, pregunta por Isabel, en el albergue de Nuestra Señora del Pilar. Dile que te envío yo, y háblale de Vega. Muéstrale el retrato. Si alguien puede ver en él, es ella.

Noé asintió.

Minutos después, se despidió de Javier.

—¿Sabes que has cambiado mi vida? —le dijo.

El vasco sonrió. Un rayo del tímido sol arrancó un brillo de su cabeza rapada y resbaló hasta las gafas de sol de Noé, con las que quería ocultar la tristeza que sentía en aquel momento.

—Esa es mucha responsabilidad, ¿no crees? La vida la cambia y la retuerce cada cual a su antojo. Yo te he contado mis vivencias en el Camino, y tú serás quien las interiorice y obre después como mejor te plazca o sientas. Nada más. Recuerda que el grial está en el corazón. Eso lo sabemos muchos, pero casi nadie lo encuentra a pesar de tenerlo tan próximo.

—Tú sí lo has encontrado —aseguró Noé.

—Te equivocas. Ni siquiera estoy cerca aún. Eso lo comprendí aquella noche en Castrojeriz, cuando encontré a mi maestro.

—¿Algún día me dirás quién era en realidad aquel hombre y quién eres tú? —preguntó Noé a bocajarro.

Javier sonrió con dulzura.

—¿Habrías creído el primer día en que nos vimos todas las cosas que te he dicho y que luego has ido viviendo en el Camino?

—Supongo que no —admitió Noé.

—No estabas preparado para comprenderlas entonces, y tampoco lo estás aún para que te responda a esa pregunta. Pero seguro que llegará el día. Cuando el Camino quiera.

Los dos amigos se abrazaron, y cuando los brazos se desenredaron, Javier partió hacia León sin mirar atrás. Noé recordó de pronto lo que el Loco decía en el cuaderno: el león representa la sabiduría.

¿Era verdad que Javier lo había acompañado hasta Hospital de Órbigo por casualidad, o lo había hecho para impartir su última lección aquella mañana, cuando se dirigió hacia la sabiduría envuelto en el dorado del amanecer leonés?

CAPÍTULO 14
El laberinto de los espíritus

Los quince kilómetros que, aproximadamente, separan Astorga de Hospital de Órbigo fueron para Noé los más tristes y solitarios de cuantos había recorrido en el Camino. La ausencia de Javier era imposible de llenar. Intentó zafarse de aquella melancolía sumándose a alguno de los grupos de peregrinos que hacían aquel tranco por Villares de Órbigo y San Justo de la Vega, pero no lo logró. Las conversaciones banales, las risas y bromas que compartían aquellos peregrinos procedentes de los más diversos lugares no fueron un antídoto eficaz para olvidar que la sombra de Javier ya no se proyectaba junto a la suya, cada vez más alargada a medida que sol ascendía y calentaba su cuerpo. Pedro, el hospitalero que amaba el arte, había acertado: iba a tener un buen día.

¿Un buen día? Por mucho que el sol luciera y el cielo se pintara de azul, aquel no podía ser un buen día. Javier le había enseñado tanto...

Su único consuelo era la compañía de Vega. En cada alto en el camino para tomarse un respiro o para saciar la sed, Noé abría la galería de imágenes de su teléfono móvil y contemplaba las fotografías del retrato que Gabriel había pintado. En silencio, interrogaba a las imágenes sobre su suerte: ¿había llegado Vega al fin del Camino? ¿Logró dar a luz a su bebé?

—¿Qué fue de ti? —le preguntaba anclado en la mirada azul de la mujer del cuadro.

Cuando se zafaba de la compañía ocasional de otros peregrinos, recordaba las migas de pan que había seguido desde que comenzó su aventura en pos de Gabriel y Vega. Reconstruía en su memoria su encuentro con el padre Raimundo en Yebra de Basa, que fue el primero en proporcionarle una pista sobre la pareja y con ello los convirtió en personajes reales, de carne y hueso. Le pareció escuchar de nuevo las palabras del padre Abdón en Puente la Reina: Vega había estado a punto de morir allí, o al menos eso llegaron a temer los monjes, que llamaron al doctor Marañón para ver qué se podía hacer por aquella joven.

¡El doctor Marañón! ¿Cómo iba a olvidarlo? ¿Cómo olvidar las dos cartas que Gabriel y Vega le enviaron y que, treinta y cinco años después, el médico le mostró en su casa de Estella?

Y luego llegó sor Sagrario para fortalecer su fe. La anciana monja de Santo Domingo de la Calzada recordó a la pareja y le mostró las palabras que Gabriel había escrito en el libro de firmas del convento-hospital.

—Y ahora, al fin te veo —murmuró contemplando la piel bronceada y los pómulos ligeramente hundidos de Vega, tal y como Gabriel la había pintado.

La veía, sí. Y hablaba con ella a cada rato, pero Vega no respondía. Ni siquiera le aclaraba por qué habían empleado el plural en el documento que Pedro, el hospitalero de Hospital de Órbigo, le había mostrado.

Y con la mente llena de interrogantes, emergió ante él Astorga.

La vieja Astúrica Augusta romana, que antes fuera castro ligur y cuya edad es imposible de datar porque puede regalar historia a quien la necesite, lo volvió a sumir en la incomodidad que siempre le provocaban las ciudades del Camino. En todas, se rasgaba el silencio; en todas, el presente de indicativo caía sobre Noé arrebatándoselo a la imaginación.

Para zafarse de esa incomodidad, recordó lo que decía la guía que lo acompañaba y también las líneas que el Loco había escrito en su cuaderno a propósito de aquel lugar.

La guía recordaba que Roma convirtió a Astorga en la base de operaciones para la recogida del oro que se extraía de Las Médulas. Más tarde, con la cristianización, la Iglesia fundó un obispado, pero lo más notable en lo que atañía al Camino era lo que apuntaba el Loco en su cuaderno a propósito de Prisciliano.

En la misteriosa libreta que Noé había encontrado en Jaca no se ponía en duda que Santiago fuera quien estuviera enterrado en Compostela. No se ponía en duda, sino que se negaba tajantemente. Algunos proponían que quien verdaderamente está enterrado en Compostela es Prisciliano, un obispo cristiano que Roma consideró hereje y al que juzgó y decapitó.

Mientras recorría las primeras calles de Astorga que salieron a su encuentro, Noé rememoró la singular biografía de aquel enigmático obispo nacido en 340 en Iria Flavia, casualmente (o no) en el mismo lugar donde la leyenda sitúa la llegada de la barca mágica que trajo el cuerpo de Santiago a Galicia tras ser decapitado, igual que Prisciliano.

Prisciliano procedía de una familia rica y tuvo una educación intensa que le hizo entrar en contacto en Burdeos con el maestro gnóstico Delphidius. El Loco había subrayado en el cuaderno la palabra *gnóstico*, calificativo que se aplicaba a un movimiento religioso que atravesó en diagonal diferentes religiones, incluida la cristiana, y que fue considerado una herejía por el papa de Roma y sus secuaces. Pero el Loco había subrayado aún más intensamente (con un círculo alrededor de su nombre) a otro personaje con quien Prisciliano había tenido tratos: Marcos de Menfis, un predicador que había realizado un singular maridaje entre el gnosticismo y las ideas paganas egipcias.

¡Egipto y el Camino, una vez más! El Loco insistía una y otra vez en ese asunto.

Prisciliano construyó un proyecto religioso sincrético en el que se aunaron las ideas cristianas, el paganismo egipcio y gnóstico, y gotas de la vieja religión druídica de las tierras celtas en las que había nacido. El pueblo lo adoraba, y fue aupado a la dignidad de obispo de Ávila, pero pronto se granjeó la envidia y la enemistad de la ortodoxia católica representada por Ithacio, obispo del Algarbe, y por Idacio, metropolitano de Lusitania. Y al final sus adversarios lograron que fuera juzgado y condenado a muerte en Tréveris en el año 385. Fue allí donde le cortaron la cabeza, como a Santiago o como Osiris, según recordaba el Loco.

Pero su muerte no significó el fin de sus ideas ni de su doctrina, y sus discípulos trajeron el cadáver de Prisciliano siguiendo una ruta similar, o tal vez la misma, que luego sería conocida como el Camino de Santiago. ¿Dónde enterraron a Prisciliano? ¿En Compostela o tal vez en Astorga, como algunos decían?

Y así, ensimismado con las notas que el Loco había hecho en su libreta sobre Astorga, Noé se encontró frente al Palacio Episcopal, obra de Antonio Gaudí por encargo, a finales del siglo XIX, de otro obispo, Juan Bautista Grau. La guía decía que la primera piedra de aquella fábrica se colocó en 1889, pero la muerte del obispo hizo que los fondos económicos se secaran y hubo que esperar a mediados del siglo XX para ver terminado el proyecto. Noé lo miró con desinterés, a pesar de que había numerosos peregrinos que se fotografiaban con el palacio a su espalda.

Más le sedujo la figura de Pedro Mato, la estatua que, ataviada al modo maragato, preside la catedral de Astorga. El Loco había escrito bastante sobre el enigma maragato, pero Noé prefirió posponer la lectura de aquellas líneas para más adelante, cuando llegara a Castrillo de los Polvazares.

Selló su credencial de peregrino, y salió de Astorga lo más aprisa que pudo. Le urgía encontrarse de nuevo en el campo, en soledad, para ver si al fin lograba escuchar las respuestas que Vega le había negado hasta ese momento.

Astorga es la capital de la Maragatería, pero lo que sigue envuelto en la penumbra es el origen de los maragatos. El Loco recordaba algunas de las teorías que se proponen alertando al buscador que el tránsito por el Camino lo arroja a los más variados enigmas, y que no puede ser casualidad tal cosa.

Ahí se propone que el nombre de *maragato* procede del concepto *maurus captos* o «moros cautivos», mientras que otros atribuyen a ese pueblo singular orígenes iraníes o incluso judíos. Pero en lo que el Loco se detenía, como de costumbre, era en las costumbres precristianas, paganas, de aquel pueblo. Su forma de vida, sus ropas, las ceremonias que celebraban… nada tenían que ver con el cristianismo, al que fueron sometidos por la fuerza.

Y mientras atravesaba pueblos como Murias de Rechivaldo y, especialmente, Castrillo de los Polvazares, Noé se sintió transportado a un mundo aparte. En Castrillo, el llamado «pueblo rojo», ese universo se tiznaba de ese color en las piedras de sus calles y en las paredes de sus casas.

A lo lejos, como un vigía insomne, el sagrado monte Teleno contemplaba indiferente a Noé, sabiendo que tampoco él lograría resolver el enigma maragato.

Al llegar a El Ganso, una sonrisa se dibujó en su rostro. El Loco aseguraba que la oca siguiente se encontraba en Rabanal del Camino, donde pensaba hacer noche, pero el nombre de aquel pueblo le hizo dudar. En cualquier caso, al salir de la aldea, donde una cruz de hierro dispuesta junto al andadero marcaba el inicio de la ascensión a Rabanal, tuvo consciencia de nuevo de que estaba aún en medio de la partida. El juego no había acabado, y no sabía si perdería su vida en él.

En otro tiempo, Rabanal del Camino fue enclave templario. Los peregrinos hacían noche allí, amparados por las espadas de los monjes, y ahora también. Desde luego, no había freires ni espadas protectoras, pero sí albergues donde dormir, y Noé, como un buen número de peregrinos que llegaron poco antes y poco después que él, había pensado pasar la noche allí. Además, tenía que encontrar a Isabel, la hospitalera de la que le había hablado Pedro en Hospital de Órbigo. De modo que, sin perder un segundo, buscó y encontró el albergue Nuestra Señora del Pilar.

Apenas se hubo instalado, preguntó por Isabel. Al parecer, se trataba de una de esas instituciones vivientes con que cuenta el Camino: una mujer protectora, amable, con esa capacidad de ver en el interior de las almas que algunas personas poseen. Al menos esa era la descripción que había hecho de ella Pedro en Hospital de Órbigo, y Noé no tardó en descubrir lo atinado que había estado el hospitalero amante del arte.

Isabel lo recibió con gesto afable y palabras calurosas cuando supo que Pedro le enviaba saludos. Se trataba de una mujer de edad imprecisa. —Noé calculó que tendría más de sesenta años, pero no estaba muy seguro—. Había algo especial en su mirada.

—De modo que te manda Pedro, ¿eh? —dijo con media sonrisa.

—Me dijo que tal vez usted pudiera darme información sobre esta peregrina, que pasó por aquí hace treinta y cinco años. —Noé le mostró las fotografías del retrato de Vega.

Isabel entornó los ojos y cogió con delicadeza el teléfono móvil, como si quemara o tuviera vida propia. Observó con calma la fotografía y tardó casi un minuto en decir que no recordaba haber visto a la retratada.

—Treinta y cinco años son muchos —objetó—. Sin embargo...

Se volvió a conceder unos segundos, los suficientes para que una muchacha morena que se encontraba sentada en una de las mesas de la terraza situada frente a la barra del bar con el que contaba el albergue mirara con interés a Noé.

—Sin embargo, esa mujer parece arrastrar un peso enorme, y en su mirada se ocultan secretos. Pero no, no la conozco.

Noé le dio las gracias, a pesar de todo. Isabel le devolvió la sonrisa y le deseó el mejor de los descansos en su casa, porque realmente aquel albergue lo era para ella. Sus cómodas habitaciones, aquel precioso patio maragato vestido con macetas y flores, el bar y la excelente comida lo convertían en un oasis en medio del Camino.

Cuando Isabel regresó a sus múltiples labores, la joven peregrina se dirigió a Noé:

—Disculpa, no he podido evitar escucharte —ofreció su mano derecha y una enorme sonrisa blanca—. Permite que me presente: me llamo Daniela y soy de Córdoba. Y tú, por tu acento, también eres del sur.

Noé aceptó la mano tendida y la estrechó. Daniela tenía la piel suave y los dedos fríos. Era una joven delgada, de estatura media, cabello largo y oscuro, con un tatuaje en su antebrazo izquierdo, un *piercing* en la nariz y otro en una oreja.

—Me pareció curiosa la historia que te he escuchado resumir —dijo Daniela—: una peregrina que hizo el Camino hace treinta y cinco años y de la que únicamente tienes unas fotos. —Señaló el móvil de Noé y preguntó—: ¿Puedo verlas?

Sin saber por qué, Noé le mostró las fotografías. No era frecuente en él ser tan confiado, pero había en aquella joven algo extraño.

Daniela pareció sumergirse en el interior de las fotografías, se sentó en la misma silla desde donde había escuchado la conversación entre Noé e Isabel, y pareció olvidarse de todo el mundo. Noé se sentó frente a ella y respetó su silencio.

La cordobesa amplió las fotografías, las miró del derecho y del revés, y después cerró los ojos, como si hubiera caído en un extraño trance. Noé miró alrededor, pero nadie parecía hacerles caso. El albergue estaba casi lleno de peregrinos de los más diversos orígenes, y cada cual tenía sus propias historias que contar.

—Esta mujer estaba en peligro —dijo inesperadamente Daniela. Abrió los ojos y miró a Noé visiblemente preocupada—. En peligro de muerte, y además esperaba un hijo. Y su marido lo sabía. Él también se retrató.

De haber estado de pie, Noé se hubiera caído de espaldas. ¿Cómo podía saber eso aquella joven? Y, por cierto, ¿cuántos años tenía Daniela? ¿Veintitantos?

—Treinta y uno —respondió la morena, con una sonrisa—. Ya sé que no los aparento, porque soy poca cosa, pero... es la verdad.

—¿Cómo coño...?

—A ver, no es tan difícil seguir el curso de los pensamientos de un hombre —rio a carcajadas—. Me has mirado por arriba y por abajo mientras tenía los ojos cerrados. Y lo vuestro es tan previsible...

—Yo no...

—¡Que sí! ¡Que sí! ¡Que tú no! ¡Anda, ya! —volvió a partirse de risa—. A ver, aclaremos esto para que estemos más tranquilos: estoy haciendo el Camino a mi aire, no hago las etapas que todo el mundo hace, me detengo donde me siento a gusto, no tengo pareja ni la busco. —Miró al fondo de los ojos de Noé, para que le quedara claro—. Y no me voy a enrollar contigo, porque ni tengo ganas ni me gustas, pero no puedo evitar tener el don de ver cosas que los demás no advierten. —Devolvió a Noé el móvil—. Esa mujer estaba enferma y esperaba un bebé. No sé explicar por qué lo sé, pero es así. ¿Es cierto?

Noé asintió.

—¿Y lo de su marido? —preguntó con timidez.

—Eso ha sido mucho más sencillo de descubrir —respondió Daniela—. Solo tuve que ampliar la foto y mirar la pupila izquierda de ella. Parece que tú no lo hiciste.

Noé le hizo caso, y lo que descubrió le estremeció. ¡Ahí estaba la razón por la cual Gabriel había empleado el plural al escribir aquellas frases en el documento que firmó para Pedro en Hospital de Órbigo!

—¡Cómo no lo he visto antes! —exclamó.

—Porque eres como la mayoría, que no ve, solo mira —apuntó Daniela.

En la pupila izquierda de Vega, aparecía autorretratado Gabriel.

—¡Increíble! —dijo Noé.

—Su marido era un pintor extraordinario —apuntó Daniela.

—Pero ¿cómo sabes que era su marido?

—Mira bien su mano derecha. Verás que lleva un anillo con el infinito, como ella. Luego, solo tuve que sumar una y una.

Noé se pasó la mano derecha por los ojos, como si así pudiera arreglar su torpeza.

—No te atormentes —dijo Daniela—. Tengo un don que casi nadie tiene, y a veces es un martirio. No creas que siempre me gusta ser tan diferente.

—¿Puedes ver algo más? Quiero decir, ¿crees que está viva aún?

El gesto de Daniela se endureció de pronto, cogió la mano derecha de Noé y le arrebató el móvil. Después, se sumió en otro de sus silencios.

—Murió —dijo al cabo de unos segundos.

Noé cerró los ojos, abatido.

—Esta mujer que ves en el retrato murió —apostilló la cordobesa.

—¿Qué quieres decir?

Daniela cogió la mano de Noé antes de responder.

—No he visto a nadie en el Camino que viaje en compañía de tantos muertos como tú. Esa mujer —lanzó una mirada al teléfono móvil— es la única de ellos que murió y superó la muerte. Tu amigo y tu madre, no.

Sin poder evitarlo, Noé se estremeció y endureció la mirada. Ella tomó sus manos entre las suyas y le susurró que estuviera tranquilo. Después, inesperadamente, besó en la mejilla a Noé con una dulzura como él jamás había sentido.

—Pero no me voy a acostar contigo —bromeó la cordobesa, y logró arrancar una sonrisa a Noé—. No lo haré, porque, además de lo que ya te he dicho, tenemos por delante una conversación que durará toda la noche.

Y así fue como el amanecer los encontró desnudos sin haberse quitado la ropa. Noé le había abierto su corazón a aquella extraña mujer que resultó ser fotógrafa de profesión, o al menos la fotografía era una de sus profesiones. También era masajista, y bruja a media jornada:

—A partir de las doce de la noche hasta que amanece, pero solo cuando me da la gana y para ayudar a quien decido —aclaró.

Antes del alba, los espíritus de Mari Loli y Ramón saludaron a su hijo y a su amigo, respectivamente, desde el mundo que habitaban. Daniela los trajo de la mano a este lado de la realidad con sus dedos fríos y su enorme sonrisa blanca.

Todo sucedió muy deprisa y del modo más inesperado. Daniela murmuró algunas palabras, tomó entre sus manos menudas la varonil mano derecha de Noé y le pidió que cerrara los ojos. Lo que vino a continuación fue inexplicable, porque cuando la enigmática cordobesa le ordenó volver a abrirlos, Noé se encontró frente a su madre y frente a Ramón. Ambos le sonreían y se acercaron hasta él. Una misteriosa fuerza impedía a Noé mirar alrededor, de modo que no sabía si aún se encontraba en el albergue o en otro lugar desconocido. Lo único que veía era una extraña atmósfera luminosa y, aunque no la veía, sentía a Daniela a su lado. Sus manos no estaban entrelazadas, pero sabía que estaba ahí, abrigándolo.

Y así fue como el destino le concedió la oportunidad de volver a hablar con las dos personas que más había querido durante unos eternos segundos. Unos segundos infinitos.

—No me hace falta una *ouija* para reconfortar tu alma —dijo la cordobesa cuando todo hubo acabado.

Y cuando todo hubo acabado, Noé se quedó profundamente dormido.

Poco después, comenzó el jaleo matutino propio de los albergues. Los más madrugadores se echaron al Camino en busca del ascenso a la Cruz de Ferro. Casi todos pensaban hacer noche en Ponferrada, y Noé también. Pero ¿y Daniela?

Noé la buscó por el albergue, pero no la encontró. Necesitaba preguntar si todo cuanto había sucedido la noche anterior había sido real o solo un sueño maravilloso. Alguien dijo haberla visto hundirse en la niebla de la mañana cuando aún reinaba la oscuridad. Iba sola, como sola había llegado.

Noé se despidió de Isabel y agradeció su hospitalidad. Ella le deseó buen Camino y volvió a mirarlo de aquel modo tan especial que hizo que Noé se sintiera tan desnudo ante ella como lo había estado frente a Daniela, sin quitarse la ropa.

Extrañamente, el día era por completo diferente al anterior: una espesa niebla impedía ver apenas el Camino y el azul del cielo de la víspera parecía un sueño.

El monte Irago se iba envolviendo cada vez más en aquella niebla obstinada que hacía que Noé escuchara las voces de otros peregrinos que iban por delante o por detrás de él, pero no veía a ninguno de ellos hasta que casi los tropezaba. El viejo Portus Montis Iraci que se menciona en el *Codex Calixtinus* se mostraba como un mal anfitrión, hosco y desapacible. Foncebadón, que en tiempos medievales fue un referente para los peregrinos gracias al trabajo de un eremita llamado Gaucelmo, pasó desapercibido para Noé, que subía prácticamente a ciegas por el sendero.

Supo que había alcanzado la Cruz de Ferro por el revuelo que organizaban algunos peregrinos que pretendían fotografiarse junto a la cruz y cumplir con el ritual de lanzar una piedra al humilladero, pero la niebla arruinaba sus fotografías.

Por lo que Noé había leído, aquella cruz de unos cinco metros de altura es una réplica de la que existía allí y que fue llevada al Museo de los Caminos de Astorga en 1976 para preservarla, aunque la primera cruz en aquel lugar se supone que la colocó el infatigable eremita Gaucelmo en el siglo XI. La finalidad del humilladero era orientar a los peregrinos para que no se perdieran en aquel monte, pero el Loco alertaba en su cuaderno sobre el poder telúrico de aquel lugar que, presumiblemente, se pretendió cristianizar con aquella cruz dispuesta a mil quinientos metros de altitud. Allí se abrían al peregrino las puertas de El Bierzo, y prácticamente las de Galicia.

Y luego estaba el ritual de las piedras.

Al pie de la cruz, había una pequeña colina formada por piedras de todos los tamaños depositadas durante años por los peregrinos. Noé había leído que la costumbre comenzó en los siglos XVIII y XIX, cuando los segadores gallegos que acudían a la siega en Castilla iniciaron la costumbre de dejar esa humilde ofrenda. Más tarde, los peregrinos hicieron suya esa tradición lanzando de espaldas al humilladero una piedra traída de su lugar de origen. También leyó de otra fuente que la costumbre de dejar una piedra en ese lugar viene de muy atrás, de hacía siglos, ya que en ese mismo enclave hubo una especie de templete dedicado al dios Mercurio, protector de caminantes y viajeros, y todo aquel que otrora pasara por este lugar sagrado y precristiano, dejaría su ofrenda pétrea y pediría protección y bendición del dios romano.

Noé no había olvidado traer su piedra. Pero más le hubiera valido no haber olvidado algo más que el Loco había escrito sobre aquel lugar.

Casi a tientas, buscó una pequeña piedra que había recogido en Ronda con el propósito de dejarla en aquel lugar. Hacía frío y tenía las manos ateridas. A pesar de su altura y de la montaña de piedras que tenía a sus pies, la cruz resultaba invisible. De hecho, Noé no veía un palmo más allá de sus narices cuando se puso de espaldas a la cruz, dispuesto a lanzar la piedra.

Fue en ese momento cuando algo lo golpeó en la cabeza y perdió el conocimiento.

Si Javier hubiera estado allí, le hubiera recordado que más le valía leer menos y sentir más.

—¿En qué casilla estás, Noé? Recuerda.

Y hundido en las sombras de su inconsciencia, Noé recordó que había llegado al laberinto.

—Y te has perdido —escuchó decir a Javier en sueños.

—¿Estás bien? ¿Me escuchas?

Al principio, la voz de Daniela llegaba de alguna galaxia muy lejana, pero o ella viajaba en el Halcón Milenario o era él quien lo hacía, porque cada vez le parecía más próxima. Y al fin, Noé abrió los ojos.

—¿Qué haces tú aquí?

—¡Hombre, muchas gracias! Yo también me alegro de verte —respondió la cordobesa irónica—. Al menos, podías darme las gracias por espantar al tipo que pretendía robarte después de casi romperte la cabeza con un palo.

—¿Qué? ¿Qué dices? —Noé trató de incorporarse, pero se mareó. Instintivamente, se echó mano al lugar de donde parecía proceder el dolor más intenso que recordaba y palpó un chichón enorme y también algo de sangre.

—Si creyera en la casualidad, te diría que fue una chiripa que yo estuviera sentada meditando entre la niebla cuando tú llegaste y no me viste —explicó Daniela—. Bueno, ni tú ni el hijo de puta que te atacó. Pero te dio con ganas en la cabeza y luego se puso a hurgar en tu mochila, hasta que yo empecé a insultarlo y a dar gritos para ver si venía algún otro peregrino. Entonces, tiró tu mochila y huyó.

—¿Sabes quién era?

—Ni idea —respondió Daniela—. Hay mucho cabrón en el Camino, como en todos los lados. Con esta niebla, no pude verle la cara.

Noé llegó a pensar en Juan Ponce, pero era imposible. Lo había dejado suficientemente atrás y había caminado lo suficientemente rápido con Javier como para que aquel cabrón estuviera lejos. Además, no había encontrado a los latinoamericanos en Rabanal ni durante el trayecto. No, concluyó: no podía ser Juan.

Cuando se sintió con fuerzas suficientes se arrodilló en aquel humilladero y depositó parte de las cenizas de Loli entre un nido de piedras. Daniela, a quien le gustaba sentirse libre para sentarse a meditar o cantar si le apetecía, no era amiga de caminar junto a nadie, pero no se sentía tranquila consigo misma si dejaba ir solo a aquel malagueño cuyo gesto con las cenizas de su madre le había conmovido. De modo que:

—Voy contigo —dijo a regañadientes.

Y si la niebla lo hubiera permitido, pero no lo permitió, se les hubiera visto pasar por Manjarín y atravesar la Calle Real de El Acebo antes de llegar a Molinaseca tan juntos que pudiera pensarse de ellos lo que no eran en modo alguno. Noé se sentía bien junto a Daniela, y aunque se moría de ganas por preguntarle qué demonios había ocurrido la noche anterior y cómo se obró el encantamiento que le permitió reencontrarse con su madre y con Ramón, no lo hizo. Daniela, que parecía conocerlo como si lo hubiera parido, zanjó el asunto preventivamente:

—Iré contigo, pero ni una palabra sobre lo de anoche —advirtió—. Solo te diré que tampoco yo sé de dónde me viene ese don, y no me siento cómoda hablando de ello fuera de las horas en las que ejerzo de bruja —añadió con una de sus enormes y extrañas sonrisas.

Llegaron a Ponferrada empapados por la niebla y mucho más tarde de lo que Noé había calculado. Pero al menos no faltaba nada en su mochila y su cabeza parecía estar hecha a prueba de garrotazos traicioneros, se consoló.

Ponferrada, la Pons Ferrata romana, apareció entre la niebla como una ciudad mágica. Lentamente, el velo se descosió ofreciéndoles una visión hermosa de la ciudad del puente de hierro sobre el Sil: la templaria capital de El Bierzo.

La huella del Temple salió a su encuentro de inmediato. La orgullosa e impresionante fortaleza que fuera declarada monumento nacional en 1924 estremeció a Noé. Al pasar junto a aquel castillo el recuerdo de Pablo, aquel músico con quien se sintió tan próximo como si fuera su hermano, cruzó por su mente y le pareció escuchar todas las historias que le dijo sobre los misteriosos caballeros. Y también recordó a Javier, porque había leído que en los muros de aquel castillo se habían encontrado grabadas varias letras tau, como aquellas del monasterio antoniano de Castrojeriz.

Pablo le había dicho que El Bierzo había sido un lugar clave para el Temple y que, por alguna razón que nadie sabe, pero que debió ser poderosa, construyeron un anillo de fortalezas en aquella comarca: Ponferrada, Bembibre, Cornatel, Corullón y Pieros.

—¿Por qué? —murmuró Noé absorto ante la fantástica fortaleza.

—Por qué, ¿qué? —preguntó Daniela.

Noé la miró asombrado. Estaba tan ensimismado que había olvidado a su amiga.

—Perdona, es que conocí a alguien en el Camino que sabía mil cosas sobre los templarios y sus secretos, y se preguntaba el motivo por el cual los caballeros habrían construido tantas fortalezas en El Bierzo.

—Para custodiar algo valioso, supongo —respondió Daniela encogiéndose de hombros—. Un tesoro, tal vez. —Y propinó un codazo a Noé—. Anda, vamos al albergue a ver si te miran ese chichón que tienes en la cabeza, que yo creo que te está afectando más de lo que parece.

Noé se echó a reír y siguió a Daniela, pero sintió clavada en su espalda la mirada de aquella sombría fortaleza y la de los fantasmas que la habitaban.

Una vez se acomodaron en el albergue, y después de que Daniela le curase la herida, Noé releyó lo que la guía decía sobre el castillo templario, que al parecer se había construido sobre lo que inicialmente no fue sino un poblado de paredes de barro.

Los freires reforzaron la primitiva fortaleza con un muro de cal y canto en el siglo XIII. Pero cuando la orden cayó en desgracia y le fueron arrebatadas todas sus propiedades, el lugar pasó a manos de Pedro Fernández de Castro, que ordenó construir un castillo en un extremo del recinto, el llamado Castillo Viejo. Más tarde, en el siglo XV, Pedro Álvarez Osorio, conde de Lemos, realizó obras en el recinto amurallado, hasta que pasó a ser llamado Castillo Nuevo. Y su nieto, el siguiente conde de Lemos, terminó por adoptar como divisa la tau que ya usara su abuelo. Pero tuvo la mala ocurrencia de sublevarse contra los Reyes Católicos y, tras ser derrotado, Isabel y Fernando tomaron el castillo en 1483.

—Oye, ¿por qué dijiste antes que los templarios debían custodiar un tesoro? —preguntó Noé a Daniela.

La morena acarició el *piercing* de su nariz y sonrió.

—Porque soy bruja y ya sabes que veo lo que tú no ves. Me lo dijeron los espíritus del castillo —dijo muy seria.

Noé estuvo a punto de echarse a reír, pero algo en la mirada grave de su amiga se lo impidió. Ella zanjó la cuestión dándole la espalda y salió de la habitación.

CAPÍTULO 15
Copa de corazones

—Iré contigo hasta O Cebreiro, si no te parece mal —dijo Daniela al amanecer.
—¡Genial! Pero ¿por qué hasta allí? ¿No vas hasta Santiago?
—Voy a mi ritmo. A veces andando, y a veces volando —respondió la cordobesa con aquella sorna que uno no sabía si tomar en broma o en serio—. Me esperan unas amigas a las puertas de Galicia. Meigas, ya sabes… —y se echó a reír.
Y dejó a Noé con la misma cara de pasmado que de costumbre. La misma que la noche en que ella obró el prodigio de permitirle reencontrarse con Loli y Ramón; la misma que se le había quedado la tarde anterior, cuando le confesó que los espíritus que habitan la fortaleza de Ponferrada le habían hablado. Y mientras él trataba de digerir lo que ella le había dicho y discernir si era broma o no, Daniela saltó de su litera y se dirigió al cuarto de baño.
Media hora más tarde, el castillo templario los observó con indiferencia: un hombre con un sombrero marrón oscuro, una barba rasposa salpicada de canas, unas gafas de sol, más delgado que cuando empezó el Camino, apoyado en un cayado y cargando una mochila menos pesada que cuando llegó a Jaca. Y ella: casi tan alta como él, pero delgada, con unos enormes ojos negros, el cabello largo y oscuro, los *piercings* de la inconformidad reluciendo, la mirada grave de quien ve donde otros solo miran…
—¿Es verdad que puedes verlos? —preguntó Noé.

—Como te veo a ti, pero no siempre sucede —respondió Daniela—. Ocurre a veces, no solo cuando yo quiero, sino sobre todo cuando quieren ellos.

—¿Y quieren ahora? —tanteó él.

—Están deseando charlar —dijo ella, sin apartar la vista de un rincón del patio de armas.

Noé tragó saliva.

Había algo mágico en aquella región, y no era sugestión tras haber releído la noche anterior la leyenda que aseguraba que en el siglo V el arcediano de Astorga santo Toribio trajo a aquellas tierras una estatua de la Virgen y fragmentos de la cruz de Cristo, entre ellos el famoso *Lignum Crucis* que se custodia en el monasterio que lleva su nombre en Liébana. Ni tan poco era producto de una mala digestión tras leer que en 1178, mientras los freires recogían madera en los bosques para fortalecer las defensas de aquel castillo, un caballero advirtió unas luces en el bosque y se acercó a ellas. Al aproximarse descubrió una encina cuyo tronco estaba horadado, y en su interior se ocultaba una pequeña talla de la Virgen.

Las autoridades resolvieron el misterio asegurando que aquella debía ser la Virgen que, siglos antes, había traído desde Palestina santo Toribio, y resolvieron dejarla allí. Luego llegarían los milagros y el culto cristiano convirtiendo a la Virgen de la Encina en patrona del lugar, pero...

—Era la Madre Tierra, por mucho que la vistan de lo que quieran —dijo de pronto Daniela, que parecía leer siempre los pensamientos de Noé. Y seguía sin apartar la mirada de aquel rincón del patio de armas en el que no había nadie—. La Iglesia siempre jodiéndolo todo.

Noé la miró estupefacto y después entornó la mirada intentando escudriñar qué era lo que ella observaba. Intrigado, dio un paso al frente, pero ella lo detuvo.

—No te muevas —dijo Daniela arrastrando las palabras.

Y al cabo de unos segundos, el hechizo se quebró. La muchacha se volvió a hacia él y le regaló una de sus sonrisas relucientes.

—¿Nos vamos?

Noé recorrió con la mirada la fortaleza y la detuvo en el misterioso rincón del patio de armas.

—¿Qué coño ha pasado ahí? —preguntó antes de seguir a Daniela, que ya se dirigía hacia la puerta del castillo.

—Ya te dije que tenían ganas de hablar —respondió. Y sin más, le dio la espalda y salió a la calle.

En alguna parte de su cabeza, Noé creyó escuchar a Javier recordándole que debía sentir más y leer menos. Pero ¿cómo iba a permanecer impertérrito mientras alguien aseguraba haber mantenido una conversación muda con el espíritu de un caballero templario o tal vez con los de toda la guarnición?

Y lo peor era que ya conocía lo suficiente a Daniela para saber que, al menos en eso, se parecía a Javier: no había modo de sacarles las palabras ni con un sacacorchos si ellos no querían. Y resultó que en ese momento, Daniela no quería.

—Tu problema es que no ves las cosas como es debido —le dijo la cordobesa ya en las afueras de Ponferrada—. Te pasa como a toda esa gente que se cree esas historias de Vírgenes cristianas que aparecen por todos los lados. La Iglesia acabó con el culto a la Diosa Madre y con sus sacerdotisas, a las que condenó por brujas. Pero las leyendas hablan de la Diosa, que se aparece en los árboles, en los ríos, en las cuevas y en los montes. Y la Iglesia no pudo evitarlo ni podrá.

—Eso lo puedo entender y compartir —concedió Noé—, pero lo otro, lo que ha pasado en el patio de armas…

—Lo que te digo, que no ves las cosas como es debido —insistió Daniela—. Ese amigo tuyo, el vasco, tenía razón.

De pronto, se detuvo ante una pequeña iglesia.

—He hecho el Camino muchas veces —confesó—. A veces andando…

—Y otras volando, ya lo sé —añadió Noé simulando enfado.

—Tú ríete —dijo la cordobesa—. Lo he hecho las veces suficientes como para saber que las cosas no son lo que parecen. Por ejemplo, esta iglesia. —Lanzó una mirada al pequeño templo—. ¿Qué te parece?

Noé se encogió de hombros.

—¿Lo ves?, no lo ves —dijo Daniela haciendo un juego de palabras—. Santo Tomás de las Ollas. Cualquier experto en arte te diría que es una obra en la que se advierte la influencia mozárabe, con un ábside cuadrado —apuntó con el dedo índice de su mano derecha hacia la cabecera de la iglesia—. Pero resulta que por dentro es totalmente diferente: el ábside es ovalado. O sea, que por fuera parece una cosa y por dentro es otra. Y eso pasa en muchos lugares del Camino por los que ya has pasado y otros a los que aún no llegaste.

Noé miró con perplejidad la iglesia y se preguntó cuántas veces habría hecho el Camino su extraña amiga.

—Quince veces —respondió ella a la silenciosa pregunta.

—¿Cómo demonios haces eso? —protestó Noé—. Javier también parecía leerme el pensamiento.

—Es que eres tan simple... —rio ella—. ¿Nos vamos?

—¿Andando o volando? —refunfuñó Noé.

Ella lo miró de arriba abajo y volvió a reír a carcajadas.

—Me temo que contigo tendré que ir andando.

Al llegar a Columbrianos saludaron a varios grupos de peregrinos, y Noé buscó entre ellos a sus amigas Diana y Clío, pero no las encontró. Era imposible que el grupo liderado por Juan Ponce hubiera recuperado la ventaja que les sacaba después de que el guía se hubiera tenido que quedar descansando en Terradillos de los Templarios. No, Juan no podía ser el misterioso ladrón que lo golpeó en la Cruz de Ferro.

Atravesaron en silencio Camponaraya y a la salida del pueblo hicieron un alto. Dijeron adiós a un par de peregrinas norteamericanas y se sentaron a la vera del Camino.

—Dijiste que los templarios custodiaban un tesoro en esta zona —dijo Noé probando suerte, a ver si Daniela se mostraba receptiva y con ganas de hablar del asunto.

La cordobesa masticaba una manzana y se limitó a asentir en silencio.

—Ya sabes que se dice que los templarios poseían el arca de la alianza, el grial u otros objetos de poder —insistió Noé.

Daniela terminó de devorar la manzana y se volvió hacia él.

—Pero mira que no aprendes, ¿eh? —Meneó la cabeza—. No sé qué tesoro guardaban, pero parece evidente que, si tenían por aquí todas esas fortalezas, sería por algo, ¿no crees? Después de todo, ¿no estuvieron también los romanos en Las Médulas, que están aquí cerca, sacando oro? Algo hay en El Bierzo, algo poderoso.

—Pero Roma ya se llevó todo el oro —objetó Noé.

En otro tiempo, los romanos habían horadado aquellas montañas rojas empleando la presión del agua, que arrastraba la tierra a través de siete canales. Aquella técnica era conocida como *ruina montium,* y Noé había leído que llegaron a trabajar en aquellas minas más de treinta mil esclavos, que extrajeron de la tierra novecientos mil kilos de oro para las arcas de Roma. El paraje es monumento natural desde 1931 y Patrimonio de la Humanidad desde 1997.

—Los tesoros no siempre son de oro, ni siempre tienen que ver con la puñetera Iglesia —replicó Daniela—. Mira que no hay modo de que la gente vea más allá de lo que dicen las sotanas… ¿El grial? ¿El arca de la alianza? Anda que no habrá secretos más importantes —y volvió a reír como solo ella sabía hacerlo.

Noé no insistió. Sabía que, cuando Daniela zanjaba una conversación con una de sus carcajadas, no había nada que hacer, de modo que prefirió caminar a su vera en silencio. Y le gustaba hacerlo. Daniela era una extraña belleza, irreverente, anárquica, inclasificable, pero una belleza a su modo. Y sentirla cerca de él resultaba agradable y cálido. Y eso que ella ya le había dejado bien claras las cosas: nada de amoríos ni sexo entre ellos.

Pero, aun así, Noé la miraba y admiraba cuando creía que ella no se daba cuenta. ¿O sí se daba? A veces, Daniela se giraba y lo miraba con sorna, y Noé sentía que lo radiografiaba.

Y así, llegaron al Carcavellus del *Codex Calixtinus.*

—Aquí, voy a ser yo quien te muestre una curiosidad que he leído en… —Noé dejó en suspenso la frase. A Daniela le había hablado de la carta de Gabriel, pero no del cuaderno del Loco, ni siquiera cuando ella le preguntó qué demonios querría robarle el misterioso ladrón de la Cruz de Ferro.

—Lo has leído en... —le animó la cordobesa.

—En una guía —mintió Noé—. Ven, vamos.

Y apretó el paso por la calle de los Peregrinos que atraviesa Cacabelos.

A la salida del pueblo Noé se detuvo frente a una iglesia.

—Santuario de la Quinta Angustia —dijo señalando el templo con la barbilla. Y luego condujo a su amiga hasta la puerta de la sacristía—. Ahí tienes al Niño Jesús jugando a las cartas. Es una talla de finales del siglo XVIII o comienzos del XIX, y algunos dicen que el fraile que juega con Jesús es san Antonio.

—Los misteriosos antonianos de tu amigo Javier, otra vez dando de qué hablar —bromeó Daniela, que sin embargo no quitaba ojo de la curiosa escena—. Tengo que reconocer que nunca lo había visto.

El monje, o santo parecía entregar al Niño la carta del cuatro de copas, mientras que Jesús le devolvía un cinco de oros.

—Lo mundano, en las copas, y lo alquímico, en el oro —comentó Noé, para darse importancia—. Estamos cada vez más cerca de la resurrección.

Daniela lo miró y alzó una ceja. Después, torció los labios en algo parecido a una sonrisa antes de decir:

—Para resucitar hay que morir primero, y a ti te veo aún demasiado crudo para eso.

Noé encajó el golpe, pero contraatacó con mucha habilidad.

—¿Y Vega? ¿Ella sí estaba preparada? Cuando te mostré sus fotos dijiste que aquella mujer había muerto.

Daniela comprendió el ardid de Noé.

—De modo que, como no sabías cómo volver a sacar el tema, has montado esta estrategia con el Niño de marras incluido —bufó la morena de los *piercings*.

Noé se encogió de hombros.

—Cada uno usa las armas que puede —se disculpó.

—Yo no sé qué le sucedió a la mujer de la foto, solo te puedo decir lo que sentí al verla —explicó Daniela a regañadientes—. Vi la muerte y la vida en ella y sentí que aquella versión suya había muerto. No sé más y no te puedo decir más.

Noé asintió en silencio. Después, miró por última vez la singular talla y fue tras Daniela.

Llegaron a Villafranca del Bierzo cuando la tarde comenzó a teñirse de un color dorado. Y apenas pusieron un pie en la Pequeña Compostela, como se conoció a la capital de El Bierzo entre 1822 y 1838, Noé se estremeció. Aquellas calles empedradas cuya primera versión surgió durante la época de las repoblaciones por impulso del rey Alfonso VI, estaban repletas de historia, en gran medida escrita por los monjes de Cluny. De ahí, su nombre: los francos. En alguna parte, Noé había leído que Villafranca era conjunto histórico-artístico desde 1965. Ahora sabía por qué.

—Una de las ocas del Camino —comentó a Daniela, con quien había tenido tiempo de hablar largo y tendido sobre la relación entre el popular juego y la ruta jacobea.

—A ver si damos un salto en el tablero —dijo ella, siempre socarrona—. Yo, a lo mejor, me voy volando para allá arriba. —Señaló las montañas que daban paso a Galicia, arropadas por nubes grises.

—¿Usáis escobas o todo eso ha quedado desfasado? —preguntó Noé siguiendo el juego.

—Lo del palo de la escoba tiene su historia, pero te vas a quedar con las ganas de que te dé los detalles —y se echó a reír como solo ella sabía hacerlo.

Noé se ruborizó, contra todo pronóstico. Y ella rio aún más fuerte.

Después de acomodarse en el albergue de La piedra, uno de los encantadores lugares para peregrinos con que cuenta Villafranca, gestionado por una joven y encantadora pareja, Livia y Unai, salieron a dar un paseo hasta la iglesia de Santiago.

—Si mañana te has ido volando, podré pedir el perdón aquí y no seguir adelante —dijo Noé al llegar al templo, donde varios peregrinos fotografiaban una de sus puertas. Noé se llevó a Daniela del bracete hasta el lugar que todos retrataban—. La Puerta del Perdón.

—Oye, no me des lecciones, que ya he pasado por aquí antes —le recordó Daniela—. Pero, como yo no creo en el pecado, tampoco en su perdón, así que a mí me trae sin cuidado que la gente creyera que aquí podía conseguir el jubileo en caso de estar enfermos y no poder seguir hasta Santiago.

Noé se preguntó en qué creía exactamente aquella curiosa compañera que el destino le había prestado solo temporalmente, hasta O Cebreiro, donde la esperaban para un aquelarre. ¿Sería verdad?, pensó.

Pero no importaba lo que Daniela creyera o no. La realidad histórica era que el papa Calixto III había concedido ese privilegio a Villafranca del Bierzo y a aquella iglesia de estilo románico lombardo que contaba con una puerta a la que todo el mundo rendía visita por la decoración de sus capiteles.

—Mira, descreída —reconvino Noé a su amiga—: una hermosa representación del calvario, la adoración y el viaje de los Reyes Magos.

—¡Precioso! —repuso Daniela muy seria—. Oye, que yo no pongo en duda la riqueza artística de ningún lugar ni el mérito de los artistas; lo que me hace gracia es que nadie repare en que no quisieron decir exactamente lo que la Iglesia quería.

¿Sería posible que Daniela tuviera ideas parecidas a las que el Loco había dejado escritas en su cuaderno?, se preguntó Noé. Y salió de dudas de inmediato.

—A ver, el calvario ese no tiene nada que ver con Jesús, sino con la muerte iniciática, que es lo que se practica en el Camino, como estoy segura de que ya sabes, pero no te acabas de creer del todo. En la ruta se muere y se renace, como Vega. —Daniela acarició el capitel donde Jesús aparecía en la cruz, y luego se giró hacia Noé—. Y los magos, amigo mío, siguen la luz que derrama el conocimiento, que nada tiene que ver con lo que lees en las guías y sí más con lo que escribió Gabriel en esa carta que tanto te obsesiona.

—Pero Vega se moría de cáncer. No buscaba un renacimiento iniciático o metafórico —recordó Noé algo crispado.

—¿Sabías que esta iglesia se construyó sobre un lugar donde hay corrientes telúricas poderosas? ¿Crees que la elección fue al azar? ¿Sabías que la energía de la Tierra es capaz de obrar prodigios que los cristianos calificarían de milagros? No, ¿verdad? —Clavó sus ojos negros en los de Noé y pareció explorar sus entrañas—. O sí, sí que lo sabes. Sabes más de lo que me dices. Pero, si sabes más de lo que dices, ¿por qué no terminas de creerlo?

—Porque no me atrevo —admitió Noé, y sus palabras salieron de un tirón de su boca.

Se dejó caer en la escalinata situada a los pies de la puerta de la iglesia. Daniela se sentó a su lado y puso su fría mano derecha sobre la rodilla de su amigo. Noé la miró y ella lo besó en la mejilla con la misma dulzura que la primera vez. Aquello desarmó a Noé, y sacó de su bolso en bandolera el cuaderno del Loco y se lo mostró a Daniela.

Daniela leyó aquella noche de un tirón el misterioso cuaderno de tapas de color violeta, y su contenido le entusiasmó.

—Es extraordinario, maravilloso —dijo apenas amaneció a un somnoliento Noé—. Sobre todo, porque me da la razón a mí en muchas cosas —bromeó.

—A lo mejor el que lo escribió era un brujo de esos amigos tuyos —comentó Noé.

—Un brujo, no lo sé. Pero desde luego que no era un cura ni un meapilas de esos que una se encuentra por el Camino y que no tienen ni puta idea de por dónde andan en realidad —sentenció la cordobesa mientras ultimaba su equipaje. En el albergue reinaba el guirigay de cada mañana, y todo el mundo se aprestaba a ir en busca de la empinada subida a O Cebreiro—. ¡Joder, Noé! Si lo tienes todo aquí; aquí tienes las respuestas, pero tenía razón tu amigo, el vasco: te falta sentir y creer lo que te aprendes de memoria. Y mira que te han pasado cosas ya... Si hasta has visto a tu madre —añadió bajando la voz.

—Eso sí que no lo he entendido aún —admitió Noé.

—Ahí lo tienes: que no se trata de entender, que tienes que mirar con el corazón. Déjate llevar por la intuición un poco, y baila, coño, que la vida te silba al oído. ¿De qué te sirve que yo te explique cómo ocurrió todo, si es algo que únicamente puedo sentir yo y ni siquiera controlo? Quédate con lo importante: que hablaste con tu madre y con tu amigo.

El malagueño se mordió el labio inferior y encajó la reprimenda.

Antes de abandonar el albergue, Noé fue a despedirse de un hombre que había conocido la tarde anterior cuando salió de la iglesia de Santiago. Un hospitalero que regentaba el albergue que está junto al citado templo. Un viejo conocido de los peregrinos a quien la noche anterior había preguntado sobre Vega y Gabriel, como de costumbre. ¿Los recordaba? ¿Había oído hablar de ellos? El hombre estudió el retrato que Noé le mostró en la pantalla del teléfono móvil a través de sus espesas cejas canas, y sus arrugas parecieron más profundas aún de lo que eran. Al cabo de unos segundos, negó con la cabeza.

—Pero no te fíes de mi memoria, porque no me fío ni yo —dijo Jato, como todo el mundo lo conocía.

Sin embargo, cuando Noé se acercó a saludarlo, le espetó:

—A la rubia esa del retrato no la recordaba, pero cuando me hablaste del perro...

—Trisquel —dijo Noé expectante.

—A ese sí que lo recordé. Ya lo creo. No se meneó de la vera de la pareja.

—Entonces, ¿pasaron por aquí?

—¿No te lo estoy diciendo, chaval? No he visto un perro más contento que aquel, y eso que ellos desentonaban en medio de la alegría del animal.

—¿Por qué dice eso?

—Porque el hombre parecía apesadumbrado, y ella llegó aquí muy fatigada. Dudé sobre que tuviera fuerzas para llegar a Fisterra. —Miró a Noé con sus ojillos ribeteados de arrugas y preguntó—: ¿Qué fue de ellos? ¿Por qué me preguntas si los vi?

Noé se sacudió las preguntas con un puñado de frases donde la verdad aportaba apenas un diez por ciento y el resto las construyó con mentiras. El hospitalero meneó la cabeza.

—Con ese hueso, a otro perro, chaval —dijo—. Tú sabrás por qué preguntas por ellos, que a mí me da igual. He visto pasar a miles de peregrinos por aquí, y cuando cruces el puente sobre el río Burbia —añadió con un movimiento de cabeza apuntando al frente— serás como ellos: un recuerdo que se me irá borrando de la memoria.

Daniela, que había escuchado la conversación sin decir una palabra, aguardó a salir a la fría mañana berciana para dar su opinión:

—Se gana más con la verdad que con la mentira.

Noé refunfuñó, pero no respondió.

Y como si fueran un matrimonio que acabara de tener una bronca, no se dirigieron la palabra hasta que llegaron a Trabadelo, donde se detuvieron para comer y beber antes de afrontar la subida a las puertas de Galicia.

—¿Qué querías que le dijera? ¿Acaso que persigo la sombra de una mujer que se moría de cáncer y que luchaba por parir a su hijo? ¿Querías que le hablase de la alquimia, del grial, del juego de la oca? ¿Crees que me iba a creer?

—¿Sabes que ese hombre es una institución en el Camino? —replicó Daniela—. Algunos lo alaban y otros lo critican, pero estoy segura de que ha oído de todo, y tu historia no sería tan extraña para alguien que lleva toda la vida en el Camino, no como tú, que pasas por aquí por primera vez en tu vida y tal vez no vuelvas jamás.

—Si no te sientes cómoda conmigo, ya sabes..., siempre te puedes ir volando —le espetó Noé, y de inmediato se arrepintió por aquellas palabras.

Por un segundo, los ojos negros de la cordobesa parecieron humedecerse, pero se rehízo y los cerró, vedando su intimidad. Cargó sobre su espalda la mochila y se alejó a buen paso.

De pronto, comenzó a llover.

Vega de Valcarce está construida entre dos viejos castros: Vega y Sarracín. Cuando llegaron al pueblo, la lluvia fina se había convertido en un chaparrón violento. Noé, que no había sabido cómo volver a hablar a Daniela, buscó resguardo bajo el balcón de una de las casas de la aldea, pero ella no se detuvo.

—¿Estás loca? ¡Te vas a empapar! —gritó.

Pero Daniela ni siquiera se giró y se perdió en la cortina de agua en dirección a Ruitelán primero y a Las Herrerías después.

Noé dudó qué hacer. ¿Iba tras ella y se empapaba, o aguardaba a que escampara la tormenta? Finalmente, decidió lo segundo, y tal vez no tanto por la incomodidad de mojarse como porque aún le escocían los reproches de la cordobesa.

Pero media hora después, la lluvia no amainaba, y Noé comenzó a impacientarse. Temía que, al llegar a O Cebreiro, Daniela se fuera con sus amigas las meigas adonde quiera que tuvieran pensado ir y no podría siquiera despedirse de ella. Aunque no lo quería admitir, se había acostumbrado a caminar en compañía de aquella extraña mujer.

—¡Al diablo! —dijo, zanjando así las dudas y poniendo el punto y final a su soliloquio.

Y comenzó a caminar por aquel sendero que ascendía entre bosques de castaños hasta que llegó a un cruce y eligió la variante izquierda, hacia Las Herrerías. Por lo que había leído en la guía, el nombre le venía al pueblo como herencia de las fraguas que existieron allí a comienzos del pasado siglo.

Al salir de Las Herrerías, el cielo pareció desplomarse sobre él: la lluvia era más que torrencial y apenas permitía ver el camino que, ahora sí, se empinaba como si fuera a ir a parar a las nubes. El resto de los peregrinos había desaparecido. Noé supuso que se habrían abrigado en alguno de los pueblos que él había dejado atrás y aguardarían a que la lluvia cesase. De Daniela tampoco había rastro. La media hora que perdió en Vega pesaba ahora como una losa. Aunque había confiado en recortar las distancias con la cordobesa, no lograba darle alcance.

Tan obcecado estaba Noé con apretar el paso todo lo que aquella empinada cuesta permitía, a pesar de que apenas veía debido a la cortina de lluvia, que no reparó en que alguien parecía tener mucho interés en darle alcance. A sus espaldas, un hombre subía por aquella *corredoira* como si en ello le fuera la vida.

Noé y su desconocido perseguidor dejaron atrás La Faba y encararon los dos kilómetros que los separaban de Laguna de Castilla, el último pueblo de León antes de alcanzar, casi tres kilómetros después, O Cebreiro. El último repecho se entreveía entre la lluvia, y Noé entornó los ojos con la esperanza de ver a Daniela, pero no parecía haber rastro de ella. En cambio, el desconocido perseguidor estaba cada vez más cerca; tanto como para asestar a Noé un golpe con su cayado, que ya blandía con esa intención cuando se escuchó una voz entre la lluvia y la niebla.

—¡Noé! ¡Aquí!

Daniela emergió de pronto entre unos castaños como si fuera una deidad celta que brotara de la tierra. Al escucharla, el misterioso perseguidor se detuvo en seco y buscó un burladero entre la maleza para no ser descubierto.

—¿De dónde sales tú? —preguntó Noé sin poder ocultar su alegría al ver de nuevo a su amiga. Daniela parecía calada hasta los huesos, pero sonreía. El rimel chorreaba por sus mejillas, y el cabello aparecía aplastado y desgobernado.

—¡Joder! ¡Estoy empapada! —dijo—. Tenía que haberme quedado contigo en Vega, pero estaba tan cabreada... —Miró de arriba abajo a Noé y se echó a reír—. Pero veo que tú estás guapo también.

—Creía que habrías subido a O Cebreiro volando —bromeó Noé.

—¿Y dejarte a ti por aquí solo con lo torpe que eres? No, hombre. Decidí esperarte ahí, detrás de esos árboles, que hay una cabaña de pastores. Habrá que despedirse bien allá arriba, ¿no te parece? —Lo miró con aquellos ojazos negros, divertida—. Además, quiero que conozcas a mis amigas.

Noé asintió, y juntos reemprendieron la ruta hasta que llegaron a las puertas de Galicia, el primer pórtico de la gloria peregrina. Allí, a 1300 metros de altura, la niebla era espesa, pero dejó de llover. Los dos se miraron y sonrieron. Noé estaba emocionado al ver aquellas chozas de piedra que llaman pallozas y que parecían transportarle a uno a una época remota, a un mundo desconocido. Ninguno de los dos reparó en el sigiloso perseguidor, que llegó a las primeras casas de aquel enclave encantado poco después y se ocultó tras una de ellas.

—Ven conmigo —propuso Daniela, que parecía encontrarse como en su casa en aquella tierra donde los muertos salen en procesión en la Santa Compaña y las brujas no son cosa de cuentos.

De pronto, salió a su encuentro la silueta robusta y sincera de Santa María la Real.

—La iglesia del grial —murmuró Noé.

Daniela lo miró de reojo y sonrió.

—El grial está en el corazón —recuerda, dijo la cordobesa—. Eso es lo que dice ese cuaderno que encontraste, así que déjate ya de andar buscando quimeras.

—Pero ya sabes lo que pasó aquí: un milagro.

Noé se refería a la leyenda que aseguraba que a comienzos del siglo XIV un vecino de Barxamaior, un pueblo próximo a Cebreiro, acudió a oír misa en aquel templo a pesar de la fuerte nevada que caía sobre aquellos montes. Entró en la iglesia en el momento en el que el sacerdote se disponía a consagrar el pan y el vino de espaldas a los bancos vacíos. Al oír los pasos del inesperado y único feligrés, el cura murmuró su sorpresa porque alguien osara desafiar la tormenta para oír misa y comulgar, y se obró el prodigio: en ese mismo momento, el pan se convirtió en carne y el vino en sangre.

Daniela alzó la ceja derecha.

—Cuentos de viejas —afirmó—. La Iglesia siempre se ha sacado de la manga historias de esas para ganarse al pueblo y sacarle los cuartos mostrándole cálices y patenas como las de ahí. —Señaló al altar una vez pusieron los pies dentro del templo.

—En otro tiempo, la Inquisición te hubiera quemado —aseguró Noé.

—¿Y quién te dice a ti que no lo hizo? —replicó Daniela.

Noé recibió la frase como un puñetazo en el estómago, porque nunca estaba seguro de si su amiga hablaba en serio o en broma cuando le arrojaba frases tan inesperadas. Pero no tuvo tiempo de pedirle que le aclarara lo que había querido decir, porque la cordobesa se encaminó hacia el rincón más oscuro de la iglesia, donde había tres mujeres sentadas en las que él no había reparado.

Daniela las saludó efusivamente y las besó en los labios suavemente. Noé se sorprendió al ver aquella escena. Supuso que las desconocidas eran las famosas amigas que aguardaban a Daniela. Dos de ellas parecían muy jóvenes, de veintitantos años, según calculó. Eran de complexión delgada y de estatura normal. Vestían pantalones vaqueros, botas de montaña y ropa de abrigo. Eran morenas y de aspecto agradable, aunque había algo extraño, sombrío o melancólico, en su mirada. La tercera mujer era bastante más mayor, tal vez de unos cincuenta y pico años, robusta, abrigada con un viejo chaquetón de color verde, pantalones negros y botas de montañero. Cuando Daniela la presentó, la mujer mayor miró a Noé con recelo y farfulló algo ininteligible.

Las tres desconocidas hablaban con un marcado acento gallego. Parecían hacer un gran esfuerzo por expresarse en español para que Daniela las entendiera.

La cordobesa resumió el modo en que había conocido a Noé y habló a sus amigas de Vega y Gabriel. Las dos jóvenes pidieron ver las fotografías del retrato que Noé tenía en su móvil. Parecían interesadas por aquella historia de amor.

—Esa mujer murió —dijo la más menuda de las muchachas. Tenía una voz dulcísima, casi irreal.

—Y vivió —añadió la otra, cuyo tono de voz era más grave, pero igualmente musical y extraño.

Daniela se volvió hacia Noé.

—Te lo dije.

Él asintió, sin atreverse a decir ni pío, porque la otra mujer no apartaba la vista de él y de su mochila.

—Lo que llevas ahí adentro te perseguirá aunque lo entierres en el Camino —dijo la desconocida arrastrando las palabras medio en gallego, medio en español. Y puso su mano sobre la de Noé—. ¿Lo ves? —dijo.

Y en ese momento, la mirada de Noé se emborronó. Las cuatro mujeres desaparecieron de su vista, y también los bancos vacíos de aquella iglesia extraña. Entre las sombras a las que había ido a parar, vio avanzar a su madre, que le sonreía. Él se levantó y corrió a su encuentro. Quería hablarle, decirle cuánto la quería y la echaba de menos, pero no podía. Ningún sonido salía de su boca, aunque podía escuchar todo cuanto Loli le decía a pesar de que ella tampoco despegó los labios. Mari Loli lo acarició con sus palabras, una suerte de nana que sosegó el encabritado corazón de su hijo.

Cuando su madre anunció que debía marcharse, Noé intentó abrazarla, pero apresó el vacío con sus brazos.

Al abrir los ojos, se encontró con la mirada poderosa de la misteriosa gallega.

—Aquí, la muerte no es tan poderosa —dijo la desconocida. Y señaló una ventana situada en el ábside—. En el solsticio de verano la claridad entra por ese ventano y se dibuja aquí mismo —señaló el suelo del templo junto a sus pies— un sepulcro de luz.

—¿Lo entiendes ahora? —intervino Daniela—. Es lo que te quería decir antes: el grial es un cuento, un anzuelo de los curas. Lo que sucede es que este lugar es una puerta no solo de entrada a Galicia, sino a la inmortalidad. Pero para eso, hay que vaciar el corazón. Si la copa está llena de odio y miseria, no la puedes llenar de luz. La copa que lleva a la inmortalidad es tu corazón, Noé.

—En estas tierras, los muertos conviven con los vivos. No hay nada extraño en ello, nada milagroso —dijo la meiga más vieja.

Las dos jóvenes rieron. Daniela, también.

—Encontrarás a esa mujer de la fotografía si sigues el Camino de las Estrellas. Mira al cielo —dijo la bruja—. Y ahora, cierra los ojos.

Noé obedeció y sintió los labios de Daniela en su mejilla. Los reconoció por su dulzura; los reconoció porque ella murmuró algo que tardaría aún días en comprender.

Cuando abrió los ojos, las cuatro mujeres habían desaparecido.

CAPÍTULO 16
La casilla 58

Noé jamás olvidaría aquella noche en O Cebreiro. Había buscado con desesperación a Daniela y a sus enigmáticas amigas entre las pallozas y los bosques próximos. Necesitaba volver a ver a su madre con la misma apasionada adicción que un drogadicto siente por la sustancia de la que es devoto, y aquellas brujas anacrónicas eran las únicas que podían suministrarle la mercancía que necesitaba. Pero no encontró rastro alguno de ellas. Fuera de Santa María la Real solo se tropezó con peregrinos a quienes no conocía y con un paisaje verde y melancólico.

Interrogó a todas las personas que encontró, pero nadie había visto a las cuatro mujeres. Algunos peregrinos lo miraban de soslayo y murmuraban a sus espaldas. Noé les debió parecer un loco o uno de esos excéntricos que salpicaban la ruta jacobea convirtiéndola en una pista de circo que provoca sonrojo.

Tras una búsqueda infructuosa que se prolongó durante una hora, decidió dirigirse al albergue que gestiona la Xunta de Galicia, no fuera a ser que no quedaran plazas libres. Y tras sellar su credencial y acomodarse en el establecimiento, volvió a recorrer las pallozas y los alrededores.

Cuando la noche comenzaba a dejarse ver, regresó a Santa María la Real, pero esta vez no entró en el templo, sino que lo rodeó. Acarició sus piedras y dejó que su corazón lo condujera al lugar más idóneo. No había nadie en las inmediaciones de la iglesia, o al menos eso creyó, y cerró los ojos en busca de una respuesta. Al cabo de unos segundos, escuchó el canto de un jilguero. El pájaro se había posado sobre las ramas de uno de los árboles que parecían velar por la iglesia de O Cebreiro, y Noé supo dónde debía dejar parte de las cenizas de su madre.

Mientras depositaba los restos con delicadeza y los cubría con aquella tierra celta, regresaron a su mente todos los detalles de los dos encuentros que había tenido con Loli por mediación de Daniela en primer lugar y de la bruja gallega después. ¿Habían sido experiencias reales o meras visiones producidas por su propia mente a instancias de aquellas extrañas mujeres? Pero de inmediato se censuró a sí mismo, como lo habría hecho Javier si estuviera allí: ¿por qué tenía que racionalizarlo todo? ¿Qué le decía su corazón sobre aquellos encuentros con su madre? ¿Había vaciado lo suficiente su corazón, o su cáliz rebosaba aún de odio y miserias?

Al cabo de unos minutos, se alejó del árbol y no volvió la vista atrás. Y fue una lástima, porque podría haber descubierto que no era la única persona que merodeaba por los alrededores de Santa María la Real: alguien lo atravesaba con la mirada.

En los días siguientes buscó adormecer su sensación de desamparo uniéndose a diferentes grupos de peregrinos. Ya no estaban a su lado ni Javier ni Daniela. Solo le quedaba la compañía de Vega, cuyo rostro estudiaba cada noche, y de Gabriel, autorretratado de forma increíble en la pupila izquierda de su mujer. Y Trisquel, claro, que correteaba, invisible, a su alrededor mientras descendió a Triacastela, donde hizo noche en el confortable albergue Complexo Xacobeo tras la agitada jornada que había concluido en O Cebreiro.

En otros tiempos, hubo tres castillos en aquella zona, y de ahí nació el nombre de Triacastela, uno de los finales de etapa que proponía el *Codex Calixtinus*. Para Noé, fue simplemente un lugar agradable donde recuperar unas fuerzas que parecían haberse agotado tras su experiencia en Santa María la Real. Aunque jamás lo hubiera imaginado, la ausencia de Daniela resultaba insoportablemente dolorosa. Echaba de menos sus ojos negros, su sonrisa clara, sus labios suaves en la mejilla… No se había enamorado de ella, porque la cordobesa no se lo hubiera permitido jamás, pero por vez primera en su vida Noé sintió que había tenido una amiga con quien hablar, y no una mujer a la que conquistar.

De modo que, aunque trató de zurcir el descosido que provocaba en su espíritu la ausencia de Daniela charlando con unos y otros peregrinos, no lo conseguía. Pero al menos la marcha se hacía un poco más soportable.

Y luego estaba el cuaderno, naturalmente.

Leía y releía lo que el Loco había escrito. Seguía en la partida, aún estaba en el tablero, y esta vez no le cogería por sorpresa ninguna de las trampas que amenazan al jugador. Debía llegar hasta la casilla 58 (5 más 8 son 13, el número de la muerte en el tarot, decía el Loco en la libreta) fuera como fuese. Y más allá: *et suseia*.

¿Por Samos o por San Xil?

A la salida de Triacastela, el peregrino se encuentra con una disyuntiva en su camino hacia Sarria: a la derecha, por San Xil; a la izquierda, por Samos.

El Loco resumía las virtudes de la ruta de Samos en un solo enclave: el monasterio benedictino y las leyendas alquímicas que lo adornan. En las páginas del cuaderno Noé había leído que existían documentos que mencionaban aquel monasterio ya en el siglo VI. Las sucesivas transformaciones que había conocido a lo largo de los años lo habían convertido en un gigante pétreo en el que se mezclaban rasgos renacentistas y barrocos cuyo corazón era el claustro de Las Nereidas, nombre que se debía a la existencia de una fuente en la que están representados esos seres mitológicos.

El Loco alertaba al buscador que se decantaba por la ruta de Samos, alrededor de seis kilómetros más larga que la de San Xil, que aquel monasterio fue puesto bajo la advocación de dos santos, Julián y Basilisa, que habían sido matrimonio en el siglo IV. ¡Los santos dobles siempre próximos a los lugares de poder, a los lugares vecinos de lo prohibido y de la herejía! ¿Tal vez por ello en 931 el rey Ramiro II decidió entregar el monasterio a otra orden con el propósito de erradicar los actos paganos que, decían, habían tenido como escenario aquel viejo monasterio?, se leía en el cuaderno de tapas de color violeta.

El Loco recordaba que en el pasado los monjes del lugar habían sido diestros en las artes de la ferrería, hasta el punto de que fueron conocidos en la región como *ferreiros*. Y añadía que, bajo la destreza que demostraban a la hora de extraer el hierro usando carbón de brezo, pudiera esconderse un conocimiento profundo de la sublimación de los metales impuros en puros; en una palabra: alquimia.

En su acostumbrado estilo, el Loco ilustraba sus teorías con una leyenda: un viejo monje de Samos llamado Anselmo soñó varias noches con un pájaro cuyas alas parecían ser de oro y que se posaba en unas rocas que se abrían, permitiéndole adentrarse en una misteriosa cavidad. Anselmo relató el sueño a sus compañeros de comunidad, y los religiosos excavaron en el lugar donde el pájaro se posaba. Y, para su sorpresa, encontraron una galería iluminada en el interior de la cual permanecía en perfecto estado de conservación el cadáver de un eremita.

¿Qué lectura proponía el Loco?

Para él, aquella leyenda de Samos resumía el sentido mismo del Camino de Santiago: la búsqueda más allá de la razón (por eso la revelación se producía durante los sueños), el pájaro de alas doradas aludía a la transformación alquímica, la gruta representaba el poder telúrico de la Tierra y la superación de la muerte se evidenciaba con el cuerpo incorrupto del eremita.

Noé miró las flechas amarillas que tenía ante él: Samos, a la izquierda; San Xil, a la derecha.

Todo cuanto el Loco había escrito sobre aquel monasterio resultaba tentador. Pero ¿qué decía sobre la variante de San Xil? Curiosamente, apenas nada: valles perdidos, *corredoiras* para vacas y Santa Compaña. Sin embargo, aquella opción era la más antigua, la más «peregrina».

¿Qué hacer?

Varios peregrinos pasaron junto a él y lo saludaron. Unos optaron por Samos; otros, por San Xil.

En ese momento, escuchó el canto de un jilguero, como en Santa María la Real cuando buscaba un lugar en el que depositar parte de las cenizas de su madre. El pájaro se posó sobre el cartel que indicaba el camino por San Xil, y de pronto regresaron a la memoria de Noé las palabras que Daniela murmuró en su oído antes de desaparecer junto a las tres meigas gallegas. Extrañamente, escuchaba la voz de la cordobesa e incluso podía sentir su aliento, pero no entendía qué decía.

Miró de nuevo al jilguero, que canturreaba feliz sobre aquel letrero, y entonces al fin lo comprendió:

—A veces, caminando; a veces, volando.

¡Sería posible!, pensó Noé. ¿Acaso Daniela era capaz de...?

Miró al jilguero, y el pájaro canturreó aún más feliz, y voló hacia San Xil.

Segundos después, Noé lo siguió.

En el camino se unió a otros dos peregrinos ocasionalmente, Juan Carlos de Cádiz y su primo Miguel de California. Ambos habían comenzado el Camino Infinito en Astorga y querían finalizarlo en Finisterre. Juntos ascendieron y descendieron por *corredoiras* salpicadas de verde y barro. Y mientras sus alegres acompañantes reían y hablaban de mil cosas no siempre relacionadas con el Camino, él buscaba señales que le sirvieran de brújula. El jilguero había desaparecido, y la soledad de aquella ruta no proporcionaba la menor oportunidad de preguntar a nadie por Vega y Gabriel.

Y cuando menos lo esperaba, emergió ante él una ciudad extrañamente grande en medio de aquel mundo esmeralda y melancólico: Sarria.

Todas aquellas casas le incomodaron, como siempre que entraba en una población grande del Camino. Se sintió desplazado, observado por las personas con las que se cruzaba, y el recuerdo de Javier, de Daniela e incluso de Trisquel se esfumó como por encanto. Sin embargo, el Loco exigía, más que recomendaba, visitar la iglesia de San Salvador y resolver un conflicto interior.

Tras sellar su credencial, aún a regañadientes, Noé se dirigió hacia aquella iglesia, un templo sencillo en apariencia junto al cual no había absolutamente nadie, o eso pensó él. Lo rodeó y se situó frente al tímpano, tal como se recomendaba en el cuaderno. El Loco estaba en lo cierto: en el tímpano se podía contemplar a un extraño ser flanqueado por dos árboles de seis ramas que representaban los dos árboles del Paraíso. El personaje alzaba las dos manos, y ahí estaba la disyuntiva que había que resolver: ¿saludaba o detenía al visitante? ¿Era aquel un lugar santo o una cárcel para el peregrino?

Las reglas eran claras al respecto: la casilla 52 condenaba al jugador a permanecer varios turnos sin jugar si caía en la cárcel. El Loco alertaba de ese peligro: debían romperse las cadenas interiores que son nuestra verdadera prisión. Unas cadenas forjadas con el hierro de la hipocresía social, de los convencionalismos de aquellos que solo miran pero no ven. Para no permanecer allí, debían quebrarse esos grilletes, como había hecho Daniela, como tal vez había hecho Javier. ¿Estaba él dispuesto a hacer lo mismo?

Noé juró que lo haría, y por un instante le pareció que la figura del tímpano movía una de sus manos bendiciéndolo.

¿Absurdo? ¿Cómo iba a mover su mano una figura esculpida?

Esas eran precisamente las preguntas que se formularían todos aquellos que aún no han roto sus cadenas y permanecen en la cárcel. Pero él, que había encontrado la carta de Gabriel y Vega, que viajaba con un trisquel y un infinito en su muñeca derecha, que descubrió una piedra grabada con las iniciales *G* y *V* dentro de un infinito en una noche de rayos y centellas en Castrojeriz, que cayó en la tentación de la posada y ayudó a sacar a un hombre del pozo, que viajaba en compañía del retrato de una mujer y que había tenido tratos con brujas, no podía pensar como cualquiera de aquellos presos del mundo ordinario. De modo que resolvió que sí, que aquella imagen lo había bendecido.

Y el hombre que lo espiaba también lo vio.

Noé aún estaba bajo el efecto que le había producido el extraordinario incidente cuando el destino vino a reforzar su recién adquirida condición de prisionero que ha aprendido a romper las cadenas.

—¡Buen Camino! —dijo un hombre de cabello cano, delgado y expresión afable que salió de la iglesia.

Noé lo saludó, pero seguía sin lograr apartar la vista del tímpano de la iglesia. El desconocido miró en la misma dirección.

—¿Saluda o advierte? —preguntó.

—Me ha dado por pensar que bendice —respondió Noé.

El hombre sonrió.

—Eso está muy bien —dijo.

Y a continuación se presentó:

—José Mejías, responsable del albergue A Pedra, cerca de aquí. ¿Se va a quedar?

—Voy hasta Barbadelo —respondió Noé—. No es que desprecie su hospitalidad es que…

José alzó la mano como el hombre del tímpano.

—No pasa nada, cada cual hace su Camino. Yo lo hice por vez primera hace dos décadas, y aquí me tiene: me cambió la vida.

El hospitalero le explicó que había dejado atrás su vida anterior en Cataluña para entregar a los peregrinos algo de todo lo que el Camino le había dado a él. Y tras un viaje que hizo a Senegal en compañía de su mujer, surgió la idea de crear la ONG Hospitaleros Sin Fronteras.

—Y ahí estamos, llevando ropa para allá y lo que haga falta. —Miró a Noé al fondo de los ojos—. El Camino te cambia, ¿verdad? A usted también. Rompe cadenas.

Noé se quedó paralizado. ¿Cómo era posible semejante casualidad? ¿Por qué José había elegido aquellas palabras?

—Venga, le acompaño hasta que salga del pueblo —propuso José.

Noé aprovechó aquellos minutos para conocer más de la vida de aquel hombre singular, una de esas almas grandes del Camino. Y también para mostrarle el retrato de Vega.

—No, no la conozco —dijo José—. Hace treinta y cinco años yo vivía otra vida diferente.

Cuando se despidieron, Noé abrazó al hospitalero con sincera emoción. José le sonrió.

—¡Buen Camino!

Las noches siguientes durmió en Barbadelo y en Portomarín. Y precisamente en aquel pueblo de nuevo cuño construido en 1960 para dar cobijo a los vecinos de los barrios de San Nicolás y San Pedro que el pantano parece custodiar, encontró una inesperada pista sobre Vega y Gabriel.

Tal vez había logrado sacudirse las cadenas, y posiblemente fuera más diestro a la hora de interpretar las señales del Camino, pero la soledad a la que había ido a parar tras la ausencia de Daniela le pesaba más que la mochila. En aquellas viejas tierras celtas la ruta discurría por un enjambre de caminos y *corredoiras* infestados de turistas, más que peregrinos. Desde Sarria, el Camino se había tornado en un carnaval lamentable de *snobs* que pretendían conseguir la Compostela como si fuera un diploma olímpico o el título que acredita la participación en un cursillo de fin de semana. En algunos momentos, se sintió paseando por la calle Larios de Málaga dada la multitud con la que debía convivir en la ruta, y todo el viejo encanto del Camino se difuminó durante aquellas jornadas.

Por la noche, estudiaba una y otra vez el rostro de Vega. Ampliaba la fotografía y repasaba los labios de aquella mujer, sus ojos azules y tristes desde cuya pupila izquierda lo observaba un diminuto Gabriel. ¿Cómo sería su voz? ¿Sería dulce y melodiosa como la de las dos jóvenes meigas amigas de Daniela? ¿O acostumbraría a gritar, como Carolina?

¡Cuánto hacía que no pensaba en ella!

Por más que lo intentara, no lograba imaginar a Carolina haciendo el Camino de Santiago. Aquello no era para ella. A Carolina le gustaba la noche, salir de copas, vivir la vida... ¡Vivir la vida! ¿Acaso no la estaba viviendo él de verdad? En el Camino no solo se vivía la vida, sino que también se aprendía a superar la muerte. Esa era la enseñanza; la maldita y puñetera enseñanza.

«Esa mujer murió», le había dicho una de las jóvenes meigas al ver el retrato de Vega. «Y vivió», añadió la otra muchacha. Lo mismo le había dicho Daniela. Pero ¿a qué se referían exactamente?

«En estas tierras, los muertos conviven con los vivos. No hay nada extraño en ello, nada milagroso», aseguró la más veterana de las brujas.

«Encontrarás a esa mujer de la fotografía si sigues el Camino de las Estrellas. Mira al cielo… Si sigues el Camino de las Estrellas. Mira al cielo… Mira al cielo…».

En todo aquello pensaba aquel atardecer en el pequeño jardín del albergue Portosantiago tras haber visitado la iglesia-fortaleza de San Nicolás que los caballeros sanjuanistas construyeron en el siglo XII y que hubo de ser desmontada piedra a piedra para trasladarla al lugar que ocupa en la actualidad para que no fuera anegada por las aguas del pantano. El Loco estaba en lo cierto: las piedras habían sido numeradas para reconstruirla como si fuera un mecano gigante. Pero el cuaderno recordaba que los edificios sagrados están en conexión con la tierra sobre la cual fueron erigidos, de modo que su energía mengua o incluso desaparece si se les desarraiga del lugar original.

Como es arriba es abajo. El Camino y las estrellas están hermanados, decían las brujas de O Cebreiro y sostenía el Loco en su cuaderno.

La tarde moría suavemente y volvió a entregarse al estudio del rostro de Vega. Aún no había tenido la oportunidad de preguntar a Belén, la hospitalera, si tenía noticia de aquel matrimonio. Belén iba y venía, ajetreada, porque el albergue estaba completo. Noé pensó que no tenía sentido molestar. Era una mujer dinámica, entusiasta del Camino, según se desprendía de sus palabras cuando lo recibió, pero demasiado joven como para que hubiera sido testigo del paso de Vega por Portomarín.

—Muy hermosa —dijo alguien a su espalda mientras él contemplaba la fotografía de Vega—. ¿Es su mujer?

Noé se giró y los últimos rayos de sol incidieron en sus ojos. Improvisó una visera con su mano derecha y entonces reconoció a Belén. La hospitalera le sonreía.

—No, no, qué va —aclaró—. En realidad, es alguien a quien no conozco y cuyo recuerdo, sin embargo, me acompaña desde que partí de Jaca.

Belén entornó los ojos y miró con curiosidad a aquel peregrino del sombrero. Se concedió unos segundos de silencio, y acercó una de las sillas de plástico del jardín para sentarse junto a Noé.

—Explícame eso, que me ha picado la curiosidad —dijo.

Noé sonrió y resumió apresuradamente la historia de Vega y Gabriel.

—¡Treinta y cinco años! Demasiado tiempo —dijo la hospitalera—. Yo era una cría entonces.

—Por eso no te he preguntado si los conocías.

—Yo no, pero puede que conozca a alguien que tal vez... —Y sacó su teléfono móvil del bolsillo trasero del pantalón y marcó un número. Al otro lado de la línea respondió alguien en gallego.

Belén necesitó muy pocas palabras para concertar una cita entre Noé y don José Juan.

Don José Juan Hernández vestía una sotana tan veterana como él. ¿Cuántos años tenía el viejo párroco? Belén no se lo había dicho, pero cuando Noé entró en la salita de la casa del cura jubilado no supo si aún se encontraba en este siglo o en otro. El tiempo parecía haberse detenido allí: los viejos muebles, aquella televisión antigua, el carillón que marcaba la vida, el olor a sacristía sin sacristía...

El cura jubilado resultó parlanchín, tal vez por falta de costumbre en ese ejercicio bien porque nadie lo visitaba o bien porque nadie tenía el menor interés en escucharle. De modo que Noé resultó una bendición.

Don José Juan sabía mucho del Camino, no como Javier o como Daniela. Tampoco como el Loco. Su versión del Camino era de lo más ortodoxa: Santiago, la Virgen en Muxía y en el Pilar, el perdón de los pecados, el obispo Gelmírez, el *Codex Calixtinus* y todo lo demás. Pero tenía una memoria inaudita para un hombre de su edad, y había visto muchas cosas al pie del Camino. Entre ellas, a Vega y Gabriel.

Apenas Noé le mostró el retrato de la joven rubia y añadió algunas pistas —Gabriel, Trisquel, embarazada…—, don José Juan se dio un golpe en la frente y dijo:

—¡Cómo no la había de recordar! ¡La dueña de aquel perro herido!

—¿Herido?

—Llegaron a la iglesia con aquel pobre animal herido de una pata, con la almohadilla sangrando. Se le había clavado un hierro —explicó el cura—. Una herida muy fea. Y mire, a mí otra cosa no, pero los perros… Los perros siempre me han gustado. Desde que era un crío hubo perros en casa. El caso es que, al ver a aquella pareja desolada, los acogí hasta que el veterinario vino y curó la herida del animal. Pero el veterinario le recetó descanso, al menos unos días.

—¿Y qué ocurrió?

—Pues que se quedaron en casa los tres. Entonces no había tantos albergues ni tanta consideración con los animales —recordó el cura—. El marido era un hombre trabajador y se encargó de pequeñas tareas en casa, chapuzas, ya sabe… Y ella, bueno, ella era de pocas palabras, pero muy agradable. Aunque había algo en ella que no sé qué era; una especie de tristeza, algo que no me quiso confesar, pero que yo intuía. Y ahora que usted me dice lo de su enfermedad y lo del embarazo, todo me cuadra.

—¿Volvió a saber de ellos? —preguntó Noé con el corazón en un puño.

Don José Juan negó con la cabeza.

—Cuando el perro se recuperó, se echaron al Camino después de dejar una generosa limosna.

Noé esperaba que hubiera una carta, algo que lo acercara aún más a los dos amantes, pero el párroco le dijo que no, que no había otro rastro del paso de ellos por Portomarín que los recuerdos que acababa de compartir con él.

Cuando salió de la casa del cura, Noé pensó que el destino había sido generoso con él en aquella tirada: los segundos dados del juego.

Al día siguiente, madrugó aún más que de costumbre. Quería disponer de unos minutos para despedirse de Belén antes de que la marabunta peregrina se desperezara, y después se acercó a la casa de don José Juan y dejó en el buzón un sobre que contenía la limosna que se podía permitir ahora que ya no era quien fue: un periodista conocido con un sueldo del cual vivir. No, ya no era quien fue; el gran enigma era ahora descubrir en quién se estaba convirtiendo. Y a resolver esa cuestión dedicó la mayor parte de sus pensamientos en los días siguientes y en sus correspondientes noches, en las que se hospedó en albergues de Palas de Rey, Arzúa y de O Pedrouzo.

Entre los peregrinos reinaba una creciente excitación por la proximidad de Santiago. La tumba del apóstol, o de quien demonios estuviera enterrado en Compostela, estaba a la vuelta de la esquina, y todo el mundo soñaba con llegar hasta allí, abrazar la estatua del santo y conseguir la ansiada Compostela. Todos, salvo él, que no estaba dispuesto a caer en la casilla de la muerte. Había que ir más allá.

Aquellos tres días fueron un suspiro que se resumió en conversaciones con otros peregrinos, en el sello de su credencial en Palas de Rey y en Leboreiro, el viejo Campus Leporarius que se menciona en el *Codex Calixtinus*. Más allá, Furelos, Melide y luego Arzúa, de donde partió al día siguiente para afrontar senderos flanqueados por árboles autóctonos y por intrusos eucaliptos. Y Arca. Y Salceda. Y el Alto de Santa Irene. Y Pedrouzo.

Los muertos y los vivos conviven en estas tierras, advirtió la meiga en O Cebreiro.

Al salir de O Pedrouzo a la mañana siguiente el jolgorio peregrino creció. Todo el mundo se felicitaba por haber logrado llegar hasta allí, aunque una gran mayoría había partido desde Sarria, lo que restaba mérito a la supuesta proeza.

Aquella gente le incomodaba. Sabía que debía ser tolerante, que la transformación del Camino debía demostrarse y no predicarse, pero Noé era incapaz de mirar con simpatía a la multitud que desvirtuaba la mística jacobea. ¿Acaso el Camino era un simple negocio? ¡No! Los hospitaleros que había conocido y cuyas vidas habían cambiado gracias a la ruta de las estrellas desmontaba esa crítica fácil.

Y así, refunfuñando, llegó a Lavacolla.

En el Medievo, los peregrinos lavaban allí sus ropas y sus cuerpos antes de presentarse a Santiago. Hoy, también eso se ha perdido.

Pasó un avión sobre su cabeza: el peaje de la modernidad; la proximidad del aeropuerto.

La romería que ahora era el Camino ascendía en busca de la cumbre del monte de Gozo, donde muchos se hospedarían. Pero él no. Ni tampoco lo haría la sombra que lo perseguía desde hacía tantos días en la que no había reparado.

Desde lo alto de aquella colina los peregrinos medievales caían de rodillas ante el hechizo de la lejana vista de las torres de la catedral, que parecían arañar aquel cielo de color ceniza. Lloraban o entonaban el *Te Deum*, porque de verdad habían padecido hasta llegar hasta allí. Aún sin ser conscientes de ello, estaban en las últimas casillas de un juego milenario donde el premio era la vida después de la muerte.

Una tarde cenicienta y mustia lo vio entrar por la Rúa dos Concheiros y proseguir por la Rúa San Pedro. Iba despacio, casi arrastrando los pies, como si quisiera demorar lo inevitable.

Rúa das Casas Reales, callejón de las Ánimas, plaza de Cervantes…

¿No habría algún modo de regresar? ¿No podría acudir en su ayuda Daniela, ya fuera a pie o volando, para realizar uno de sus sortilegios y regresarlo a aquella noche de tormenta y rayos en Castrojeriz? ¿No le podría ser concedido viajar en el tiempo hasta las tardes de soledad en Castilla en compañía de Javier?

Barrio de la Azabachería… En otros tiempos, allí se vendían amuletos de azabache, había leído en la guía. ¿Encontraría un infinito o un trisquel de esa materia? Piedras negras, negras como las Vírgenes templarias. ¿Dónde estaría Pablo, el músico que todo lo sabía sobre los freires?

Por mucho que se esforzaba, Noé no escuchaba el eco de sus pasos. No era lo mismo caminar por El Bierzo que por aquellas calles atestadas de gente. Ya no era él un peregrino, sino una brizna humana arrastrada por la multitud, y aun así, estaba allí para enfrentarse a la muerte y superarla.

¿Cómo podría él lograr semejante hazaña? No era más que un hombre perdido que huía del alcohol y de sus fantasmas. ¿O ya no? Tal vez ya no lo era y aún no era consciente de ello.

«Todo es posible para aquel que cree», había escrito Aymeric Picaud. Y si no, que se lo pregunten a aquel peregrino italiano que en tiempos del obispo Teodomiro atravesó aquellas mismas calles hasta caer de bruces ante la tumba del santo para confesar un terrible pecado que detalla en una carta que luego depositó en la cripta.

A la mañana siguiente, el obispo Teodomiro encontró la confesión y buscó al peregrino pecador. Una vez dieron con él, el prelado lo interrogó y el italiano se reafirmó en su confesión, pero al volver a leer el documento, el obispo descubrió que nada había escrito en él: el pecado se había borrado; el santo lo había perdonado.

¿Le serían perdonados a él todos los pecados?, se preguntó Noé.

Y con aquella duda, arribó a la plaza de las Azabacherías para darse de bruces con el gigante de veintitrés mil metros cuadrados que derramaba su sombra sobre cientos de estudiantes, infinidad de peregrinos, innumerables comercios y bares... Sobre todo aquello que había sido creado por Dios y por los hombres.

Muchos se dirigían apresuradamente a la Oficina de Atención al Peregrino para obtener la ansiada Compostela, pero aquel trámite burocrático bien podía esperar. Después de todo, ¿había realizado él el Camino bajo *pietatis causa*? ¿No había tenido tratos con herejes y meigas?

De modo que pospuso la visita a la Oficina del Peregrino para el día siguiente. Además, no había terminado el Camino. La verdadera prueba comenzaba a partir de aquella casilla del juego. Ni siquiera se apresuró en presentarse en la Hospedería San Martín Pinario donde había reservado una humilde habitación de peregrino días antes por teléfono. Lo más urgente era lo prioritario: descender a la cripta del apóstol y enfrentarse cara a cara con la muerte.

Sin perder un instante, rodeó la gigantesca catedral flanqueada por las plazas de la Azabachería, Quintana y Platerías, y puso sus pies cansados en la sobrecogedora plaza del Obradoiro. Muchos peregrinos se turnaban para fotografiarse frente a la fachada de la catedral.

La belleza del lugar era hiriente. Al norte de la plaza se encontraba el antiguo hospital de peregrinos, hoy Hostal de los Reyes Católicos, exhibiendo su plumaje renacentista, como un señorial pavo real de piedra. Al este, además de la propia catedral, admiró el Palacio del Obispo Gelmírez, de estilo barroco; al sur, el Colegio de San Jerónimo, con su fachada de estilo románico, y a su espalda, el Palacio de Raxoy, la actual sede de la Xunta de Galicia y del Ayuntamiento.

Si por un momento admitiera la verosimilitud de la leyenda del sepulcro de Santiago, ¿qué pensaría el apóstol de aquella orgía de piedra?, se dijo Noé. Nada recordaba al primitivo templo que ordenó edificar el rey Alfonso II, a cuya vera se alzarían después el templo del Salvador, el de Santa María de Corticela y el baptisterio de San Juan. Todos ellos fueron devorados por la gigantesca catedral, que crecía como si fuera un ser vivo.

Noé había leído que, en gran medida, el templo que ahora abrumaba a los visitantes era el que proyectó en 1075 el obispo Diego Peláez. Quienes lo sucedieron en la dignidad eclesiástica, especialmente Diego Gelmírez, no hicieron sino ampliarlo y embellecerlo, y no se terminó hasta el año 1122. Más tarde, se añadieron las guindas al gigantesco pastel de piedra: el claustro del siglo XVI y la fachada del Obradoiro en el siglo XVIII. Pero lo importante, lo verdaderamente trascendental y secreto, estaba bajo aquel manto de agujas, esculturas y relieves: el mensaje críptico de los maestros constructores.

Con el corazón encogido, Noé ascendió por la escalinata que conduce hasta el Pórtico de la Gloria. No tenía más propósito que descender cuanto antes a la cripta del santo para echarle un pulso a la muerte. Sentía que también su madre anhelaba llegar hasta aquel buche sagrado y que su hijo dejara parte de su memoria allí. Eso era lo que pretendía, pero no lo que el destino había dispuesto, porque entonces alguien gritó su nombre:

—¡Noé! ¡Noé!

CAPÍTULO 17
Más allá de la muerte

—¡Pablo! ¿Qué haces tú aquí? —gritó Noé, que no daba crédito a la increíble casualidad que suponía encontrarse con el músico justo en el mismo momento en que acababa de llegar al Pórtico de la Gloria.

Pablo lo abrazó visiblemente emocionado, y Noé volvió a sentir la misma familiaridad de su primer encuentro, como si el organista fuera alguien de su propia familia.

—Resulta que me surgió la posibilidad de ofrecer ayer un concierto aquí, y no podía desperdiciar la ocasión de acariciar la maravilla de órgano que tiene la catedral ahora que está totalmente restaurado.

Pablo explicó a Noé que el impresionante órgano construido por Mascioni en 1978 había sido sometido en los últimos años a una exhaustiva limpieza de las dos cajas barrocas que contienen los tubos, además de haberse desmontado el cuerpo del instrumento, incluidos los fuelles y secretos.

—Desde la Edad Media, la música sacra ha sido trascendental en todo el ceremonial de la catedral y en el mundo jacobeo en general —explicó Pablo, que no cesaba de sonreír—. Mira, ven conmigo. —Al ver que Noé se mostraba indeciso y lanzaba miradas a la multitud de figuras que los contemplaban desde el Pórtico de la Gloria, el músico se apresuró a añadir—: Ahora volvemos y te explico cuatro cosas del pórtico.

Noé admiró la inteligencia de su amigo, que había captado de inmediato lo que le pasaba por la cabeza.

—La catedral creó una capilla de música propia precisamente por la importancia que tenía en el ritual. —Señaló los órganos barrocos y dijo—: Las cajas barrocas fueron promovidas por un arzobispo apellidado Monroy y las diseñó un arquitecto gallego, Domingo de Andrade. Fueron la guinda a la decoración barroca de la capilla Mayor. Un organero llamado Manuel de Viña ejecutó las obras, y te puedo decir que es una experiencia mística arrancarle las notas a esa maravilla.

Pero Noé no lograba fijar la mirada en el órgano porque aquel universo de piedra que orbitaba sobre su cabeza era un evidente motivo de distracción.

—Impacta, ¿verdad? —comentó el músico.

Noé no pudo decir nada y se limitó a asentir.

—Todas las fatigas del viaje, las ampollas, el frío, el calor inmisericorde... La enseñanza del Camino para llegar hasta aquí —dijo Pablo mientras Noé contemplaba embobado aquella criatura de piedra—. Si no recuerdo mal, el brazo principal de la planta en forma de cruz tiene cien metros de largo, aunque los muros hacen que en el interior se reduzca unos pocos metros, noventa y siete, más o menos. —Señaló a continuación el transepto—. Tiene setenta metros de largo, pero pasa lo mismo, que en el interior se reduce a unos sesenta y cinco. Y luego están los juegos numéricos, que nos alertan de que estamos en un lugar de poder extraordinario. Pero te aburriría, mejor vamos al pórtico.

Mientras salían del templo, Pablo recordó algo que también el Loco señalaba en el cuaderno: las fuerzas telúricas de aquel enclave eran poderosas.

—¿Sabías que los Reyes Católicos quisieron llevarse el grial de O Cebreiro? ¿No? Pues resultó que Isabel ordenó que lo empacaran y subieran a un carro, pero los bueyes se negaron a avanzar, y algo así dice Aymeric Picaud sobre el sepulcro de Santiago: asegura que Teodomiro quiso mover el cuerpo del santo y no fue capaz. ¿Por qué? Es una metáfora clara para alertar de que el objeto de poder no es un cáliz o un féretro, sino el lugar. Y eso lo encuentras en muchas leyendas y, con frecuencia, en parajes por donde anduvieron husmeando mis amigos los templarios.

Noé sonrió. Le gustaba aquel hombre. Era un pozo de sabiduría y tenía una capacidad pedagógica que ya la quisiera él para sí.

Una vez fuera del templo, los dos amigos se detuvieron ante el enjambre de figuras del Pórtico de la Gloria, embozado tras la descomunal fachada del Obradoiro.

—Esto es un pegote —dijo Pablo señalando con un gesto la pantalla de granito y vidrieras construida en el siglo XIII—. El secreto está aquí —afirmó señalando con la barbilla al pórtico—. Pagaría una fortuna por charlar con el maestro que se ocultó bajo el nombre de Mateo.

—He leído que no se sabe nada de él —comentó Noé sin mencionar que su fuente de información era el cuaderno del Loco.

—Dicen cosas, pero nadie lo sabe con certeza. Y es lógico: el secreto forma parte de la enseñanza que se dispensaba en las logias. Se supone que debió trabajar aquí entre 1166 y 1202, más o menos.

Mientras un aluvión de curiosos entraban y salían, mientras a su alrededor bullía la Babilonia peregrina, los dos amigos permanecieron en silencio durante unos minutos admirando aquella obra de diecisiete metros de largo y casi diez metros de altura repleta de figuras y enseñanzas para quien sea capaz de leer entre líneas. El enorme Cristo los miraba con gesto grave mientras mostraba sus manos llagadas y cuyos pies parecían dispuestos de un modo poco natural.

—Ahí tienes el número nueve —dijo Pablo señalando el ángulo de treinta y seis grados que dibujan los pies del Cristo—. Y también los cuatro sectores de nueve figuras cada uno; es decir, treinta y seis, que componen toda la obra. Eso se lo leí a Juan García Atienza —recordó el músico—, verás: en la parte de abajo están todas esas cabezas de criaturas monstruosas; después, en el segundo sector —apuntó con el dedo índice—, las figuras que aparecen adosadas a los tres arcos. A la izquierda, ocho profetas y una columna vacía; a la derecha, ocho apóstoles y una columna vacía.

El Loco decía lo mismo y añadía más cosas, pero fingió sorprenderse.

—Pero ¿por qué solo ocho si hubo más? —preguntó.

—Ahí está la gracia del asunto —respondió Pablo—. Y el número nueve corresponde a la figura central, que lleva en su mano el báculo de los constructores: el mismísimo Santiago. En la otra mano lleva un pergamino en el que se leía *Misit me Dominus,* es decir: «Me envía el Señor». Pero míralo bien, Noé, porque ahí tienes la representación del maestro de los hijos de Jacques; los herederos de la ciencia de Hiram, el arquitecto del Templo de Salomón. ¿Te das cuenta? Ahí, a la vista de todo el mundo, burlándose de la ortodoxia de la Iglesia.

Noé no sabía si Pablo y el Loco estaban en lo cierto, pero no podía negar que aquel gigantesco Santiago eclipsaba al propio Cristo al ocupar el lugar central de la composición. El capitel situado sobre su cabeza representaba las tentaciones de Cristo, y más abajo el árbol de Jesé, la genealogía del Mesías. Pero ¿quién era el Salvador en realidad? ¿Cristo o aquel maestro de la enseñanza secreta que llevaba el bordón del peregrino o el báculo del constructor, como decía Pablo?

—Atienza decía que el tercer sector es el del tímpano, donde hay ocho ángeles junto al Salvador; es decir, otra vez nueve personajes. Y advertía lo curioso que resulta el juego de los matraces alquímicos que sostienen en sus manos algunos de los veinticuatro ancianos del Apocalipsis que aparecen ahí arriba, en el arco central. —Pablo señaló el tímpano—. Solo nueve de ellos llevan matraces; el resto, instrumentos musicales. Y ahora viene lo curioso: los veinticuatro ancianos están dispuestos en una semicircunferencia; o sea, que dibujan 180 grados (1 + 8 = 9). Cada anciano ocupa un sector del ángulo que equivale a 7,5 grados. Y como son nueve los ancianos con matraces en sus manos, ocupan un total de 67,5 grados (6 + 7 + 5 = 18 = 9). Pero hay más: esos nueve ancianos ocupan los siguientes puestos, de izquierda a derecha: el 3, el 4, el 8, el 15, el 16, el 17, el 18, el 21 y el 24. Si sumas esos puestos, resulta el número 126 (1 + 2 +6 = 9). Pero si haces el recorrido inverso, de derecha a izquierda, entonces sus puestos son los siguientes: 1, 4, 7, 8, 9, 10, 17, 21 y 22. Y si los sumas, obtienes 99 (9 + 9 = 18 = 9).

Noé volvió a fingir sorpresa, porque esos datos que mencionaba Pablo producto de sus lecturas también aparecían en el cuaderno del Loco.

—Y ahí estás tú, amigo —dijo Pablo señalando la parte inferior del pilar, donde se representaba una figura barbuda apoyada sobre dos leones—: Noé.

Sin poder evitarlo, el Noé malagueño se estremeció. Eran tantas las cosas que el Loco había escrito sobre aquella figura bíblica que había llegado a pensar que todo aquel teatrillo se había diseñado especialmente para él; que todos los personajes habían entrado en escena de un modo calculado, ensayado: la carta, el cuaderno, Javier, Juan Ponce, Daniela… y Pablo. Porque ¿era una casualidad, una asombrosa chiripa que se hubieran encontrado allí?

—Ven, vamos a resolver todas esas dudas tuyas de una vez por todas —propuso el músico, como si hubiera sospechado por dónde discurrían los pensamientos de su amigo. Entró en el templo y mostró una figura esculpida en piedra y arrodillada mirando al altar mayor—: Ahí tienes al maestro Mateo; el Santo dos Croques lo llaman también. Durante siglos, los peregrinos crearon la costumbre de tocar el pie izquierdo del santo al llegar a la catedral o ponían su mano sobre el árbol de Jesé, pero también trataban de alcanzar la sabiduría golpeando su cabeza tres veces contra la del maestro —Pablo sonrió—. Como si fuera tan sencillo.

Noé contempló hechizado aquella figura misteriosa que portaba un cartel donde en otros tiempos se leía: *Architectus*. Y en completo silencio cayó de rodillas ante ella e hizo el ritual peregrino.

—¿Te sientes más sabio ahora? —bromeó Pablo cuando Noé se levantó.

El malagueño se encogió de hombros.

—Escucha, Pablo, hice una promesa que debo cumplir en la tumba del apóstol. ¿Podemos vernos luego y cenar juntos?

—Claro que sí, será un placer —respondió el músico—. Pero debo acostarme pronto, porque salgo mañana temprano para casa. Y tú ya sabes que no has acabado la partida.

—No te preocupes, voy a la muerte, pero no me quedaré en la casilla.

Noé se adentró en la catedral, donde numerosos peregrinos, como él, aún llevaban las mochilas a su espalda. De camino hacia la cripta del santo, observó la mirada perdida de muchos de aquellos caminantes procedentes de los más diversos países. Unos habían llegado hasta allí por devoción y otros impulsados por el ansia de aventura. Algunos, como él, por la necesidad de encontrarse a sí mismos de una vez por todas, antes de que el teatrillo de la vida baje el telón. Y ahora estaban allí, derrotados, medio muertos o muertos del todo por la fatiga, pero prestos a resucitar incluso sin ser conscientes de ello. La alegría inmensa que hacía explotar sus corazones al verse al fin en aquel lugar mitológico obraba ese milagro.

En fila, disciplinados, los peregrinos abrazaban la estatua del santo por la espalda. Y Noé también lo hizo, sin importarle si aquel gesto era ridículo o no. De hecho, no lo sintió así en ningún momento. Le parecía que el ritual respondía a una necesidad trascendente, lo mismo que los coscorrones ante la cabeza de la estatua que representaba al misterioso maestro Mateo.

Y después del abrazo descendió a la tumba del santo —o la de quien quiera que estuviera allí enterrado, que eso poco importaba a estas alturas de la partida—, y lo hizo visiblemente emocionado.

El espacio era inesperadamente reducido. Realmente, era minúsculo para la magnitud de la leyenda que albergaba, pero le pareció que aquella era la medida exacta. Y tras reflexionar ante la tumba, porque había perdido el hábito de la oración convencional, depositó algunas de las cenizas de su madre en aquel enclave maravilloso. A Mari Loli le habría hecho ilusión dormir eternamente junto a Santiago o a Prisciliano, o quien fuera. Cualquiera de ellos sería un contertulio impagable para toda la eternidad.

Santa María a Nova le estremeció. Noé se quedó allí plantado, frente al templo, como estatua de sal. Como un animal que olfateara el peligro y no se atreviera a dar un paso entre la espesura del bosque, así estaba él allí, a las puertas de aquel lugar legendario vinculado, según las leyendas, a su tocayo bíblico.

De no haber sido por Pablo, seguramente se hubiera saltado la recomendación que el Loco hacía en su cuaderno. Estaba demasiado cansado y a la vez demasiado ansioso por llegar al final del juego, y la ruta hacia Fisterra y Muxía conducía a los peregrinos por Negreira, Olveiroa y Cee, en cambio, en lugar de tomar ese sendero milenario hacia el noroeste, él se había encaminado hacia el suroeste.

—Ya habrá tiempo de coger el carril hacia Fisterra y Muxía —le había dicho Pablo la noche en que cenaron juntos en Compostela.

El músico coincidía con el Loco sin saberlo: debía pasar por Iria Flavia y por Padrón, y detenerse ante el pedrón o altar solar en el que la leyenda aseguraba que echó amarras la barca mágica que trajo el cuerpo decapitado de Santiago hasta aquellas tierras.

—Es una metáfora excelente del Camino: la iglesia superpuesta a la ruta pagana ancestral —aseguró Pablo.

Cuando el día anterior entró en aquella iglesia y se acercó al altar bajo el cual se cobija la mítica ara, Noé comprendió las palabras de su amigo. El hecho de que la piedra pagana se encontrara bajo las faldas del altar cristiano lo decía todo. La Iglesia había llegado más tarde, pero usurpó su lugar.

Al llegar a este punto del trayecto, el Loco insistía en la indisoluble unión entre las piedras y el Camino. En ellas está escrita la verdadera historia de ese sendero de iniciación, y en ellas se ocultó la enseñanza que dispensa a quien lo recorra con los ojos del espíritu abiertos y carentes de prejuicio.

Noé se preguntó si también Vega y Gabriel se habrían apartado de la ruta hacia Fisterra para llegar, como él, hasta Noia. Aún no podía sospechar que estaba muy cerca de obtener respuesta a su pregunta muda cuando al fin hizo acopio suficiente de valor para entrar en la iglesia.

En el interior del templo, y también alrededor del mismo, estaba el motivo de su visita: un ejército de losas sepulcrales repletas de símbolos que los historiadores consideran gremiales, mientras que el Loco y también Pablo atribuían una naturaleza muy diferente.

—Los compañeros constructores llegaban hasta allí para morir y resucitar a una nueva vida, y ese tránsito de iniciación, esa muerte simbólica, la representaban grabando en esas losas símbolos de su profesión o elementos que los representaban —aseguró Pablo mientras compartían la que sería su última cena juntos—. Morir para renacer, ese es el sentido del Camino. Eso, supongo, era lo que pretendía el matrimonio que escribió esa carta a la que das tanto valor. ¿Y tú qué harás?

—Yo estoy muriendo desde que comencé a caminar en Jaca —respondió Noé, y se echó al coleto un trago de ribeiro. El primer vaso de alcohol en mucho tiempo.

—¿Estás seguro? —le dijo Pablo, a quien Noé había confesado en su día sus problemas con el alcohol.

—Estoy muriendo y renaciendo. Ahora soy yo quien decide cuándo beber y cuándo no. Soy yo quien manda.

—Noé fue viticultor, no lo olvides —apuntó el músico con una de aquellas sonrisas tímidas suyas.

Y ahora, Noé estaba al fin allí donde las leyendas aseguraban que había llegado el patriarca bíblico tras el diluvio, y que aquella ciudad se gestó gracias a su nieta, Noela. Pero el Loco decía otras cosas muy diferentes: que Noé no representaba a un hombre, sino a un pueblo, a un grupo humano portador de un conocimiento que envasaron en las piedras y que redescubrieron en el Medievo los maestros constructores. Por eso uno podía encontrarse con topónimos vinculados a Noé por media península.

—La muerte iniciática era algo que conocían bien los caballeros templarios —recordó Pablo aquella noche—. Date una vuelta por el cementerio que está junto a la iglesia.

Y tras acariciar algunas de las laudas sepulcrales del interior del templo, Noé salió dispuesto a seguir el consejo del músico. Alrededor de la iglesia había varias losas más. Era como si brotaran de aquella tierra plagada de historia y leyenda: muertos que renacían sin que nadie pudiera evitarlo. Y al acercarse al cementerio, una de aquellas losas le hizo detenerse y su corazón se encabritó. ¿Sería posible?

Una de aquellas losas, repleta de verdín y siglos, tenía entre sus viejos símbolos uno grabado muy recientemente, a juzgar por las marcas: un infinito con las letras *V* y *G* en su interior. ¡Exactamente igual al de Castrojeriz!

Noé tembló de emoción. ¡Habían estado allí!

Las pocas personas que entraron y salieron de la iglesia y del cementerio no prestaron atención a aquel peregrino del sombrero marrón oscuro que llevaba en su muñeca el mismo símbolo grabado en aquella piedra y un trisquel. Ni tampoco al hombre que, agazapado entre unos arbustos, lo espiaba.

Cuando logró reponerse, Noé se dirigió al cementerio para contemplar el templete del que Pablo le había hablado:

—Lo reconocerás enseguida, es cuadrangular y está coronado por una piedra en forma de pirámide, y en su interior hay un crucero. La leyenda asegura que fue construido por unos templarios. Una versión dice que fue donación de un cruzado para agradecer a la Virgen que le hubiera permitido regresar con vida de Tierra Santa, pero no hay nada en él que aluda a la Virgen. En cambio, otra versión menciona a mis amados templarios, en concreto a dos hermanos que durante una batalla tuvieron una suerte muy diferente: uno sobrevivió y el otro no. El superviviente fue quien construyó ese templete en memoria del difunto, pero, como la mejor metáfora posible del Camino, resultó que siete años después el cruzado supuestamente muerto reapareció.

Aún bajo el impacto emocional que le había producido el descubrimiento de aquel infinito grabado en una de las losas abandonadas sobre la hierba, Noé contempló el templete totalmente desconcertado. El número de casualidades que había vivido desde Jaca era tan enorme que resultaba imposible considerarlas como tal.

¿Qué más sorpresas le aguardaban ahora que había superado la casilla de la muerte?

Una mano invisible arrojó de nuevo los dados sobre el tablero.

Los días siguientes lo acompañó la lluvia. Una lluvia fina y permanente que no cesaba desde la mañana hasta la noche y que le hizo sentirse transportado a algún tiempo remoto. El verdor de los montes, la niebla abrazada a los árboles y el rumor del mar que se presentía cada vez más cerca empujaban a la imaginación si uno era capaz de abstraerse de los molestos vehículos o del ajetreo de las poblaciones de mayor entidad.

El número de peregrinos había disminuido considerablemente, porque la mayoría creía que su destino era la tumba del apóstol y allí se detenían. A pesar de todo, compartió aquellos días alguna charla con quienes tenían entre ceja y ceja llegar a Fisterra y quemar allí su ropa vieja, como dictaba el ritual. Probablemente, ninguno alcanzaba a comprender la verdadera simbología de aquel acto: la muerte y la resurrección del ave fénix a una nueva vida tras el fuego purificador.

El Camino hacia Fisterra y Muxía es particularmente especial. Y ancestral. Tiene aromas prehistóricos. Si uno se esfuerza alcanzaba a escuchar tambores tribales, músicas celtas, ecos de danzas perdidas en el tiempo. ¿Desde cuándo los hombres habían caminado hacia el lugar donde el sol moría siguiendo un impulso animal?

Junto a unas rocas próximas al Camino, después de dejar atrás Dumbría, Noé depositó con mimo algunas de las últimas cenizas de su madre. Allí se fundirían con aquella tierra mágica y milenaria.

El Camino continuaba por cómodas pistas a través de un paisaje de repoblación, pasando por las ermitas de Nuestra

Señora de las Nieves y de San Pedro Mártir, hasta llegar al cruceiro da Armada, desde donde ya se tenían las primeras vistas del cabo de Finisterre.

Noé quedó fascinado ante aquel paisaje. Ese lugar también resultó mágico. Dos peregrinas brasileñas y uno de Almería que lo precedían tuvieron la misma reacción que él: se detuvieron como si hubieran sido víctimas de un encantamiento. Los cuatro se quitaron la mochila y disfrutaron de ese espectáculo en aquel momento. El almeriense, cuyo nombre era Juan Miguel, portaba consigo una pequeña guitarra que sacó de un estuche que llevaba junto a su mochila. Rompió el silencio rasgando las cuerdas de aquella vieja guitarrilla dedicando una canción a su padre que había fallecido poco tiempo atrás. Juan Miguel hacía el Camino por y para él —le había confesado a Noé minutos después—.

Y nuevamente la pérdida de un ser querido, la muerte, tan presente en el Camino Infinito, conectó en ese instante a Noé y Juan Miguel, sellando aquel inmortal momento con lágrimas en sus miradas. Las peregrinas brasileñas también sucumbieron con emoción a aquel instante suspendido en el tiempo, en el que el faro de Finisterre ya comenzaba a brillar en el horizonte y dar sus primeros mensajes.

Con aquellos pensamientos, Noé dejó atrás a aquellos peregrinos y comenzó a descender por el empinado camino que lo llevaría directamente al pueblo costero de Cee. Sorteando algunas calles, encontró un albergue llamado A Casa da Fonte. Allí conoció a Guzmán, su propietario. Le pasó como a muchos peregrinos que habían hecho el Camino de Santiago varias veces; se hacían hospitaleros voluntarios o emprendían la valiente aventura empresarial de poner un albergue en algún punto del Camino. Guzmán fue uno de esos valientes peregrinos que decidió crear su propio albergue. Antes de que Noé se retirara a descansar, el hospitalero y peregrino quiso decirle algo.

—Encontrarás lo que estás buscando. He reconocido esa búsqueda en tu mirada. Yo lo encontré hace años y soy muy feliz. Solo confía... —le dijo el bueno de Guzmán.

—¿A qué te refieres exactamente? —preguntó Noé muy sorprendido y extrañado.

—A los pocos días de abrir el albergue apareció una peregrina que venía haciendo el Camino y se alojó aquí. Se quedó una noche. Y después otra. Y luego otra. Y al final le ofrecí trabajo para que se quedara. María y yo nos enamoramos, nos casamos y tenemos una preciosa hija. El Camino me trajo al amor de mi vida —respondió Guzmán guiñándole un ojo...

Noé le sonrió y guardó silencio.

—Y ahora a descansar, peregrino, que mañana es el gran día... —volvió a decirle el gallego, dándole una cómplice palmada en su hombro.

Aquella noche Noé descansó junto a la mar. Cómo la echaba de menos. El sonido de las olas acunaba sus pensamientos. La historia de Guzmán le había emocionado. ¿Encontraría él también el amor de su vida? ¿Un amor infinito como el de Vega y Gabriel?

El marismo de la Costa de la Muerte le traía recuerdos del Mediterráneo y de su hogar. De su infancia en Los Boliches. De la playa del templo romano, del castillo Sohail, del faro de Calaburras, de los juegos, de sus hermanos y sus padres. Con aquellos intensos y vívidos recuerdos se quedó dormido, a tan solo una jornada del ojo de cíclope. Del titán que apunta al infinito. Del vigilante celoso de navíos y fragatas. Del faro del fin de la tierra...

Y el tercer día, cesó de llover.

Ocurrió apenas media hora antes de que Fisterra apareciera ante él envuelta en un halo de luz dorada. El impacto que produce la visión del mar, el espíritu zarandeado por la inminencia de lo transcendente, la sensación de plenitud que proporciona haber vivido a bordo de un sueño y verse en la obligación de desembarcar de golpe... Todo eso y mucho más se derramó de pronto en el interior de Noé: el recuerdo de su madre, que ahora formaba parte del Camino; la mirada de su padre cuando se despidieron en Fuengirola; la sonrisa de su amigo Ramón; la sombra cada vez más borrosa de Carolina; los ojos de Vega y el autorretrato de Gabriel en una de las pupilas de su esposa; una noche de relámpagos en Castrojeriz y un amuleto; el ladrido del perro invisible que había velado por él hasta llegar allí; las palabras sabias de Javier; la serenidad de Pablo; el insondable pozo negro que eran los ojos de Daniela; las meigas…

Y por casualidad, o tal vez no, un jilguero se posó en aquel preciso instante en un árbol, muy cerca de Noé.

—A veces, andando, y otras, volando —recordó las palabras de Daniela.

Y volvió a preguntarse si sería posible que…

¿Imposible?

Esa palabra no existía en el Camino, de eso estaba totalmente seguro.

El Loco lo dejaba bien claro en el cuaderno: apenas hubiera puesto un pie en Fisterra, debía acudir a la iglesia de Santa María das Areas. Allí aguardaba al peregrino consciente del juego la imagen de un Cristo muy especial. No debía perder ni un segundo, se recomendaba en el cuaderno. Nada de buscar albergues, no debía descansar hasta que contemplara aquel peculiar crucificado.

Minutos después, se detuvo ante la fachada principal de aquel templo en el que el románico inicial había conocido añadidos de estilos posteriores. La puerta principal lo miraba a través de sus arquivoltas sostenidas sobre unas columnas, mientras que la torre del campanario simplemente lo ignoró. Noé era uno más, uno de tantos buscadores del final de un Camino que conducía al interior de uno mismo.

Atendiendo a las instrucciones del Loco, rodeó la iglesia en busca de la llamada Puerta Santa, cuya función es similar a la de su homónima de la catedral de Santiago. Aún careciendo de conocimientos artísticos, Noé no tuvo dificultad en reconocer en ella un estilo muy posterior al románico. La guía era más precisa: estilo manuelino, del siglo XVI.

Y al fin, se adentró en la iglesia e, ignorando el resto de capillas y decoraciones, se dirigió hacia la que ocupaba el Cristo misterioso. La impactante imagen se apoyaba sobre un altar. El realismo de aquella figura, que los expertos datan como obra nacida de mano anónima en el siglo XIV, resultaba aterradora y conmovedora a la vez. Noé contemplaba embelesado a aquel hombre de cerca de dos metros de altura clavado en un madero en el que se advertían restos de pintura. El cuerpo del crucificado estaba recubierto de pieles; el pelo y las uñas eran humanas, y la sangre se derrama desde las heridas por la piel con tal realismo que estremece.

La cabeza, ladeada hacia la derecha; el rostro, amoratado; las costillas, clavándose en la piel a punto de atravesarla; los ojos, cerrados a un mundo que ya no reconoce como suyo; la boca, entreabierta; las manos, rígidas; los pies, torcidos y atrapados con un único clavo.

Aquel Cristo había llegado a bordo de un arcón de madera, según la leyenda. Como si fuera uno de aquellos seres a los que el pueblo conocía con un único nombre: Noé. Y al poco, la gente comenzó a mirar la imagen con devoción y con asombro, pues parecía vivo y no de madera. Decían que sudaba, que la barba le crecía. Doménico Laffi, en el siglo XVII, escribió que en cierta ocasión llegaron hasta aquella costa unos piratas sarracenos, entraron en la iglesia e injuriaron al Cristo. Uno de ellos incluso llegó a desenvainar la espada y se acercó a la figura con el propósito de agredirla. En ese mismo instante quedó paralizado como si se hubiera convertido en estatua. Los demás piratas se arrepintieron de sus actos y el agresor recuperó la movilidad, envainó su espada y todos prometieron convertirse al cristianismo.

¿Y Noé? ¿A qué podía convertirse él?

No tenía espada ni propósito de agredir al Cristo. Estaba allí para interiorizar la lección que dictaba el Loco y que había escrito en su cuaderno en letra mayúscula: «EL CAMINO VENCE A LA MUERTE; EL MUERTO HA RENACIDO».

La leyenda aseguraba que un navío inglés se vio zarandeado por una tormenta frente a la Costa da Morte y estuvo a punto de zozobrar. Aquella nave que transportaba al Cristo en el interior de un arcón de madera, los marineros decidieron lanzarlo por la borda para eliminar un peso que estaba desequilibrando el buque. La leyenda proseguía afirmando que la tormenta cesó en el mismo momento en que el arcón arribó a una playa próxima al cabo de Finisterre, donde en tiempos envueltos en niebla y leyenda hubo un *Ara Solis*. «La Iglesia superponiéndose al mundo pagano», se leía en el cuaderno.

Algunas versiones decían que aquel no era el Cristo original, que había sido llevado al obispado de Orense; otras, en cambio, decían lo contrario: el de Orense es una copia del que Noé tenía frente a él.

Poco importaba. Lo trascendente era la enseñanza a la que aquella imagen enfrentaba al peregrino: allí donde los hombres viajaron durante siglos para contemplar la muerte del sol y asombrarse con su renacimiento en la mañana siguiente; allí donde se encuentra el Amenti gallego, el Camino mostraba el milagro de la resurrección, de la inmortalidad.

Y Noé se preguntó si Vega y Gabriel llegaron hasta allí con vida.

Solo entonces reparó en que estaba solo en el interior del templo. O eso creyó, porque una sombra se deslizó en el ángulo más oscuro, amenazante.

Noé se quedó mirando al Cristo fijamente. En sepulcral silencio.

Hablándole sin hablar. Esperando quizá alguna señal, algún mensaje, algún prodigio… El crepitar de algunas pequeñas y temblorosas velas rojas colocadas cerca del crucificado producía en esa capilla una atmósfera mágica. Sintió que también él había muerto durante el Camino y había resucitado. Le gustaba pensar que el nuevo Noé era un hombre más auténtico, más profundo, más trascendente, más humilde. Sin tantos miedos. Sin temor a entregarse al amor de verdad. El Camino Infinito le había enseñado que la magia existe y que, a veces, los milagros suceden. Y sabía que para ello había que abrir el corazón, el auténtico grial. Encontrarlo, vaciarlo, alinearlo con la fuente y llenarlo. Solo así se evitaría sufrir la segunda muerte.

El recuerdo de su madre cruzó por su mente y lloró. No pudo contener la emoción de ese momento tan increíblemente especial. Su llanto fue de felicidad…

—¿Está usted bien? —preguntó un hombre desde la puerta que daba acceso a la capilla.

—Sí, gracias —respondió Noé, dando un respingo y girándose hacia aquel hombre bajito, casi calvo y de sienes blancas, de unos setenta años, aproximadamente.

—Durante mucho tiempo lo insulté —dijo mirando al Cristo—. Venía cada mañana a este lugar sin ganas, lo miraba y lo insultaba. Le gritaba, le decía que había dejado de creer en él. Lo culpaba por haberse llevado a lo más importante de mi vida, a mi hijo que era solo un niño. Permitió que pasara aquello y se lo llevó. Y no se lo perdoné.

En los ojos de aquel hombre, mientras miraba al Santo Cristo de Fisterra, no había odio ni rencor. Por el contrario, Noé percibió amor en ella. Aquel hombre de apariencia afable fue acercándose a Noé.

—Me llamo Perfecto Canosa, aunque de perfecto no tengo nada, pero todos aquí en el pueblo me llaman Fitucho. Soy el encargado de esta iglesia desde hace unos cuantos años. —El hombre miró la mochila de Noé antes de añadir—: Los verdaderos peregrinos vienen hasta aquí, a morir de alguna manera. Y algunos, a resucitar de alguna manera. A mí, en cambio, no me hizo falta hacer el Camino para cambiar.

El viejo periodista que aún había en él hizo que Noé se pusiera en guardia.

—Me llamo Noé, Perfecto. Un placer conocerle. ¿Qué le pasó exactamente?

Perfecto dudó durante unos segundos, valorando si aquel tipo merecía su sinceridad. Finalmente, pareció resolver que sí.

—Hace muchos años perdí a mi primer hijo en un desafortunado accidente. Vivía en Buenos Aires, con mi esposa. Y me sentí culpable y responsable de su muerte por cómo murió. Su madre y yo caímos en una fuerte depresión. Con el tiempo regresamos aquí, a Fisterra, con nuestra segunda hija, Laura. Nos trajimos los restos de mi hijo y lo enterramos ahí en frente, en el cementerio. A mí me dieron el encargo de esta iglesia.

Durante unos segundos, Fitucho, afectado y emocionado por el viaje en su memoria, guardó unos segundos de silencio antes de continuar.

—Y lo odié cada día en aquel tiempo. Te juro que lo odié —lo expresó con ternura mirando de nuevo a la talla medieval—. Dita, mi esposa, en un deseo de quitarse aquella gran tristeza, quiso tener otro hijo, pero no podía. Los médicos a quienes consultamos dijeron que sería difícil que lo lograra.

Noé invitó a sentarse a Fitucho en los bancos que había dispuestos frente al Cristo. Este accedió y ambos se sentaron. El gallego continuó con su relato.

—Recuerdo aquella mañana perfectamente. Entré en la iglesia hecho una fiera. Muy cabreado. Vine hasta aquí y… le escupí —dijo avergonzado y en voz baja—. Le grité y le dije que por qué no me permitía tener otro hijo. Qué había hecho yo en la vida, sino trabajar y trabajar, para merecer todo aquello. Le dije que volvería a creer en él si me concedía otro hijo. Así estuve varios días, retándolo. Increpándole. Varias semanas después, mi esposa me dio la noticia. Increíblemente, y para sorpresa de todos, ella había quedado embarazada. Fue un milagro.

A Noé se le iluminó el rostro. De forma inmediata le vino el recuerdo de Gabriel y Vega, y de su milagro.

—¿Qué pensó su mujer y su hija? ¿Qué os dijeron los médicos? ¿Y los vecinos? ¿Cómo fue el embarazo? ¿Qué le dijo al Cristo tras haber conocido la noticia? —asaeteó a preguntas al pobre hombre.

—Mi mujer dijo que había sido un milagro. Mi hija Laura no se lo podía creer. Los médicos no daban crédito y dijeron que fue un misterio. Los vecinos también creyeron que fue un milagro del que está aquí junto a nosotros. Al ratito de recibir la noticia, vine y me arrodillé, y le di las gracias llorando, arrepentido por todos mis insultos, por todo lo que le dije. Le prometí que mientras viviera siempre lo cuidaría y que le pondría flores frescas todos los días.

Perfecto pausó su relato. Miró a Noé fijamente en silencio y sintió que lo miraba de forma distinta a como lo había estado mirando. Y el custodio de la iglesia rompió el silencio nuevamente.

—Mi hijo, tan guapo como el anterior, fue creciendo, y mi esposa y yo observamos muchas conductas y expresiones propias del hijo que habíamos perdido.

Noé no se lo podía creer. ¿Se estaba encontrando con un caso de reencarnación? ¿El Camino Infinito le estaba ofreciendo otro milagro de muerte y resurrección? ¿Y encima en el fin de la tierra? ¿Justo en el lugar donde se renace? Aquello, obviamente, no podía ser una casualidad. Noé había desterrado hacía muchas jornadas esa palabra de su vocabulario.

—Mi esposa y yo realmente creímos que nuestro primer hijo había regresado. Sí, lo creímos. Y lo sentimos. Y así fuimos felices. He contado muy pocas veces esto. Algunos nos tachan de locos. A mí me da igual. Pero te digo una cosa —giró su cabeza mirando a la entrada principal de la iglesia—, ahí en frente está el cementerio, y cuando acudo a la tumba de mi hijo sé que él ya no está ahí dentro. Son solo sus restos. Sé que él vive en mi otro hijo —nuevamente miró al Cristo— gracias a Él.

Noé no pudo contener las lágrimas. Y Fitucho tampoco. Noé le pidió un abrazo. Y ambos se fundieron en uno.

Minutos después, Noé se despidió de Perfecto y salió de la iglesia aturdido por el relato que acababa de escuchar. ¿Un milagro? El Camino le había demostrado que lo extraordinario era posible, pero el cuaderno del Loco era claro al respecto: los secretos de la vía jacobea eran precristianos. Y también su poder.

Durante unos segundos se detuvo frente a la entrada del cementerio. No perdía nada por entrar y visitar la tumba del hijo de Perfecto, pensó. Después de todo, era periodista. Periodista sin trabajo, pero periodista.

Se adentró en el camposanto y recorrió las tumbas con la mirada. Todos aquellos muertos también debieron amar, soñar y reír un día. Y ahora, estaban allí, al borde del fin del mundo con los pies colgando.

Y de pronto, su mirada se detuvo en una lápida imposible. En la parte superior había un retrato que no podía estar allí. Se giró hacia la iglesia y luego hacia aquella tumba con nombre. Con un nombre imposible: «Perfecto Canosa Marcote. Falleció el 20 de febrero de 2016».

¡Hacía algo más de tres años!

—¡Qué diablos! —exclamó Noé, y regresó a la iglesia corriendo.

Entró como un ciclón para encontrarse más solo que nunca. Allí no había nadie, y era imposible que el hombre que le acababa de contar la extraña historia hubiera salido sin que él lo hubiera visto.

En ningún lugar como en Galicia, los muertos conviven con los vivos. Ya se lo había dicho aquella bruja de O Cebreiro.

Al salir de nuevo de la iglesia se encontró con un atardecer escarlata, irreal. Aspiró intensamente el aire cargado de salitre y lo expulsó con calma, disfrutando cada segundo. Impactado aún por la insólita experiencia que acababa de vivir. Quiso concederse unos segundos de paz antes de buscar un albergue en el que pasar la noche, porque la partida aún no había terminado.

En la guía del Camino que había sido su compañera junto con el cuaderno del Loco y la carta de Gabriel, Noé tenía subrayados los nombres y direcciones de varios albergues. No sabía por cuál decidirse, de modo que dejó el asunto en manos de la intuición: iría al primer albergue que le indicara la primera persona que encontrase a la vuelta de la primera esquina.

Pero ya se ha dicho que nada es casual en el Camino.

Al doblar la primera esquina quien vino al encuentro fue un balón de fútbol, y tras él corría un niño. Noé detuvo el balón con el pie derecho, lo cogió con sus manos y se lo entregó al pequeño deportista: moreno, de ojos marrón claro, de piernas delgadas y gesto serio. ¿Siete años? ¿Tal vez ocho? Más tarde lo sabría y sonreiría al saberlo: tenía OCHO, una edad infinita si se mira bien.

—Hola, ¿cómo te llamas? —preguntó al niño con una sonrisa.

—Luis, como mi papá —respondió el pequeño.

—Hola, Luis.

—¿Eres peregrino? —El niño miraba la mochila de Noé.

—Sí, acabo de llegar, y busco un albergue para descansar.

—Mi mamá tiene uno —se apresuró a decir el futbolista.

—¿Tus padres tienen un albergue? ¿En serio?

—No, mis papás, no; solo mi mamá —aclaró el niño, muy serio—. Papá se fue al cielo.

Noé tragó saliva.

—¿Y dónde está ese albergue?

El niño cogió con su manita derecha uno de los dedos de Noé, atravesaron el pequeño prado donde jugaba y lo condujo hasta una casa de piedra y tejas rojas.

—Es ese. —Señaló el niño.

El albergue tenía un letrero en el que, en letras amarillas sobre fondo azul, se leía su nombre.

Noé se tambaleó.

«LA ESTRELLA ETERNA».

CAPÍTULO 18
El Camino Infinito

El suelo era de baldosas ocres, las paredes estaban pintadas de un color blanco roto, los techos se sostenían con sólidas vigas de madera que parecían haber vivido mil años, y el resto era una explosión de color que surgía de los floreros dispuestos con mimo y de los cuadros al óleo colgados de las paredes. La recepción estaba a la derecha del *hall*; al fondo y a la izquierda, el coqueto salón caldeado por una enorme chimenea. Y más allá, un comedor de recias mesas de madera con capacidad para una treintena de personas. Una escalera de madera de roble con barandillas torneadas con esmero conducía a las habitaciones.

—Mamá, mamá —gritó el pequeño Luis.

Durante los segundos de espera, Noé recorrió con la mirada el resto de la decoración: conchas de peregrinos, señales amarillas indicando Fisterra, una fotografía del faro y otra de la popular bota de bronce que es para muchos el final del Camino…

—¿Qué pasa, Luis? No grites —se escuchó la voz de una mujer.

Y tras la voz, apareció su dueña: casi tan alta como Noé, pero bastante más joven. ¿Cuánto más? Noé pensó en treinta y siete años, pero no tardaría en descubrir que había errado en dos en su peritaje.

Era morena, de un precioso cabello largo ondulado y de ojos azules.

¡Eran exactamente aquellos ojos azules!

Noé volvió a tambalearse, como cuando minutos antes había leído el nombre del albergue. ¿Cómo era posible?

—¿Se encuentra bien? —preguntó la hospitalera, a quien no le pasó inadvertido el vahído que había sufrido el recién llegado.

—Sí, sí —mintió Noé—. Es solo que...

Pero la frase se quedó en el aire, sin terminar. Se murió sin ver la luz. Se ocultó veloz allí donde se esconden las frases que uno nunca llega a terminar.

Todo eso ocurrió porque la mirada de Noé quedó atrapada en un anillo que lucía la hospitalera en su dedo anular izquierdo. Un anillo en el que refulgía un infinito.

Noé se asió al mostrador de madera y logró balbucir:

—¿Podría traerme un vaso de agua?

—Luis, ya has oído al señor —dijo la hospitalera. Y el pequeño se perdió en el interior del establecimiento. Ella se giró hacia Noé—. Pase conmigo al salón y siéntese.

Una vez se acomodó en una vieja mecedora y apuró el vaso de agua que Luis puso en sus manos, Noé tuvo fuerzas para explicarse. Pero antes, se presentó:

—Me llamo Noé.

—Yo, Sofía —dijo ella—. ¿Se encuentra mejor?

Él asintió.

—Pensará que soy estúpido por lo que le voy a decir, pero la razón de este inoportuno mareo guarda relación con ese anillo que tiene usted y con el nombre de su albergue.

Sofía se apartó de Noé instintivamente, como si intuyera un peligro que nadie más que ella podía advertir. Se diría una corza que hubiera olfateado la inminencia de los perros de los cazadores.

—Cuando salí de Jaca, me alojé en un albergue que tenía el mismo nombre que este —explicó—. Y me han pasado tantas cosas desde entonces que ya casi nada me sorprende, pero encontrarme en el final del Camino con un albergue que se llame como el primero que conocí me parece que rompe todas las estadísticas. Y luego está ese anillo. —Miró la mano de Sofía. Ella la ocultó bajo la otra. Noé mostró su pulsera—. El símbolo del infinito me persigue desde que comencé el Camino.

Entonces, fue Sofía quien empalideció.

—¿También a usted le sorprende la coincidencia del infinito? —preguntó Noé.

Sofía negó con la cabeza.

—Es esa otra pulsera que lleva, la del trisquel.

—¡El trisquel! —exclamó Noé—. Si le cuento el motivo por el cual la llevo, no se lo va a creer. Pero lo más gracioso o lo más extraordinario, que ya no lo sé, es que el día que la compré en un mercado medieval en Jaca creí ver esos asombrosos ojos suyos. Si no eran los mismos, le puedo asegurar que tiene usted una gemela en alguna parte. Debo confesarle que ese ha sido el tercero de los motivos por los cuales me he mareado antes. Ya sé que parece una locura, pero…

Sofía se pasó la lengua por los labios, pintados discretamente con un color rosa suave. No estaba maquillada, y llevaba el cabello negro recogido en una pequeña coleta. No había impostura en su belleza, no había trampa ni cartón: era insoportablemente hermosa.

—Pues va a ser que no —dijo Sofía al cabo de unos segundos.

—Que no ¿qué?

—Que no tengo una hermana gemela. Bueno, ni gemela ni no gemela, porque soy hija única.

—Entonces, no tiene explicación el parecido.

—Sí la tiene: la mujer que debió ver usted en Jaca era yo. Pasé unos días en casa de mis padres a mediados de agosto. Ellos viven allí.

Noé cerró los ojos. Al fin se resolvía uno de aquellos misterios.

—Pero es que días después me pareció verla en Logroño —recordó.

—Estuve de visita en casa de una amiga solo un día, antes de regresar aquí. Había dejado a una buena amiga al frente del albergue, pero no puedo estar fuera muchos días. De todos modos, hay que reconocer que es una casualidad que me haya visto usted dos veces.

—Yo ya no creo en las casualidades —confesó Noé—. No, después de todo lo que he vivido durante el Camino. Y, dígame, ¿por qué el nombre del albergue? Supongo que sabe que existe en Jaca otro que se llama igual.

Sofía se echó a reír.

—¿Cómo no lo voy a saber, si me he criado allí? ¡Es de mis padres!

Noé abrió los ojos hasta los límites que le está permitido lograrlo a un humano.

—Ese albergue es de mis padres.

—La Estrella Eterna —murmuró Noé—. ¿Por qué ese nombre?

—Cosas de mi padre —respondió Sofía encogiéndose de hombros—. Siempre dice que el Camino de Santiago es un reflejo en la Tierra de una serie de estrellas; ya sabe: la Vía Láctea. En la Edad Media, los peregrinos que conocían los secretos del Camino partían de Jaca el día 16 de agosto, festividad de San Roque, y ese día, mirando hacia occidente, veían la constelación que llaman Cruz del Norte. A él le gustan mucho esas cosas —Sofía sonrió—. Esa constelación la forman tres estrellas: Deneb, Altair y...

—¡Vega! —exclamó Noé antes de sentir que su vista se nublaba y que aquel salón comenzaba a girar vertiginosamente.

Al fin, se hacía luz, al menos en parte.

Lo último que escuchó antes de perder el conocimiento fueron estas palabras de Sofía:

—Por eso pusimos ese nombre a los dos albergues, porque mi madre se llama Vega.

Noé despertó en una habitación desconocida: suelo de madera, mobiliario sencillo, sábanas limpias, una ventana abrigada con unas cortinas de color verde pálido, una diminuta mesilla a su izquierda, un quinqué antiguo, una fotografía del faro de Fisterra, las paredes blancas...

Necesitó unos segundos para recordar todo lo que había

ocurrido antes de perder el conocimiento: Luis, La Estrella Eterna, Sofía y ¡Vega!

¡Por todos los santos! ¿Sería posible que aquella mujer tan hermosa fuera la hija de Vega y Gabriel? Y entonces, su memoria echó a andar y el cinematógrafo de su mente comenzó a proyectar imágenes a granel: el hospitalero de Jaca y su esposa, que le sirvió la cena; los cuadros pintados al óleo que adornaban las paredes de aquel albergue, la recomendación que aquel hombre le hizo para que visitara San Juan de la Peña…

—Llegaron hasta aquí —farfulló aún en la cama—. Vega y Gabriel llegaron hasta aquí, y ella dio a luz a su hija. ¡Treinta y cinco años! Tiene treinta y cinco años. ¡Joder! ¡Ocho! Como el niño. Esto es una puta locura.

Lentamente, se incorporó y se sentó al borde de la cama. Estaba vestido.

—Menos mal —murmuró.

No quería imaginarse la escena en la que aquella mujer le quitase la ropa para echarlo en la cama como si fuera un alfeñique.

Frente a él, había un pequeño armario empotrado, y a los pies de la cama estaba su mochila. Al verla, sintió vértigo. ¿La habrían abierto? No, se dijo, eso no parecía propio ni de aquel niño ni de su madre. Pero lo comprobó y vio que todo estaba en orden. Allí estaba su ropa, sus enseres, su guía, y el cuaderno del Loco, y en entre sus páginas, la carta de Gabriel.

—¡A ella le sorprendió el trisquel de mi pulsera! —recordó.

¿Sería por el perro de sus padres? Pero aquella pregunta dio paso de inmediato a otra mucho más trascendente: ¿Debía confesar a Sofía que había robado del albergue de sus padres el cuaderno y, sobre todo, la carta? ¿Qué pensaría ella? ¿Cómo lo miraría a partir de ese momento?

Un jilguero cantó al otro lado de la ventana.

—¡Maldita Daniela! —exclamó, y luego sonrió—. A veces, andando, y otras, volando. ¡Será posible!

Asomó la cabeza al pasillo y descubrió que había varias puertas y, en cada una de ellas, un letrero que aludía a hitos del Camino. La suya era la bota de bronce tan popular entre los peregrinos que llegan a Fisterra. Cerró la puerta y se dispuso a darse la ducha más reparadora de su vida.

Media hora más tarde, descubrió que el albergue estaba casi lleno de peregrinos y que la vida bullía sin preocuparle en absoluto su dilema: ¿debía ser del todo sincero con Sofía?

Cuando puso sus pies en el salón, comprobó que era la hora de la cena, y la hospitalera, con la ayuda de un par de mujeres, servía la comida. Al verlo, le sonrió y le indicó con un gesto una mesa vacía. Noé obedeció y se sentó.

—¿Se encuentra mejor? —preguntó Sofía cuando se acercó hasta la mesa con una humeante sopera de la que sirvió un generoso plato a Noé.

—Mucho mejor —respondió él—. Ha sido... Es que no sé por dónde empezar, y usted está ahora ocupada.

Sofía sonrió levemente y clavó aquellos enormes ojos azules en aquel peregrino medio barbado, de ojeras pronunciadas y que parecía encontrarse en una encrucijada. Él no lo sabía, pero ella ya había vivido algo así años antes, y le daba vértigo que todo volviera a repetirse.

—Tutéame, y ahora cena. Ya hablaremos cuando sea posible —dijo, y se alejó a servir a los peregrinos que ocupaban la mesa vecina a la de Noé.

A las once de la noche, la paz había regresado al albergue. Casi todo el mundo se había ido a la cama, salvo Noé.

—Tengo intención de quedarme varios días, si es posible —había anunciado a Sofía, y ella le dijo que sí, que no habría problema—. Iré hasta Muxía y quiero..., necesito unos días para...

Ella alzó la mano izquierda, en cuyo dedo anular brillaba el anillo del infinito, para que Noé guardara silencio.

—No hace falta que expliques nada. Haz lo que debas. Si necesitas más tiempo, pues no hay problema. Te reservo esa habitación. Por cierto, ¿estás cómodo? ¿Todo bien?

—Es perfecta —respondió Noé.

A pesar de ser el mes de septiembre, el otoño había irrumpido en la Costa da Morte. El viento era frío y cargado de humedad a aquellas horas, y la chimenea del salón estaba encendida. Unos gruesos troncos alimentaban unas llamas que bailoteaban. Noé las contempló durante unos segundos. Resultaban tan hipnóticas como los ojos de Sofía.

Por un instante, estuvo a punto de hablarle de la carta, pero fue ella quien habló en primer lugar.

—¿Por qué llevas el infinito y el trisquel?

Noé eligió las palabras para no mentir, pero también para no revelar lo que aún dudaba en confesar.

—La pulsera con el infinito la compré en un albergue de Torres del Río. Está inspirado en la planta de la iglesia del Santo Sepulcro que hay allí y que parece ser fue obra de los templarios. —Miró la pulsera y la acarició—. El infinito me ha salido al encuentro durante el Camino en varias ocasiones. Por ejemplo, en las ruinas del monasterio de Castrojeriz encontré una piedra que tenía uno grabado, y en su interior, dos iniciales: *G* y *V.*

Los ojos azules de Sofía se cubrieron con un velo invisible. Instintivamente, se abrazó a sí misma, como si necesitase protección ante un peligro que intuía cada vez más cercano.

—¿Y el trisquel? —preguntó.

—Como te dije, lo compré en aquel mercado medieval de Jaca donde te vi. Y, por cierto, ¿qué hacías vestida de musulmana, con aquel velo?

Sofía se echó a reír.

—Unos amigos habían puesto una de esas teterías árabes que se ven en los mercados medievales, ya sabes: venden té y pastas. Y una de las personas que había contratado se puso enferma y la sustituí ese día —sonrió—. Así que me tuve que vestir para la ocasión.

Noé sonrió también, pero no perdió la ocasión de explorar el terreno.

—¿Y a ti por qué te afectó ver el trisquel de mi pulsera?

—Porque mis padres tuvieron un perro que se llamaba así, Trisquel —confesó Sofía—. Fue un animal extraordinario, muy especial. Yo me crié con él. Además, mi padre lo encontró de un modo muy curioso un día en Jaca. Y desde entonces, no se separó de él ni de mi madre. Hasta hicieron juntos el Camino.

Noé no supo qué decir. Le parecía que estaba siendo un miserable por no confesar a Sofía todo cuanto sabía. Y al fin, se decidió:

—Escucha, me gustaría decirte algo, aunque sé que te va a parecer increíble...

—¡Mamá! ¡Mamá! —Los gritos del pequeño Luis llegaron con claridad al salón desde alguna parte de la enorme vivienda en la que Sofía y su hijo convivían con los peregrinos.

—Disculpa, ya tendremos tiempo de hablar mañana —dijo Sofía—. ¿Saldrás temprano para Muxía?

—Eso puede esperar. No tengo prisa. Hablamos mañana entonces.

No fue fácil encontrar el momento para charlar con Sofía al día siguiente. Por la mañana, había mucho que hacer: servir los desayunos, limpiar el albergue, hacer las camas, orientar a los caminantes que deseaban visitar el faro, el popular Cristo del lugar o recorrer los acantilados próximos antes de emprender el regreso a sus casas, a sus vidas, que habían abandonado temporalmente para... ¿Para qué? Esa era la cuestión: ¿buscaban a Dios? ¿Se buscaban a sí mismos? ¿Tal vez ansiaban únicamente demostrarse o demostrar a alguien que eran capaces de llegar caminando hasta allí?

El día había amanecido mustio y gris. Las calles estaban mojadas, y la hierba, empapada. Noé se había sentado en la vieja mecedora del salón y observó a los peregrinos dejar atrás aquel albergue y el propio Camino. Él también debería hacerlo en breve. Estaba a punto de completar la partida del juego de la oca y, desde luego, no era el mismo que cuando la inició. Todo había cambiado en su interior. Y para demostrar que era así, se había propuesto confesar toda la verdad a Sofía. No podía comenzar una nueva vida siendo el mismo hombre que cuando descendió de aquel autobús en Jaca.

A eso del mediodía, Sofía se tomó un respiro. Luis estaba en clase y las dos empleadas del albergue se dedicaban a ultimar las habitaciones.

—Hoy llegarán otros, como lo hiciste tú —dijo la hospitalera. Había tomado asiento junto a Noé y se quedó mirando al cielo a través del enorme ventanal del salón que miraba al mar—. De modo que el infinito y el trisquel, ¿eh?

Noé sonrió y tembló. Aquella mujer era el fruto de una historia de amor cuyo desenlace no lograba imaginar. ¿Cómo había logrado Vega sortear la muerte que le habían diagnosticado los médicos?

—¿De dónde eres?

—De Málaga —respondió Noé.

—¿Y por qué decidiste hacer el Camino?

Noé tomó aire y lo expulsó lentamente.

—Supongo que una pregunta como esa merece una respuesta amplia y sincera, sobre todo porque ya te dije anoche que tengo algo que contarte que te parecerá una locura —dijo, y advirtió en Sofía el mismo gesto de autoprotección. ¿Qué temía ella?

De modo que en los minutos siguientes Noé resumió buena parte de su vida; justamente aquella que lo había impulsado a hacer el Camino: la pérdida de su empleo, su caída en el alcoholismo, el aliento de su padre para que conociera la experiencia peregrina, la ruptura con Carolina…

—Llegué a Jaca destruido, y ahora…

—Y hora, ¿qué? —sondeó ella con aquellos ojos azules—. ¿Eres un hombre nuevo de verdad?

Noé acusó el golpe.

—Si eres un hombre nuevo, deberías ser sincero, ¿no crees? Sé que hay algo que aún no me has contado.

—Es cierto, ya te dije que tenía algo que decirte. —Y antes de añadir nada más, sacó de su bolso el cuaderno del Loco y la carta que contenía—. Los encontré en la pequeña biblioteca del albergue de tus padres. Yo… No sé por qué los cogí ni tampoco por qué me he pasado todo el Camino preguntando por Gabriel y Vega. —Cogió su teléfono móvil y mostró la fotografía del retrato que descubrió en Hospital de Órbigo—. Todas las noches le he preguntado a este retrato si realmente el Camino permite superar la muerte y si había logrado dar a luz al bebé que llevaba en sus entrañas. Y al verte a ti...

Noé rompió a llorar sin poder evitarlo. Era un llanto contenido; la presa que se rompe después de haber soportado la presión de millones de litros de soledad y angustia; de dolor.

Sofía miró la carta y el cuaderno, y puso su mano sobre el hombro de Noé. Las miradas de ambos tejieron un tapiz de silencio hasta que él logró calmarse, y ella le reveló algo extraordinario.

—Eres el segundo hombre que encuentra esa carta y ese cuaderno. El primero se llamó Luis, y fue el padre de mi hijo. El hombre a quien amé. Él también partió de Jaca y, sin sospecharlo, entró en el juego del que aquel hombre misterioso habló a mi padre frente a la catedral el día en que encontró a Trisquel. Luis llegó hasta aquí y nos enamoramos. Él rehabilitó este caserón y lo convirtió en lo que ves. —Sofía lanzó una mirada cargada de nostalgia a aquel salón.

—¿Qué ocurrió? ¿Por qué...?

—Falleció en un accidente de coche cuando Luisito tenía dos años —reveló Sofía—. Ya ves, toda la enseñanza del Camino que había permitido que llegara hasta aquí; toda la magia del Camino que había hecho posible que mi madre superara un cáncer desafiando así los diagnósticos de todos los médicos, y sin embargo a Luis se lo llevó por delante un maldito camión.

—Lo siento, no sé qué decir.

Sofía se pasó el dorso de la mano por los ojos.

—Tú no tienes la culpa. Es solo que mi padre debió haber quemado esa carta y ese cuaderno, que no traen más que desgracias.

—Pero tú conociste el amor gracias a ellos —recordó Noé.

—Y también la desgracia y el dolor —replicó Sofía. Lanzó una mirada despectiva al cuaderno y a la carta, y añadió antes de abandonar el salón corriendo—: Deberías quemarlos o lanzarlos al mar.

Noé la miró mientras dejaba atrás todos sus fantasmas y permaneció allí sentado abstraído durante tanto tiempo que no vio a Luisito hasta que el pequeño le preguntó:

—¿Qué es ese cuaderno?

Noé se sobresaltó.

—¡Hola! ¿Qué tal en el colegio?

—Aburrido, como siempre —dijo el pequeño, que no apartaba la vista del cuaderno.

—Pues es una libreta vieja que tu madre dice que debo quemar o lanzar al mar. ¿Tú qué dices?

—Yo siempre hago lo que dice mamá, así que deberías hacerle caso. Siempre acierta.

Noé asintió.

—Está bien, habrá que hacerlo entonces. ¿Te apetece que los tiremos juntos cuando regrese de Muxía?

—¡Genial! —exclamó el pequeño.

—Bueno, pues, para empezar, te la voy a dejar a ti hasta que yo regrese, ¿qué te parece?

—¡Vale!

Un viento cortante silbaba sobre los acantilados aquel amanecer. Noé se había despedido de Sofía. «Volveré en un par de días». Ella no dijo nada, solo se limpió las manos con el delantal. «Despídeme de Luis. Es un chico estupendo». Sofía no dijo nada, solo dibujó una brevísima sonrisa. Noé cargó su mochila sobre los hombros, se caló el sombrero y se dispuso a llegar al jardín del Edén de la oca. Pero antes debía hacer un alto cerca del faro.

La mar estrellaba su espuma contra las rocas cuando Noé depositó las últimas cenizas de Loli en un lugar próximo a la bota de bronce. Su madre contemplaría el fin de la tierra, el Amenti gallego. Allí donde los hombres miraban con temor cómo el sol se hundía más allá de la línea del horizonte con la incertidumbre de si al día siguiente regresaría. Noé se sentía cada vez más renovado, muy cerca de una meta que para la mayoría de las personas es un intangible.

Aquel día caminó por una Galicia que nadie más que él veía. Mientras todo el mundo contemplaba los paisajes de una región cuyo discurrir transitaba por el siglo XXI, Noé se sentía transportado a tiempos remotos mientras atravesaba colinas con el mar a su izquierda. Le pareció escuchar los alaridos de los pueblos invasores, creyó ver a las primeras meigas y, antes que ellas, al misterioso pueblo al que las gentes dieron el nombre de Noé. Los mismos que grabaron su legado en petroglifos y menhires en aquella tierra y en otra tan parecida que resultaba hermana: la Bretaña francesa.

Y al fin, Muxía apareció entre el verde y el gris. Allí, las piedras mágicas eran objeto de devoción, y Noé tenía pensado rendirles tributo.

Estaba bien entrada la tarde cuando llegó a su destino. La leyenda decía que un día Santiago paseaba por aquellos mismos lugares apesadumbrado porque su prédica no tenía éxito cuando vio con asombro cómo un barco de piedra llegaba del mar y en su proa viajaba la Virgen María que consoló al apóstol y le insufló ánimo.

La barca encalló, como el arca de aquel otro Noé legendario, y los lugareños aseguraban que se quebró en dos partes: la vela de piedra es la roca que llaman Pedra dos Cadrises; el casco es la Pedra d'Abalar. Ambas tienen poderes extraordinarios. La primera tiene la virtud de sanar a quien padece dolores de espalda y renales, pero para curarse debe realizar un rito pagano, como es pasar bajo la roca. La segunda piedra, de alrededor de treinta metros cuadrados, es oscilante, y el ritual que se exige en ella recordaba, según el Loco, a la pesada de almas egipcia: si la persona que se sube sobre esa piedra es justa, la piedra se moverá; pero si es un pecador, la piedra permanecerá estática.

El Loco había escrito que ambas piedras enfrentan al peregrino con la trascendencia. Las dos abren una ventana a la esperanza para los hombres: sanan el cuerpo y salvan el alma.

—Un grial más —murmuró Noé mientras probaba fortuna sobre la Pedra d'Abalar.
Y la piedra osciló. Lo había logrado. ¿Lo había logrado?
Cor viciis munda, pereas ne norte secunda.
¡Fin de la partida!
Aquella noche en Muxía apenas logró conciliar el sueño. Por alguna razón que no era capaz de adivinar, sentía una extraña inquietud. Había llegado al final de la partida, y en verdad sentía que se había transformado, que, de alguna manera, el Noé de Jaca había muerto y ahora yacía sobre aquella cama una nueva versión de sí mismo. Pero entonces, ¿por qué no lograba dormir?
Apenas amaneció, emprendió el regreso hacia Fisterra. Y a medida que devoraba los kilómetros, la inquietud fue creciendo en su interior. Algo no iba bien, y lo que quiera que fuera lo aguardaba en Fisterra.
Al llegar al albergue supo que, en efecto, algo iba mal. No hubiera podido explicar por qué, pero lo supo.
—¡Sofía! ¡Sofía! —gritó.
La morena de ojos azules salió a su encuentro llorando y con el gesto descompuesto.
—Es Luis. Luis ha desaparecido —acertó a decir.
El niño había regresado del colegio hacía un par de horas, pero desde hacía más de una nadie lo había vuelto a ver. Sofía iba a llamar a la Guardia Civil, pero Eva, una de las dos empleadas del albergue, la había disuadido.
—No te harán caso —le dijo—. El niño puede estar jugando por ahí, aún no ha pasado suficiente tiempo.
—Yo lo vi con un cuaderno poco después de que llegara del colegio —apuntó Tamara, la otra empleada—. Uno viejo, de tapas moradas. Se lo estaba enseñando a uno de los peregrinos.
A Noé le dio un vuelco el corazón y cruzó una mirada cómplice con Sofía.
—Le dije que lo guardara hasta mi regreso, que lo tiraríamos juntos al mar —dijo.
—¡Malditos seáis tú y el cuaderno! —gritó Sofía.

El maldito cuaderno, el cuaderno maldito que un día le trajo al hombre a quien amó y que luego el destino le arrebató. ¿Acaso también pretendía llevarse ahora a su hijo?

Noé salió corriendo en dirección al faro, donde había dicho a Luis que arrojarían juntos el cuaderno al mar. Corría como jamás lo había hecho en su vida; tan aprisa como nunca sospechó que pudiera hacerlo. Estaba preparado para todo, menos para la escena que lo aguardaba cuando llegó hasta la bota de bronce.

—O el niño, o el cuaderno, ¿qué prefieres? —Juan Ponce sonreía como una hiena—. Todo el puto Camino tratando de arrebatarte este cuaderno, y al final se lo tengo que quitar a un niño. Precisamente a este niño, al niño del milagro, ¿verdad? El nieto de Vega, la mujer de la carta.

—Déjalo marchar —exigió Noé—. Él no tiene la culpa de nada, y quédate con el cuaderno.

Juan tenía cogido por el cuello al pequeño, y ambos estaban al borde de los acantilados. Noé se odió a sí mismo por haber cometido la torpeza de dejar en manos de Luis el cuaderno, pero jamás imaginó que aquel hijo de puta de Juan pudiera llegar hasta él.

—¿Fuiste tú quien me golpeó en la Cruz de Ferro?

—Y de no haber sido por la puta bruja cordobesa, no estaríamos ahora aquí —respondió Juan—. También me estropeó el plan poco antes de O Cebreiro, pero luego he sabido esperar mi ocasión, y mi ocasión ha llegado.

—Pero ¿qué es lo que pretendes? La Guardia Civil estará al llegar.

—Si me voy con el cuaderno, no habrá problema. El niño seguirá con vida, y tú no le dirás nada a nadie de lo que ha pasado aquí, ¿estamos?

Noé asintió, pero no imaginó la reacción de Luis.

El pequeño propinó una coz tremenda en la espinilla de Juan, y este trastabilló. El cuaderno cayó de las manos del pequeño a las rocas y rodó en dirección al mar. Luis intentó cogerlo, y Juan lo empujó sin contemplaciones, y el niño cayó al mar embravecido. Y Juan, también.

—¡Dios! ¡No!

Noé corrió por los acantilados, se quitó las botas y se lanzó al mar en busca del pequeño justo en el momento en que algunas personas que visitaban el faro comenzaron a gritar, y alguno echó mano de su teléfono móvil.

Noé luchó contra la fuerza del mar y logró arrebatar a Luis de las olas que querían devorarlo. Con enorme esfuerzo, logró arrastrarlo hasta las rocas, y cuando estaba a punto de salir del agua, una enorme ola lo arrastró hacia el fondo.

Dos hombres se lanzaron minutos después al agua, pero no pudieron hacer nada por Noé. Cuando depositaron su cuerpo sobre los acantilados, la vida se le había escapado.

Él, en cambio, los escuchaba con una claridad insólita. Como si estuviera a bordo del palo volador de una meiga, sobrevolaba la escena. Vio que alguien abrigaba a Luis con un anorak; escuchó los gritos de Sofía, que acababa de llegar; vio cómo el cuaderno era arrastrado por el viento y encallaba entre dos rocas; se vio a sí mismo pálido y desmadejado.

Y entonces, escuchó a Mari Loli.

Su madre le hablaba, pero no empleaba palabras. Le sonreía. Parecía feliz envuelta en aquella atmósfera de luz. A su espalda apareció Ramón, que lo saludó muy sonriente también. Noé se olvidó de Luis, de Sofía y del cuaderno, y se dirigió hacia su madre y su amigo, pero no logró acercarse a ellos.

—Aún no, hijo mío —le dijo su madre con dulzura infinita.

Y de pronto, tosió y expulsó el agua salada mezclada con su saliva.

Sofía se echó a llorar. Y Luis le cogió un dedo con su manita.

Epílogo

Tal vez, un día el mismo escritor que relate la historia de aquel peregrino tocado con un sombrero negro de cuya liviana mochila pendía una concha de vieira, mientras que otra de tela aparecía cosida en su jersey azulado y zurcido con hilos viejos, escriba también la historia de Noé. Si así fuera, antes del punto final añadirá que dos días más tarde Sofía, Luis y Noé se acercaron hasta el mismo lugar donde a punto estuvieron de perder la vida dos de ellos, y arrojaron al mar el cuaderno del Loco. Y también lanzaron a las olas una botella con la carta que relataba la más bella historia de amor que el Camino de Santiago había tejido: la de Gabriel y Vega.

Después, regresaron los tres juntos a La Estrella Eterna. Y al pasar junto a la bota de bronce, Sofía y Noé se besaron la primera vez.

En Ciudad de México, a 10 de febrero de 2021
AÑO SANTO JACOBEO

Epílogo

In memoriam

A Antonio Bello, el Alquimista de Samos, que inició su viaje a la otra orilla el 21 de enero del 2019. Mi infinita gratitud por todos los momentos mágicos que viví contigo durante todos mis Caminos Infinitos en tu Casa de Lousada, al pie del Camino Francés. Tú, maestro, chamán y alquimista, que me enseñaste la fuerza y la energía de los minerales. Tú, que me mostraste un arte mágico que conecta directamente con el espíritu. Tú, que me presentaste el poder a través de los animales y la rueda de la medicina. Tú, que me revelaste algunos secretos de la alquimia, la de fuera y la de dentro. Tú, que me condujiste a la chamana Magdalena y a aquella experiencia mística que viví con Javier en San Pedro de Atacama, Chile.

Bienaventurado sea tu hijo, Armiche Bello, que en una extraordinaria mezcolanza, continúa tu legado…

A mi amigo y hermano de espíritu Ramón Tellechea, tan presente en mi vida y en esta obra. No pudimos hacerlo juntos, pero sé que siempre haces el Camino a través de mí. Gracias por tantos años de auténtica amistad.

Cuando llegue mi turno de partir al otro lado, mi alma viajará por la Cadena de Lug y se reunirá con la tuya en el cabo Finisterre, y desde allí iniciarán juntas el Camino Infinito hasta Tír na nÓg…

Agradecimientos

Quisiera expresar mi enorme gratitud a todos los personajes que aparecen en la presente obra, en su mayoría reales, y que han sido fuente de inspiración. Sin ellos, hubiera sido imposible escribir *El Camino Infinito*.

Un especial y profundo agradecimiento a un perro y a tres personas:

Al inmortal Duende, cuya presencia infinita está presente en esta obra, inspirando a Trisquel. Extraño verte en el Camino…

A Mariano Fernández Urresti, hermano de espíritu y de Camino, historiador y mejor escritor, por haber sido mi guía y mi faro en el maravilloso y difícil arte de imaginar y escribir. Sus ensayos sobre esta mágica ruta han sido necesarios para todos mis Caminos Infinitos.

Al sabio y maestro Sebastián Vázquez, el que fuera mi primer editor y a quien conozco desde aquel mágico viaje a Egipto en 1999. Escritor, viajero y explorador del espíritu, que con su último libro, *El Camino de Santiago y el Juego de la Oca*, ha inspirado gran parte de esta obra.

A Ángeles López, mi editora, por su enorme paciencia y sensibilidad. Y por confiar en mí.

Si desea ponerse en contacto con Luis Mariano
Fernández Pimentel, puede hacerlo a través del
correo electrónico *elviajerodelalma@gmail.com* o en
Facebook como *luismarianofernandez*